論創海外ミステリ
323

アパートの鍵貸します

ビリー・ワイルダー
I・A・L・ダイアモンド
町田暁雄［訳］

論創社

The Apartment
by
Billy Wilder
and
I.A.L.Diamond

目次

アパートの鍵貸します　7

三谷幸喜氏インタビュー
『アパートの鍵貸します』と《ワイルダー映画》の魅力　255

訳者あとがき　279

参考文献一覧　292

ビリー・ワイルダー監督作品一覧　299

登場人物

C・C・バクスター……………通称バド。保険会社コンソリデーテッド・ライフの社員。普通保険部保険料計算課勤務
フラン・キューブリック………同社 エレベーター係
J・D・シェルドレイク………同社 人事部部長
ジョー・ドービッシュ…………同社 総務課勤務
アル・カークビー………………同社 保険料計算課勤務
アイケルバーガー………………同社 住宅ローン課勤務
ヴァンダーホフ…………………同社 広報課勤務
シルヴィア………………………同社 電話交換手。カークビーの愛人
ミス・オルセン…………………シェルドレイクの秘書
ドレイファス医師………………バクスターの隣人
ミルドレッド・ドレイファス……その妻
カール・マツシュカ……………フランの義兄。タクシー運転手
マージー・マクドゥガル………バクスターがバーで出会う女性
リーバーマン夫人………………バクスターの家主

アパートの鍵貸します

ニューヨーク西67丁目51

C・C・バクスターのアパート 見取り図

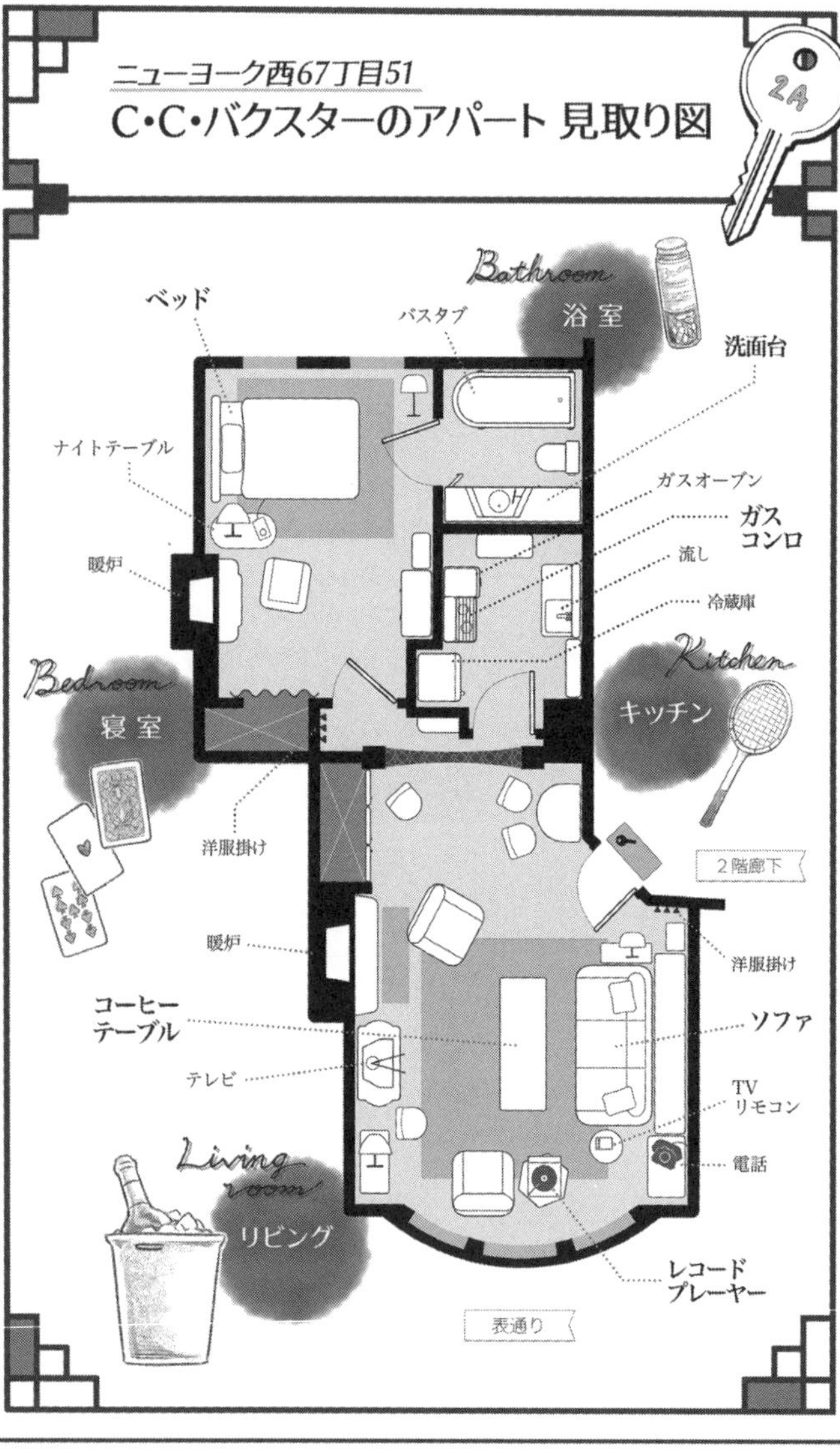

〈シナリオ用語について〉

【フェードイン／フェードアウト】

真っ黒な画面からゆっくりと画像が浮かび上がること／その逆に、画像がゆっくりと暗くなり画面が真っ黒になること。ストーリーの大きな区切りに用いられることが多い。

【カット】

ある画像を次の画像に直接つなぐ、最も普通の編集方法。一連のシーン（シークエンス）が終わった際、場面転換でこのつなぎ方を行う場合にのみ「カット」と指示が書き込まれる。

【ディゾルヴ】

ある画像と次の画像を徐々にダブらせながら場面転換を行う方法。オーバーラップともいう。

○デスクの上のコンピューター

男の手がキーボードで一連の数字を打ち込んでいる。[1]

バド（声）　1959年11月1日現在、ニューヨーク市の人口は804万2783人。もしその全員をずらっと並べた場合、平均身長を5フィート6インチ半（168・9センチ）とすると、タイムズスクエアからパキスタンのカラチ郊外にまで達するだろう。僕がこんな事実を知っているのは、保険会社に勤めているからだ――。

○保険会社のビル――秋の、ある雨の日

ロウアーマンハッタンの1ブロックを占める巨大なビルディングで、ガラスとアルミニウム製、鉛色の空にそびえ立っている。[2]

バド（声）　――会社の名は、コンソリデーテッド・ライフ・オブ・ニューヨーク。国内トップ5に入る企業で、昨年は93億ドル相当の保険証券を発行した。本社の従業員数は3万1259人――これは

【変更】1
完成版では、冒頭はヘリコプターあるいは軽飛行機によるニューヨークの空撮風景から始まっている。

【ロケ地】2
バクスターが勤める保険会社《コンソリデーテッド・ライフ・オブ・ニューヨーク》の場面は、マンハッタンの金融街にある2 Broadwayという、撮影の前年（58年）に完成した最新の高層ビルでロケが行われており、この冒頭シーンでの外観の他、1階のロビーもセットとの併用で登場している（P84参照）。また、同ビルの外観とロビー、エレベーターホールは、65年のグレゴリー・ペック主演の映画『蜃気楼』でも見ることができる。

【カット】3
「昨年は〜」および「あるいはニューメキシコ州ギャラップ」の部分は、完成版ではカットされている。

ミシシッピー州ナチェス、あるいはニューメキシコ州ギャラップの全人口より多い人数だ。[3]

○屋内　19階

何エーカーも続くグレーのスチール製デスク、グレーのスチール製ファイルキャビネット、そして間接照明に照らされたスチールグレーの顔たち。一方の壁には、管理職社員用のガラス張りの四角い個室が並んでいる。[4]

すべてが非常に整然とし、無菌、無個性状態である。唯一、人間味があるのは居並ぶＩＢＭのマシンたちで、カタカタと楽しそうに音をたてている。

バド（声）　僕は19階で働いている。普通保険部保険料計算課――セクションW――デスク番号は８６１。

他のすべての席と同様、デスクの側面に小さなネームプレートが貼られている。この席の文字は、Ｃ・Ｃ・バクスターと読める。

【撮影】4

ワイルダーは、大企業の非人間的なオフィスのイメージ元として、ヨーロッパ時代に観たキング・ヴィダー監督の映画『群衆』（28）での巨大なセットを挙げている。この意向を受け、美術監督のアレクサンドル・トローネルは遠近法を強調したトリッキーなセットを考案。本作にてアカデミー賞を受賞している。

トローネルは、『昼下りの情事』でもオペラ座の最初のカットでトリッキーなアイディアを見せている。巨大なシャンデリアのアップからカメラが下がり、遠景の何段ものバルコニー席を経て手前の指揮者の姿までをワンカットで収める同カットは仏ブローニュにあるスタジオの最大のセットでも撮影不可能だったが、トローネルは「洋ナシほどの大きさ」の小さなシャンデリアを作り、正装した大勢の男女の写真を貼り付けた背景画をバックに立てて、事もなげに撮り上げてしまったという。ちなみに『昼下りの情事』冒頭で登場する画家がトローネル本人である。

バド（声）　僕の名はC・C・バクスター。カルヴィンのCにクリフォードのC――でも、ほとんどの人は僕を〝バド〟と呼ぶ。コンソリデーテッド・ライフに入社して3年と10か月。まずシンシナティ支店に入り、そこからニューヨークへ転属になった。手取りは週給94ドル70セント。それに、通常の福利厚生手当つきだ。

バクスターは30歳ぐらい。まじめで勤勉、目立たない地味な感じ。7番街のどこかで買ったらしいブルックスブラザーズ・タイプのスーツを着ている。彼の前にはたくさんの穴が開いた保険料カードの束があり、それを計算機で集計している。ふと目を上げるバド。

○壁の電気時計

5時19分。カチッと音がして針が5時20分を指すと、ベルがけたたましく鳴り響き始める。

バド（声）　僕らの部署の勤務時間は8時50分から5時20分まで――

【ワイルダーは語る】

「トローネルは独特だった。遠近法の名人だったよ。机が八百脚あり、さらにもう二百脚あったんだが、そっちはサイズが小さかった。奥に行くにつれて小柄なエキストラを使い、しまいに小さな机に子供のエキストラを坐らせた。そのあともっと小さな机には、紙に描いて切り抜いた人形だ。（略）映画作りがほんとうに楽しくなるのは、そういうときだね。（略）帽子からウサギをとりだすわけだよ」（N）

【評論】

オーソン・ウェルズが1962年にカフカの小説を映画化した『審判』も、『群衆』と『アパートの鍵貸します』（の巨大なオフィスのイメージ）を継いでいます。そしてウェルズ氏は人生最後の夜に、素晴らしきビリー・ワイルダーに言及しました。つまり、おそらく彼は『アパートの鍵貸します』を念頭に置いていたのでしょう。（Q－b）

○オフィスの全景

即座にすべての仕事がストップする。書類は置かれ、タイプライターと計算機にはカバーがかけられ、皆が帰り支度を始め、あっという間にオフィスは空っぽになる――見捨てられたデスクの海に置き去りにされ、まだ仕事に向かっているバド・バクスターを除いては。

バド（声）――フロアごとに勤務時間がずらされているので、３万１２５９人の社員は16基のエレベーターで、深刻な渋滞を起こさずに帰宅できている。一方、僕はというと、１時間か2時間、オフィスで残業していくことが多い――特に天気がよくない日には。別に野心家というわけではなく、これは、家に帰れるまでのただの時間つぶしにすぎない。そう、実は僕、住んでいるアパートに関してちょっとした問題を抱えているんだ――。

ディゾルヴして：

【カット】5
後半の、「シンシナティ支店」の部分は完成版ではカットされている。彼がシンシナティにいたことは、映画の後半、彼がフランに自殺未遂の話をする場面（Ｐ２１１）につながっていた。

【ワイルダーは語る】
私はこういう風に思っている。どんな映画でも、説明にシナリオを何頁分も費やす箇所が出てくる。ナレーションを使えばそれが十秒かかるかかからないかですませられる。後ろめたく思うことは何もない。（Ｍ）

○西67丁目　夜

雨風にさらされたアイビーリーグモデルのレインコートと、つばの狭い茶色の帽子を身につけたバドが、水たまりを避けながらゆっくりと歩道を歩いてくる。彼は、修復されたブラウンストーン・ハウスの前で立ち止まると、2階を見上げる。[6]

バド（声）　僕の住まいは、西67丁目——セントラルパークからちょうど半ブロックのところだ。家賃は月84ドル。去年の7月に大家のリーバーマン夫人が中古のエアコンを入れるまでは80ドルだった。

2階の窓は明るいがシェードが引かれ、室内からチャチャチャの音楽が流れている。[7]

バド（声）　とてもいいアパートだ。洒落てはいないけれど、居心地がよく、まさに独身男性向きという感じ。ただ一つの問題は——帰りたいときに帰れないことで……。

○屋内　アパート　夜

6
アパートの外観は、元々ニューヨークでの撮影が予定されており、51West 67th Streetをロケ地に準備が進んでいたが、夜間の気温があまりに低く（セントラルパークでのロケでジャック・レモンは本当に風邪をひいてしまった）、ワイルダーの判断によって、ハリウッドのスタジオに実際の建物を模したセットが作られることになった。
本国版ブルーレイ収録のコメンタリーによれば、バドが歩いてくる最初のカットだけは、実際にNYで撮られたものだそうである。

7
〈チャチャ〉（または〈チャチャチャ〉）は、キューバ発祥のダンス。1950年代前半に生まれた当時の新しい踊りで、南米やアメリカ、ヨーロッパ等で大流行していた。

1900年代初頭には一戸建て住宅の2階の客間だった部分が、今はリビング、寝室、浴室、キッチンに切り分けられている。壁紙は色あせ、カーペットは糸くずだらけで、布張りの家具類は洗濯が必要に見える。たくさんの本、レコードプレーヤーと山積みのレコード、そしてテレビ（21インチで、24回払い）が置かれ、壁には近代美術館《MoMA》で買った名画の複製がいくつか（ピカソ、ブラック、クレー）、額に入れずそのまま貼られている。[8]

ムード作りのためのランプが1つだけ灯り、プレーヤーではチャチャのレコードが回っている。ソファの前のコーヒーテーブルには、カクテルグラスが2つと、マティーニの飲み残りが入ったピッチャー、ほとんど空いたウォッカのボトル、溶けかけた氷がいくつか残ったスープボウル、ポテトチップスがいくらか、吸いさしの葉巻と口紅のついたタバコの吸殻でいっぱいの灰皿、そしてハンドバッグがのっている。

洒落者風の中年男性カークビー氏が、作り物の暖炉の上に置

8
「脚本には、〝バクスターの部屋の壁には、MoMA（ニューヨーク近代美術館）で買ってきたピカソ、ブラック、クレーの複製画がある〟と記されています（美術監督のトローネルは、彼のベッドの上にシャガールとルソーを加えました）。これは、主人公の人間味を感じさせるための脚本家によるアイディアのひとつでしょう。バドは、隣人のドレイファス夫人の言う『ビート族』（ビートニク）ではなく、わずかでも精神や20世紀の芸術に興味を持っている人物なのです。」（A）

「一見、孤独で憂鬱に見えるかもしれないが、バクスターのアパートは暖かく、使い古されてみすぼらしいものの、ある意味で宝石箱のようなものだ。木と漆喰で頑丈に作られ、彫刻が施されたアーチが縁を和らげ、一種のシェルターを提供している。」（G）

かれた鏡の前で、ベストのボタンを留めている。彼は、ボタンと穴が1つずれているのに気づいていない。

カークビー （声を上げる）頼むよシルヴィア。遅くなってしまった。[9]

シルヴィアは、最初の女性登場人物。赤毛で肉感的なタイプだ。彼女はネックレスをつけながら音楽に合わせてハミングしており、チャチャのリズムで部屋に入ってくると、艶めかしくカークビーに近寄っていく。

カークビー よしなさい、シルヴィア。もうここから出なくては。

彼はネックレスをつけるのを手伝い、それからレコードプレーヤーを止める。

シルヴィア 何をそんなに慌ててるの？　もう一杯マティーニを飲みたいわ。

彼女はコーヒーテーブルへ行き、ウォッカの残りをピッチャ

【ワイルダーは語る】
ワイルダー（以降BW）　近代美術館の絵の複製で、バクスターはそれを画鋲でとめたんだ。
キャメロン・クロウ（以降CC）　ああ、それでよくわかります。独身者の好みですね。複製を買ったのですが、「フレームに入れたらどう」と言ってくれる人がまわりにいない。
BW　そのとおり。バクスターのような男がやりそうなことだ。部屋を明け渡したときどうやって時間をつぶすのか？　休みの日など終日部屋にもどれない……そこで美術館に行って、絵を眺め、ポスターを買って帰ってくる（笑）。だから彼の部屋はああいう風になるわけだ。（M）

【カット】9
この一言は、完成版ではカットされている。

ーに注ぎ始める。

カークビー　お願いだシルヴィア！　もう9時15分前なんだよ。

シルヴィア　（氷のかけらをピッチャーに落とす）連れてくるときはあんなに待ちきれない様子だったのに、今度は「帰るから急げ、急げ、急げ！」って。それ、ちょっと酷いわ。

カークビー　シルヴィア、ねえ君――決してそんなつもりじゃないんだ。ただ、8時には間違いなくここを出るとあいつに約束したんだよ。

シルヴィア　（マティーニを注ぎながら）あいつって誰？　ここ、いったい誰のアパートなの？

カークビー　（イライラして）どうでもいいだろう。うちで働いている抜け作の1人さ。

○外景　ブラウンストーン・ハウス　夜

【ワイルダーは語る】

『アパートの鍵貸します』のもとになったのはデイヴィッド・リーンの傑作『逢びき』（45）なんだ。あれは列車でロンドンに通う妻子ある男と、やはり列車でロンドンに出てくる人妻とが恋に落ちる話で、二人は男の友人のアパートに行く。それを見て「あとで暖かいベッドに入っていく男の気持ちはどうだろう？」と思った。興味を引かれる人物だったし、そのことを含め他にもあれこれとノートに書きとめておいた。（略）『お熱いのがお好き』を終えてレモンにぞっこんまいっていたのがこのアイディアを引っぱりだす気になった理由のひとつだ。あの映画ではじめて一緒に仕事をし、「彼こそうってつけ。彼こそこの主役にピッタリだ」と思った。（M）

バドは、前を行ったり来たりしながら、時折、明かりのついたアパートの窓を眺めている。中年の女性がリードでつないだ犬を連れ、歩道を歩いてくる。
彼女はリーバーマン夫人、犬はスコティッシュテリアで、両名ともレインコートを着ている。その姿に気づき、バドはさりげなく階段の手すりに寄りかかってみせる。

リーバーマン夫人　こんばんは、バクスターさん。

バド　こんばんは、リーバーマンさん。

リーバーマン夫人　まったく困った天気ね。きっと、ケープ・カナベラルでやっているあのキチガイ沙汰のせいだわよ。(玄関への石段を半分ほど上がったところで) お部屋に入れなくなったの?

バド　いえ、友だちを待ってるんです。おやすみなさい、リーバーマンさん。

「『アパートの鍵貸します』のアイディアは、心の奥底で何年も温めていた。はじめてパラマウントに入ったときからすでに、『サンセット大通り』と『アパートの鍵貸します』の原案はあったんだ。でも、機が熟していなかった。ああいうアイディアや、ああいうテーマは、もっとあとの時代のもの、観客の心の準備ができてから、と信じていたよ。人生の何ごとにも、潮時というものがあるんだ」(N)

【ダイアモンドは語る】
「役柄と状況は決まっていたね」ダイアモンドは言った。「でもあらすじはなかなか決まらず、そのうち地元ハリウッドのスキャンダルを思いだした。エージェントのジェニングス・ラングが、クライアントのジョーン・ベネットと浮気して、彼女の夫で一流のプロデューサーだったウォルター・ウェンジャーに撃たれたんだ。だけど興味深かったのは、そのエージェントが部下のアパートを

リーバーマン夫人　おやすみ、バクスターさん。

彼女と愛犬は建物の中に消えていく。バドは、窓を見上げながらまた歩き始める。突然、彼は立ち止まる——明かりが消えたのだ。

○屋内　2階の廊下　夜[10]

コートを着て帽子をかぶったカークビーが、明かりの消えたアパートの開いた戸口に立っている。

カークビー　さあ早く、シルヴィア！

シルヴィアは、まがい物のペルシャラムのコートを羽織り、頭に帽子を斜めにのせ、手にはバッグと手袋、そして傘を持って、チャチャチャッと出てくる。

シルヴィア　大した舞台設定ね。正真正銘の愛の巣だわ。

カークビー　しーっ。

利用していたことさ。おかげで映画のなかの人間関係が決まったよ。誰かが自分の大会社のなかの、平社員のアパートを利用する——それがあらすじになった（略）」（N）

【カット】10
この廊下のシーンは完成版では丸々カットされている。カークビー氏が初登場するカット（P13）をよく見ると、確かにベストのボタンは1つずれているので、ここでの2人の会話も撮影は行われたのではないかと思われる。

彼はドアをロックすると、ドアマットの下に鍵を滑り込ませる。

シルヴィア　（まだチャチャっている）ボタンが1つずれてますわ、カークビーさん。

彼女は、コートの下に見えているベストを指さす。カークビーは見下ろし、ボタンをかけ違えたのに気づく。狭く薄暗い階段を下りながら、彼はボタンをかけ直す。

シルヴィア　気をつけて。奥さんたちはどんどん賢くなっているんだから。支払請求課のバーナムさんなんか、ある晩、シャツに口紅をつけて帰宅して「昼食にシュリンプカクテルを食べたんだ」と奥さんに言い訳したの。そしたら彼女、それを研究所に持ち込んで分析させたのよ。今じゃ、グレートネックにある家と子供たち、それに新車のジャガーがみんな彼女のもの……。

カークビー　もう黙ってくれないか。

【NYホテル事情】
本国版のブルーレイに収録されたメイキングによれば、本作当時のニューヨークは風紀取り締まりが厳しく、市内の各ホテルには〝売春宿化〟を防ぐための「ホテル探偵」が置かれ、男女2名が〝短時間利用〟と思われるチェックインをした場合には、部屋をノックして女性が娼婦ではないかを〝確認〟していたとのこと。その状況こそが、超一流保険会社の部長らにとってすら「部下のアパート」が貴重な貸しスペースになっている、という本作の物語の前提だったわけである。

○外景　ブラウンストーン・ハウス　夜

歩道に立っていたバドは、玄関のドアが開くのを見て、吸い殻入れの缶にぶつかりそうになりながら、慌てて脇にある半地下の通路に入る。石段の陰で、下りてくるカークビーとシルヴィアに念のため背中を向ける。

カークビー　君、住まいは？
シルヴィア　言ったでしょ、母と一緒。
カークビー　お母さんはどこに？
シルヴィア　179丁目よ、ブロンクスの。
カークビー　よしよし、地下鉄まで送っていくよ。
シルヴィア　何てこと――タクシーで送ってよ。
カークビー　なぜ女は誰も彼もブロンクスに住んでるんだ？
シルヴィア　それって、他にも女性を連れてきてるってこと？
カークビー　莫迦なことを。私は幸せな家庭持ちなんだよ。

彼らは通りを歩いていく。バドが通路から現れ、2人の後ろ姿をちらっと見てから石段を上り、玄関へ入っていく。

【ワイルダーは語る】
Q　ビリー・ワイルダーの脚本の最初のページに必ず書かれる言葉があります――「Cum Dio」。
ワイルダー　「神とともに」という意味だ。
Q　なぜそう書くのですか？
ワイルダー　ドイツ時代に一緒に仕事をした脚本家からの教えだ。彼は「書いて損はない」と言っていたよ。要するに、雲の上の存在に賄賂を贈る一番安上がりな方法なんだ。
（クリス・コロンバスによるインタビュー　アメリカン・フィルム誌1986年3月号）

○屋内　玄関ホール　夜

壁に小さな郵便ボックスが8つ並んでいる。バドは自分のところを開け、簡易封筒に入った雑誌や何通かの手紙を取り出すと、階段を上り始める。

○屋内　2階の廊下　夜

バドは、郵便物に目を通しながら自分のドアの前までやってくる。彼がドアマットの端を持ち上げようと身を屈めたとき、廊下の向こうのドアが開き、ドレイファス夫人――陽気で恰幅のいい中年女性[11]――が、古新聞と空き缶の詰まった容器を抱えて出てくる。バドは屈み込んだまま顔を向ける。

バド　やあ、どうも――ドレイファスさん。

ドレイファス夫人　どうかしたの？

バド　鍵を落としてしまったみたいで。

（ちょっと捜すふりをして）　ああ――ここにあった。

【ワイルダーは語る】11

ミセス・ドレイファスのモデルになったのは、ワイルダーが子供のころ、ウィーンのフライシュマルクト七番地のおなじアパートに住んでいた女だった。「彼女はよくうちの母を訪ねてきたものだ。ちょっと立ち止まって目を閉じれば、まるで昨日のことのように、彼女の声が頭のなかに聞こえるよ。名前は憶えていないが、あの声は憶えている。創作意欲をかきたてるぽっちゃりした女でね、いつも料理をして、自分で料理したものをあらかた食べていた。彼女はウィーンふうのドイツ語を話していたので、わたしはその雰囲気を英語に移そうとしたんだ。

ナオミ・スティーヴンスは、わたしの言うとおりにやってくれた。一部の批評家は彼女が演技過剰だと書いたが、じつはそうじゃない。あの演技でもまだ足りないんだ。あの連中、わたしの隣人を知っていたのか、と訊きたいよ（略）」（N）

彼は、マットの下から鍵を取り、体を起こす。

ドレイファス夫人　部屋で何かすごい音がしていたようよ――ひょっとしたら泥棒かも。

バド　その心配はご無用です――盗られるものなんて何もないですから。（急いで鍵を開ける）おやすみなさい、ドレイファスさん。

彼はアパートの中へ滑り込む。

○屋内　アパート　夜

バドは明かりをつけると、郵便物や鍵を小さなテーブルに置き、来客が散らかしたままの部屋をうんざりした様子で見回す。空気の臭いを嗅ぎ、窓際にいくとシェードを引き上げ、窓を大きく開ける。帽子とレインコートを脱ぎ、コーヒーテーブルの上からカクテルパーティの残骸を拾い集める。グラス、ピッチャー、ウォッカの空き瓶、氷のボウル、ポテトチップスなどをまとめて抱えると、キッチンに向かって歩き出

【キャスト名鑑】
ナオミ・スティーヴンス（1925～2018）

ミルドレッド・ドレイファス役。50年代からラジオ、映画、そしてテレビを舞台に、母親役、バー等のマダム役、隣人役等の小さな役で無数の作品に参加した。TVシリーズ『ベガス』（78～81）に巡査部長役でレギュラー出演。本作の翌々年の映画『第三の脱獄』で、ドレイファス医師役のジャック・クルーシェンと再び夫婦役（主人公の両親）を演じている。

す。[12]

ドアベルが鳴る。バドは立ち止まり、抱えたものをどうするか決めかねながらそちらに向かうと、何とかドアを開ける。カークビー氏が彼の脇をすり抜けて入ってくる。

カークビー　連れのレディがオーバーシューズを忘れてね。

彼は部屋中を歩き回ってオーバーシューズを捜す。

バド　カークビーさん、文句を言いたくはないんですが――8時にはここを出ていただけるはずでした。

カークビー　分かってるさ、バディボーイ、分かってる。[13]しかし、この手のことは、いつも予定通りというわけにはいかんのだよ――グレイハウンドバスのようにはさ。

バド　夏場ならいいんですが――ほら、雨も降っていますし――それに、夕飯もまだなんです――。

カークビー　うんうん、分かったよ。ところで――人事部のシェルドレイク氏に君のことをよろしく言っておいたぞ。

バド　（活気づいて）シェルドレイク部長？

【カクテル】12

一般的にはジン・ベースのカクテルであるマティーニは、この映画の中ではウォッカ・ベースのカクテルとして描かれている（バクスターがバーで痛飲するものは、どちらか不明）。インタビュー本『ワイルダーならどうする？』の中で、ワイルダー夫人のオードリーが以下のように語っており、少なくとも当時のワイルダー家ではウォッカ・ベースが習慣だったようである。

「はじめの頃私たちが飲んでいたのはジン・マティーニです。（略）戦後ウォッカが入ってきて、私たちもウォッカを使うようになりました。でも、もともとはジンでした」

彼女によれば、晩年のワイルダーが好んだウォッカはオランダの《ケテル・ワン》だったとのこと。

13

C・C・バクスターの〝C・C〟は、ワイルダー映画に何度か参加した助監督のC・C・コールマンの名からつけられており、〝バディ〟と

カークビー　そうさ。うちの部署のことが話題になって――人材関係《マンパワー・ワイズ》とか昇進関係《プロモーション・ワイズ》とか――（椅子の後ろでオーバーシューズを見つける）そこで彼に、君の優秀さを売り込んだんだ。人事部は常に若い管理職候補を探しているからね。

バド　ありがとうございます、カークビーさん。

カークビー　（ドアに向かいながら）前途は明るいぞ、バディボーイ。ああ、そういや酒が切れていたぞ[14]。

バド　そうなんです。アイケルバーガーさん――住宅ローン課の――、あの方が昨夜、ここでちょっとしたハロウィン・パーティをやられたので――。

カークビー　じゃあ、ウォッカとベルモットを仕入れて――私の名前を書いておいてくれ。

バド　はい、カークビーさん――ええと、いま2本分貸しなんですが……。

カークビー　金曜日に払うよ。（ドアを開けて）あと、前によく置いてあった小さなチーズクラッカーはどうしたのかね。

カークビーは出ていき、ドアが閉まる。

いうのも、実際に彼の呼び名だったとのことである。

【ワイルダーは語る】
「チーフ助監督をよくつとめてくれたのはC・C・コールマン。バクスターのC・Cは彼からきている。（略）新築中だったか改築中だったかの家の屋根から落ちて死んでしまった。底抜けの間抜けだった。仕事に関しては天下一品だったが、それ以外はほんとに抜けていた。長年フランク・キャプラの助監督をしてから、パラマウントにやってきた。徹底的に言葉を知らない男だった。（略）すべてにどこかズレたところがあった。でも、助監督としてはすこぶる有能だった」（M）

【原語／変更】14
原語では「And you're practically out of liquor.」。完成版では、「also out of liquor.」となっている。

バド　（頭の中でメモを取る）チーズクラッカー。

彼は抱えたままのものをキッチンへ運ぶ。

キッチンは狭く、雑然としている。流しの水切り台の上には、ベルモットの空き瓶、いくつかの製氷皿、オリーブが1つ残った小瓶、そしてくしゃくしゃになったポテトチップスの袋がある。

バドが入ってきて水切り台の上に抱えたものを置き、旧式の冷蔵庫を開ける。冷凍のチキンディナーを取り出すと、オーブンのスイッチを入れてマッチで点火し、紙ぶたをはがしたアルミ容器をその中に押し込む[15]。

次に、水切り台の上のごちゃごちゃを片づけ始める。カクテルグラスをすすぎ、ピッチャーに残ったマティーニをシンクに流そうとするが、考え直す。中身をグラスに注ぎ、小瓶に残ったオリーブをそこに落とし、ポテトチップスの残りをつまむと、架空の連れに乾杯し、飲み干す。その後、流しの下

【TVディナー】15
バクスターの夕飯は、一般に《TVディナー》と呼ばれる冷凍食品と思われる。同種の製品は、1953年にC・A・スワンソン&サンズ社がそのキャッチーな名称で発売したものが大ヒットし、人気商品として定着したとされている（正式な商品名は《TV Brand Frozen Dinner》）。ちなみに、初登場時の価格は98セントだったそうである。

からゴミ出し用のかごを引き出す。

かごには山のように酒瓶が入っており、バドはそこにウォッカとベルモットの空き瓶とオリーブの小瓶を加える。その重い代物を持ち上げると、リビングを抜け、戸口へと運ぶ。

○屋内　2階の廊下　夜

ドアが開き、バドが空き瓶の詰まったかごを抱えて出てくる。

ちょうどそのとき、デヴィッド・ドレイファス医師——彼の妻は先ほどお目見えした——が、重い足取りで階段を上ってくる。50代で長身、恰幅がよく、もじゃもじゃの口ひげ。厚手のオーバーコートを着て、年季の入った診療かばんを提げている。[16]

ドレイファス　こんばんは、バクスター。
バド　やあ先生。こんな時間に往診ですか？
ドレイファス　そうなんだ。57丁目の《シュラフト》で、どこかの道化者が楊枝を取らずにクラブサンドを食べちまってね。
バド　何と。（かごを置く）それじゃまた、先生。

【評論】16
自信にあふれ、気取らず、プロフェッショナルで、真の〝メンチュ〟であるジャック・クルーシェンのドレイファス医師は、ワイルダーが考える世界の正しい姿のすべてを体現している。（G）

ドレイファス医師がユダヤ系の設定と知った製作会社ユナイテッド・アーチスツ側は、その役にグルーチョ・マルクスを提案してきたという。ワイルダーは「ヴォードヴィルを作ろうとしているわけじゃない」と、それを却下したとのこと。

ドレイファス　（ボトルを示して）なあ、バクスター――その飲みっぷりからすると、君の腎臓はきっと鋼鉄製だな。
バド　ああ、僕じゃありません。ときどき飲みにくる連中がいるんですよ。[17]
ドレイファス　本当のところ、君は全身が鋼鉄製らしい。壁越しに聞こえてくる様子では、毎晩のように何かやっているようじゃないか。
バド　すみません。うるさかったですか。
ドレイファス　ときには、まだ明るいうちから始まって2回戦のことも――
（首を横に振る）ワルいやつだ！[18]
バド　（居心地が悪そうに）それじゃあ、先生。（と部屋に戻ろうとする）
ドレイファス　実はバクスター、わしはコロンビア医療センターで研究を行っているんだが――ちょっと頼みがあるんだよ。[19]
バド　僕に？
ドレイファス　遺書を作るときにだね――その暮らしでは当然作っておくべきだろう――、そのときが来たら大学に献体する、と書いておいてくれないだろうか。
バド　僕の体を？　とんでもない、皆さん失望しますよ。おやすみ、先生。

【原語／変更】17
原語は「I have some people in for a drink.」。完成版では、「I have a few people ～」となっている。

【原語】18
原語では「A nebbish like you!」。nebbishは、経験不足の若僧を意味するイディッシュ由来の俗語とのことで、そのまま訳せば、「お前さんのような若僧が！」等だろうか。ここでは、DVDの日本語字幕の名訳を拝借した。また、本国版ブルーレイ収録のコメンタリーによれば、元のシナリオでは「nebbish」ではなく、〝小物〟を意味する俗語「shrimp」となっており、撮影時に現場で修正されたとのことである。

【コロンビア医療センター】19
ドレイファス医師が言及する《コロンビア医療センター》は、コロンビア大学のメディカルセンター。マンハッタン北部のワシントン・ハイツに実在。自宅である西

ドレイファス　ほどほどにな、若いの《キッド》。

バドがドアを閉めると、ドレイファス医師も自宅へと入っていく。

○屋内　アパート　夜

バドはネクタイを緩めながらキッチンへ行き、オーブンを開けてガスを止める。冷蔵庫からコークを取り出して栓を抜くと、引き出しからナイフとフォークを出し、ハンカチを鍋つかみ代わりにしてオーブンから熱いアルミ製の容器を引っぱり出す。彼はすべてをリビングルームへ運んでいく。

リビングに行くと、バドはコーヒーテーブルに夕食を置き、ソファに腰を下ろす。何かが尻に刺さるのを感じ、身を起こすと、手を伸ばしてヘアピンをつまみ出す。[20] それを灰皿に投げ、夕食に取りかかる。見もしないで傍らの小机に手を伸ばし、テレビのリモコンのスイッチを押す。コークを一口らっぱ飲みしながら、部屋の向こうのテレビ画面を見つめる。

67丁目51からは、数分歩いたブロードウェイから地下鉄に乗って1本、25分ほどで着く場所とのことで、これは実によくできた設定だったわけである。

【キャスト名鑑】
ジャック・クルーシェン（１９２２～２００２）
カナダ生まれ。１９４０年代にラジオドラマ等で活躍し、１９４９年に映画デビュー。50年代からはＴＶドラマへのゲスト出演を中心に名バイプレイヤーとしての地位を確立。本作の名演でアカデミー賞助演男優賞候補となった。『刑事コロンボ／断たれた音』（73）での被害者（チェスの元世界チャンピオン）役も印象的。その他の出演作は、『宇宙戦争』（53）、『ベニイ・グッドマン物語』（56）、『恐怖の岬』（62）、『あひる大旋風』（71）、『フリービーとビーン／大乱戦』（74）、『サンバーン』（79）等。

画面に映像が広がっていく。サーチライトが交差する背景の前で、もったいぶった感じのアナウンサーが口上を述べている。[21]

アナウンサー　——世界最高のクラシック映画ライブラリーから今宵お届けするのは——（ファンファーレ）グレタ・ガルボ、ジョン・バリモア、ジョーン・クロフォード、ウォーレス・ビアリー、そしてライオネル・バリモアが出演する——（ファンファーレ）『グランド・ホテル[22]』！

ファンファーレが鳴り響く。バドは前方に身を乗り出し、チキンレッグを興奮気味にかじっている。

アナウンサー　——その前にまず、スポンサーからの一言を。モダンにタバコを吸うのなら、まがい物のフィルターにご注意を——

バドは口をもぐもぐさせながらリモコンに手を伸ばし、チャンネルボタンを押す。

20
シナリオにはないが、ヘアピンをつまんだバクスターは「For heaven」（何てこった／勘弁してよ）と独りごちる。「情事を、ベッドの上のヘアピンで想像させる」は、ワイルダーが師匠ルビッチの粋なテクニックとして常に例に挙げていたものであった。

21
ブルーレイ等では、ここからの一連のカットで、TVの脇に置かれたバドのレコード・コレクションのタイトルを読むことができる。この場所にはクラシック音楽がまとめられているようで、判読できるのは、フランクの交響曲ニ短調、パガニーニのヴァイオリン協奏曲第1番、ブラームスの交響曲第1番、ブリテンのピーター・グライムズ、そしてワーグナーとラヴェルの何かのアルバムである。また、後段の、殴られたバドにフランがキスする件りでも、ムソルグスキーの名前が判読できる。

別のチャンネルが映る。西部劇だ。[23] 作り物のばかげたインディアンが駅馬車を襲っている。

これはバドの好みではない。彼はチャンネルを替える。開拓時代の酒場で、ガウアー通りのカウボーイたちが、調度やお互いを壊し合っている。[24]

バドはうんざりしてまたチャンネルを替える。しかし、西部劇から逃れることはできない。この局では騎兵隊が馬を駆って救援に向かうところだ。果たして彼らは間に合うのか？

バドはその答えを待たずにまたチャンネルを替え、元の局へと戻る。画面は再び、交差するサーチライトの前に立つアナウンサーの姿となる。

アナウンサー　さあいよいよ『グランド・ホテル』です。出演は、グレタ・ガルボ、ジョン・バリモア、ジョーン・クロフォード——（バドは再び集中する）——ウォーレス・ビアリー、そしてライオネル・バリモア。さて、その前に——もう1社、スポンサーからのお知らせを。（調子よく）やあ皆さん、入れ歯、ぐらついていませんか？

22
映画『グランド・ホテル』は、1932年製作（エドマンド・グールディング監督）。アカデミー賞作品賞を受賞している。本作と同じMGMによる「オールスター映画」であり、その後の「さまざまな人物が1つの舞台に集まって同時並行的にいくつものドラマが進行する形式の映画」は、同作にちなみ《グランド・ホテル形式》と呼ばれるようになった。
　また、同映画の舞台である〈ホテル・アドロン〉は、ベルリン時代のワイルダーが取材のため〝ジゴロ的ダンサー〟として働いていた場所であった。

23
バドがチャンネルを替える間に映る西部劇は、順に『駅馬車』（39）→『拳銃無宿』（47）→再び『駅馬車』である（両作とも主演はジョン・ウェイン）。

もう沢山だ。バドは嫌気が差し、テレビを消す。画面が暗転して中央に小さな光の点だけが残る。それも徐々に消えていく。

浴室で、パジャマ姿になったバドが歯磨きをしている。シャワーカーテンのレールには、ストレッチャーで靴下が3足吊り下げられている。バドは洗面台の棚から小瓶を取ると睡眠薬を振り出し、コップの水でそれを飲む。電気を消し、寝室へと向かう。[25]

寝室にはシングルベッドが置かれ、ナイトテーブルでランプが灯っている。[26]バドは電気毛布のプラグをコンセントに差し込み、スイッチを入れる。それからベッドに入り、枕を頭の後ろに立てると、ナイトテーブルから郵便で届いた雑誌を取って、簡易封筒からするっと出して開く。『プレイボーイ』誌の最新号である。バドは、最も重要な箇所に到達するまでぱらぱらページをめくると、折り込みのピンナップを広げ、さりげなくさっと目を通し、再び折り、それから後半の記事部分を読み始める。[27]

彼が熱心に読み始めたのは、メンズファッションのコーナ

24

ガウアー通りは、1910年代という最初期から映画撮影スタジオが並んでいたハリウッド内のエリア。西部劇が映画のドル箱ジャンルだった30〜40年代には、エキストラの仕事を求める本物のカウボーイがテンガロン・ハットにブーツ姿でたむろしており、中心スポットだった「ガウアーとサンセット大通りの角」はデス・バレーにある実在の渓谷から採った《ガウアー・ガルチ》の名で呼ばれていたという。

【カット】25

バクスターが洗面台で歯を磨き睡眠薬を飲む件りと、その後のベッドで雑誌を読む件りは、完成版ではカットされている。また、後段で登場する靴下用ストレッチャー（P207）も、実はここで初登場していた。

26

バクスターの寝室のベッドは、ワ

ーだ。タイトルは「若手管理職、これから流行るのはこれ」、見出しには「山高帽が再流行」の文字が読める。記事には、様々なスタイルの山高帽をかぶった男性モデルの写真が並んでいる。

バドは山高帽に興味津々なのだが、なぜかそこでそわそわし始める。彼は再び折り込みページに戻ると、それを広げ、じっと眺め、さらに違う角度からも対象を把握しようと雑誌を回転させる。そのとき、睡眠薬の効果があらわれ始め、バドはあくびをする。彼は雑誌を床に落とし、電気を消して、寝る態勢に入る。部屋は真っ暗になり、電気毛布のダイヤルだけが小さく光っている。

3秒後。突然、リビングで電話のベルがけたたましく鳴り響く。バドはのろのろとベッドから起き上がり、スリッパを履いてリビングに向かう。彼は電気をつけ、受話器を取る。

バド　もしもし？　もしもし？　はい、バクスターですが。

○屋内　マンハッタンにあるバーの電話ブース　夜

イルダー家の私物を供出したものだったという（詳細は以降の項を参照）。また、同じベッドは『麗しのサブリナ』（54）と『ねえ！キスしてよ』（64）にも登場しているので、再見の際にはぜひご注目を。

【ワイルダーは語る】

「わたしはリアリズムに徹したかった。あのアパートは狭いから、白いものをすべてとり去って、ますます狭く見えるようにした」（N）

「わたしは昔、オーストリアのミヒャエル・トーネットが作った曲げ木の家具を蒐集していた」ワイルダーは言った。（略）「バッドのアパートに曲げ木のベッドを置いたのは、わたしが当時アッパー・ウェストサイドの独身用アパートに住んでいたら、ああいうベッドを置いただろうと思ったからさ。わたしたちはセントラル・パーク・ウェストのアパートをたくさん見てまわったよ。だからあれは、いろんなものがごたまぜになっているんだ」（N）

電話口には45歳ぐらいの、はしゃぎ気味で不愉快な感じの男がいる。彼の名はドービッシュ。
ブースの外にはちょっと酔っ払ったブロンド娘がおり、その向こうには、人で溢れタバコで煙った酒場の様子が窺われる。

ドービッシュ　やあ、バディボーイ。いま61丁目のバーにいるんだが、君のことを思い出してね。それで、ちょっと楽しく話をしようかなと。

○電話中のバド

バド　ええと、それは嬉しいですけど——あなたどなたです？

○屋内　電話ブース

ドービッシュ　ドービッシュ——ジョー・ドービッシュだよ、総務課の。

27
バクスターが読むプレイボーイ誌は、撮影時に実際の最新号だった1959年12月号である。当時、同誌は発刊からまだ6年めの新しい雑誌であり、スクリーンにしっかり登場したのはこれが初めてではないかと思われる。
ここでの内容が興味深いのは、彼が昇進を夢見て山高帽の広告を見る姿が描かれていた点、そして、折り込みのピンナップ（今月のプレイメイト）を眺めるシャイな様子でそのキャラクターが提示されていたことだろう。また、完成版でのこのシーンは大きくカットされ、眠気を催したバドが雑誌を放り投げるところから始まっているが、そのときに雑誌を横向きに持っているのは、彼が3つ折りのピンナップを広げて眺めていたためだったわけである。
カットされた理由は、映画が始まってすぐの段階で観客（特に女性）がバドに反感を持つ可能性を考慮してだったとのこと（Q－b）。

○電話中のバド

バド　（気を引き締める）ああ、ドービッシュさんでしたか。お声が分からなくて――。

○屋内　電話ブース

ドービッシュ　いいんだよ、バディボーイ。言った通り、いま61丁目の店にいるんだ――で、どうやら幸運に巡り合ったらしくてね。（ブロンドの方をちらりと見て）――彼女、アイスショーのスケーターなんだ。[28]（クックッと笑う）――それで、彼女をここから連れ出して、静かなところで一杯飲もうと思ってさ。

○電話中のバド

バド　申し訳ないです、ドービッシュさん。ご存じの通り、皆さんのご要望にはお応えしたいと思っているんですが、もう時間も遅いですし、また別の機会にしていただけませんか？

【カット】28
この台詞の「彼女、アイスショーのスケーターなんだ」以降と、次の「彼女はそんなに長くいられないんだ――氷の上でだってそうなんだから」は完成版ではカットされている。

【キャスト名鑑】
レイ・ウォルストン（1914～2001）
1945年にブロードウェイにデビューし、55年の『くたばれ！ヤンキース』でトニー賞を受賞、58年には同作の映画版に出演した。63年からのTVシリーズ『ブラボー火星人』に主演し人気を獲得。90年代にも『ピケット・フェンス』でエミー賞助演男優賞を2度受賞するなど息の長い活躍を続けた。ワイルダー映画は、本作後『ねえ！キスしてよ』（64）で、降板したピーター・セラーズの代わりに主役を務めている。その他の出演作は『スティング』（73）、『大陸横断超特急』（76）、『二十日鼠と人間』（92）等。

○屋内　電話ブース

ドービッシュ　バディボーイ、彼女はそんなに長くいられないんだ――氷の上でだってそうなんだから。なあ聞いてくれ。このチャンスは逃せないんだよ。彼女、マリリン・モンローにそっくりでさ。

○電話中のバド

バド　もしマリリン・モンロー本人だったとしても答えは同じですよ――もうベッドに入ってますし、睡眠薬も飲んじゃいましたから――残念ながら答えはノーです。29

○屋内　電話ブース

ドービッシュ　（特権をかざして）なあ、バクスター――今、うちの課は先月の勤務評定ランキングを作成しているところで、僕は君をトップ10に入れているんだ。台無しにしたくはないだろ。どうだい？

○電話中のバド

【カット&トリビア】29
「もしモンロー本人だったとしても答えは同じですよ」の部分は、完成版ではカットされている。
因みに、女性の衣服は『お熱いのがお好き』で実際にモンローが着たものをワイルダーが指定したといわれている。

【撮影】
カメラマンは、1944年にフィルムノアールの傑作『ローラ殺人事件』でアカデミー賞を獲得した、カリフォルニア出身のジョセフ・ラシェルです。50年代後半、ラシェルは元TV監督のマーティン・リットやデルバート・マンらと働き、そこではアップを多用するテレビのスタイルが用いられていました。ワイルダー監督の、ワイドで引いた画面を好むパナビジョンスタイルは、2人の

バド　もちろんです。でも、夜にちゃんと睡眠をとらなきゃ、能率的になんて働けませんから。

○屋内　電話ボックス

ドービッシュ　まだ11時だぞ――45分だけその場所を空けてくれよ。

ブロンド娘が電話ブースのドアを開け、覗き込む。

ブロンド　寂しくなってきちゃった。いったい誰と話してるの?

ドービッシュ　お袋さ。

ブロンド　あらステキ。本当にステキだわ。

ドービッシュは彼女の顔の前でドアを閉める。

ドービッシュ　(再び電話に向かって) じゃあ30分だ。どうだ、バド?

○電話中のバド

間に幾度かの意見の相違を引き起こしたように見えましたが、ラシェルはこの後の『あなただけ今晩は』『恋人よ帰れ!わが胸に』も、すべてパナビジョンで撮り上げました。(A)

【スタッフ名鑑】
ジョセフ・ラシェル(1900〜1989)撮影
20世紀フォックスでカメラマンとして『我が谷は緑なりき』(41)等に参加したあと、43年に撮影監督に昇進。60本以上の映画を担当した。オットー・プレミンジャー監督とのコンビで知られ、『ローラ殺人事件』(44)でアカデミー賞を受賞。ワイルダー映画には4作品に参加し、本作、『あなただけ今晩は』(63)、『恋人よ帰れ!わが胸に』(66)の3作でアカデミー賞にノミネートされている。その他の代表作は『堕ちた天使』(45)、『マーティ』(55)、『ねえ!キスしてよ』(64)、『裸足で散歩』(67)、ジョン・フォード監督の遺作『荒野の女たち』(66)等。

バド　（最後の抵抗）酒がまったくないんです。きれいなグラスもない
しーーチーズクラッカーだってないーーなんにもないんですよ。

○屋内　電話ボックス

ドービッシュ　そいつはこっちで何とかするから。鍵をマットの下に
置いて、出ていってくれればいい。

○屋内　アパート

バド　（電話へ：諦めて）分かりました、ドービッシュさん。

バドは電話を切り、のろのろと寝室へ戻っていく。

バド　（独り言）お好きにどうぞドービッシュさんーーまったく問題
ありませんドービッシュさんーーどうかご遠慮なくお使いください。

彼は、パジャマの上にズボンをはきながら再び寝室から姿を

【ワイルダーは語る】

CC　あの映画のカメラマン、ジョゼフ・ラシェルはあなたの重要なスタッフの一人ですが、長期間起用されたあと『シャーロック・ホームズの冒険』（70）でコンビを解消されています。新しいルックへの替えどきだったのでしょうか？

BW　そうじゃない。彼はかなり高齢で、ま、引退間際の状態だった。何本か撮影を頼んだけれども、それは彼がベテラン・カメラマンだったからだ。それに、その頃の私の映画はほとんどが白黒だろう。私自身白黒映画が大好きなんだが、撮影はカラーよりずっとむずかしい。色自体の明度に違いがあるからで、ライトを多く使い、白黒で、影も利用して人工的に明度を調整しないといけない。ほんの少し暗くしたり、ほんの少し明るくしたりして。（M）

現す。

バド　――〝バディボーイ〟は年中無休――「マリリン・モンローにそっくりでさ」
（ドービッシュの物真似で笑う）

レインコートを着込み、帽子をかぶると、バドは廊下へのドアを開け、テーブルから鍵を取ってドアマットの下に押し込む。彼の視線がドレイファス医師のアパートに向き、その顔に心配そうな表情が浮かぶ。テーブルにあったメモ帳と鉛筆を手に取ると活字体で何か書きつけ、そのメモをレコードプレーヤーの軸に突き刺したあと、ドアを閉めて出ていく。メモにはこう書いてある――

あまりうるさくしないこと
近所から苦情が来ています

○屋外　ブラウンストーン・ハウス　夜

【撮影】
カメラマンのジョセフ・ラシェルは（略）ほかの監督、特にテレビ出身の監督との仕事では、彼は数多くのクローズアップを撮ることにしていた。これは演技や演出の調子が悪くて芝居がだれてきたときに、クローズアップを挿入してカバーするためだ。だが、ワイルダーは余分なものは撮ろうとしない。実際に使うものしか撮らないのだ。監督になりたてのころ、ドーン・ハリソンに教わって、そうしたテクニックをマスターしたからで、その演出法は『翼よ！あれが巴里の灯だ』でも変わることはなかった。（略）
プロデューサーや映画会社のお偉方は、自分たちが編集に口を出したいがために、万が一に備えて余分のショットを撮らせたがる。（略）「だが、ビリーの映画の場合は、それができない。もともとそんな余分なショットは撮ってないんだから。だから、彼が編集を終えたときには、編集室の床はきれいさっぱり、フィルムの切れ端は残っていない」（K）

バドが玄関ドアから出てくる。足にはスリッパを履き、パジャマの上にズボンとレインコートを着込んでいる。彼が半分寝ながら石段を下りていくと、建物の前にタクシーが停まる。バドは、見つからないよう通路に身を隠す。帽子なしのドービッシュ氏がタクシーから用心深く出てくる。両手の指の間には、スティンガーがなみなみと注がれた長い脚のカクテルグラスが合わせて4つ。ブロンド嬢も、彼の帽子を手に降りてくる。[30]

ブロンド　ここがそうなの?

ドービッシュ　そうだ。(タクシーの運転手に)いくら?

運転手　70セントです。

スティンガーで両手がふさがっているドービッシュは、ブロンドに向き直り、ズボンのポケットを示す。

ドービッシュ　金を出してくれるかい?

ブロンドは彼の頭に帽子を置き、オーバーのボタンを外して

【カクテル】30
スティンガーは、ブランデーとミントリキュールを使った、食後あるいはナイトキャップ用に飲まれる甘口のショートカクテル。1960年に訳された本作のシナリオ(※)では、まだわが国ではあまり知られていなかったためか「彼はウィスキー・ソーダのはいったグラス四個を手に持っている」と訳されていた。
※アパートの鍵貸します(研究社映画会話台本シリーズ11)「時事英語研究」編集部 訳註 研究社出版、60年12月刊行。

【トリビア】
もともとワイルダーは、『アパートの鍵貸します』を舞台劇にしようと思っていた。一九五〇年代の半ばには、映画の検閲を通るとは思えなかったのだ。(N)
ニューヨークタイムズ紙に寄稿した記事で、ダイアモンドは、パートナーがもともと『アパートの鍵貸し

ズボンのポケットに手を入れる。その間に、彼の肘を押してしまう。

ドービッシュ　スティンガーに気をつけて！

ブロンドは、札が100ドルほど挟まったドービッシュのマネークリップを取り出す。

ドービッシュ　1ドルあげてくれ。

ブロンドは、札を1枚引き抜いて運転手に渡すと、その後、残りの札をほんの一瞬だけ余計に長く持っている。

ドービッシュ　さあ、そいつを戻してくれ、ハニー。（彼女はそうする）いい子だ。

タクシーは走り去る。ドービッシュとブロンドは建物への石段を上り始める。

ます』を演劇として構想していたことを明かし、その後、あの巨大なオフィス空間のビジョンは、大スクリーンでしか実現できないと判断した、と述べている。

「映画というメディアは、バクスターの巨大な職場と、彼が夜遅くに帰宅する殺風景な独身男性のアパートとのコントラストをより強調することができるのです」（F）

【スタッフ名鑑】

ダニエル・マンデル（1895〜1987）編集

1922年から40年以上にわたり70作以上の作品に参加。『打撃王』（42）、『我等の生涯の最良の年』（46）、そして本作で、アカデミー編集賞を3度受賞した名編集者である。ワイルダー映画には本作の他、『情婦』（57）、『ワン・ツー・スリー』（61）、『あなただけ今晩は』（63）、『ねえ！キスしてよ』（64）、『恋人よ帰れ！わが胸に』（66）と計6作に参加。『情婦』でもアカデミー賞にノミネートされている。

ブロンド　これ、本当にいいアイディアかしら？

ドービッシュ　これ以上の案はないさ。

ブロンド　（ドアを開けたまま押さえる）だって、お母さまのところに押しかけるの？――真夜中に？

ドービッシュ　（スティンガーを持って脇を通る）お袋のことなら大丈夫。一言でも文句を言えば、クビにするだけさ。

通路のバドもそれを聞くが、少しも嬉しくはない。彼は歩道に出ると、のろのろと通りを歩いていく。

○屋内　2階の廊下　夜

ブロンドと、スティンガーで両手をいっぱいにしたドービッシュが、バドのドアの前にやってくる。

ドービッシュ　鍵を出して。

ごく自然に、ブロンドは彼のポケットに手を伸ばす。

【評論】

1945年、ワイルダーが『逢びき』を観た後に書いたメモがあり、「恋人のいないこの男は、愛人たちが去ったばかりの温かいベッドによじ登る。そして、汚れたシーツを掃除し、灰皿を空にすることから抜け出せない」と記されている。（略）そのワイルダーの心象風景を訂正すれば、実際には（あの映画で）不幸な主人公カップルがベッドに入ることはない。（Q－a）

ドービッシュ　そこじゃない。マットの下だ。
ブロンド　（不思議そうに）マットの下？（鍵を拾う）
ドービッシュ　（焦れて）ほら開けて開けて――一晩中ってわけにはいかないんだ。

ブロンドが鍵を回し、ドアを開ける。

ブロンド　（疑わしげに）で、ここがお母さまのアパート？
ドービッシュ　その通り。名前はマリア・オースペンスカヤ。[31]
ブロンド　（頭を室内に入れて）どうも、オースペンスカヤさん。

ドービッシュは膝で彼女を中に押し入れ、後ろ足に蹴ってドアを閉める。

廊下は一瞬、無人になる。と、奥のドアが開き、ドレイファス医師が着古したバスローブ姿で現れ、配達人へのメモを入れた空の牛乳瓶を2本、床に並べる。突然、バドのアパートから女性のくすくす笑いが聞こえてくる。反応するドレイファス医師。同時に、チャチャチャの音楽が大音量で響き渡る。

【ワイルダーは語る】
「私にもし、真剣でないことよりも嫌いなことがあるとすれば、それは真剣すぎることだ」（E）
（サタデー・イヴニング・ポスト紙1966年12月17日）

【トリビア／カット】31
マリア・アレクセーエヴナ・オースペンスカヤ（1876〜1949）は、ロシア出身の女優。1922年に渡米し、戦前のハリウッドで活躍した。36年の『孔雀夫人』、39年の『邂逅』（『めぐり逢い』のリメイク元）でアカデミー助演女優賞にノミネートされた他、『狼男』（41）でのジプシー（ロマ）の老女役も有名である。完成したフィルムでは、「その通り」以降の名前の部分はカットされている。

ドレイファス　（画面外の妻に向かって声を上げる）ミルドレッド――
また始めたぞ。

頭を振りながら中に入り、ドアを閉める。

○屋外　セントラルパーク　夜

レインコートを着てスリッパを履いたバドが角を曲がって現れ、人気のない公園の小道をとぼとぼと歩いてくる。彼は街灯の下の湿ったベンチのところで立ち止まり、腰を下ろす。背後には、セントラルパーク・サウスにそびえ立つビル群の明かりが輝いている。[32]

バドはレインコートの中で身を縮め、震えている。もうかなり眠い。目を閉じ、頭を垂れる。風が吹き、濡れた落ち葉がベンチの上でくるくると舞う。バドはぴくりとも動かない。ぐっすり寝込んでいる。

32
この場面は、実際にセントラルパークの一角で、周囲を水と不凍液を混ぜたもので濡らして行われている（撮影は3時まで続き、気温は氷点下まで下がったそうである）。
ベンチの場所は、アパートがある設定の「西67丁目」から徒歩10分ほどで、リアルな位置関係のロケ地だったとのこと。

【ワイルダーは語る】
ワイルダーは、レモンが役柄のC・C・バクスターとおなじように風邪を引いたいきさつを説明してくれた。「（略）クリスマス休暇中のニューヨークなので、外は凍えるほど

フェードアウト

フェードイン

○屋内　保険会社ビルのロビー　昼間

グレーな11月の朝、８時45分。仕事に向かう社員たちがいくつものドアから続々と入ってくる。その中に、レインコートに帽子、厚手のマフラー、ウールの手袋で身を固め、クリネックスの箱を抱えたバドがいる。彼は咳き込むと、ティッシュを取り出して洟を拭く。酷い風邪なのだ。

ロビーは、昨年93億ドル分もの保険を扱った会社にふさわしく、大理石が使われた堂々とした造り。エレベーターは16基あって、８基には〈各階停まり　1階〜18階〉との標示があり、向かい側には〈急行　18階〜37階〉と書かれた8基が並んでいる。出発係である制服姿のワルキューレの乙女が、クリッカーをかざしながら、人の流れを各エレベーターへと誘導している。

寒いという設定になっていて、実際に寒かった。レモンは演技でひどい咳をして、ふるえながらとぼとぼとセントラル・パークまで歩いていく。風邪を引きかけていることになっているからね。

それで、わたしたちはレモンを長いベンチに坐らせる。台本では雨が降りだすことになっている。（略）わたしたちは慎重に計画を立て、水のトラックとホースを持っていった。

助監督に雨をスタートさせるように言うと、じきにレモンはそこに坐って人工降雨でずぶぬれになり、台本どおりに咳やくしゃみをしていた。そのあいだ、水は地面や道路で実際に凍っていた。（略）レモンはすばらしい演技で風邪を引きかけているふりをした。真に迫る風邪だ！　アカデミー賞ものだったよ。わたしたちは気づかなかったが、彼はほんとうに風邪を引いていたんだ！

カリフォルニアに帰っても、レモンはまだ風邪が治っていなかったので、わたしたちはそれを当初の予定よりもっと利用した」（N）

バドは、急行エレベーターのうちの1基を待つ一群に加わる。そこには、ヘラルド・トリビューン紙を読むカークビー氏の姿もある。

バド　（かすれ声で）おはようございます、カークビーさん。

カークビー　（何となく知っている相手に対するようなよそよそしさで）やあ、元気かバクスター。最近も、あれこれ頼まれたりしてるのかい？

バド　ええ。頼まれ通しです。（洟をすする）

エレベーターのドアが開き、オペレーターの姿が見える。20代半ばの女性で、名前はフラン・キューブリック。[33] きちんとした身だしなみのためか、顔つきのせいか、それとも単に制服による印象か――いずれにせよ、彼女にはとても魅力的なところがある。彼女はまた個人主義者でもあり、その襟に、間違いなく規則違反だろうカーネーションをつけている。エレベーターへ乗り込み始めた人々に、彼女は陽気に声をかける。[34]

【ワイルダーは語る】33

彼の登場人物の多くは、実在の人物、それも有名な人物の名前から引用されている。『アパートの鍵貸します』のシャーリー・マクレーンの役名（キューブリック）はヴァイオリニストのヤン・クベリークから、『お熱いのがお好き』のマリリン・モンローの役名〝ケイン〟はミシガン州立大学のハーフバックの名前から採ったという。

ワイルダーは、リアリティを追求するため、制作部門と何度もバトルを繰り広げたという。「彼らはいつも『ラッキーチェスター』や『キャメルストライク』を画面に出そうとするが、私はそんなことは許さない」と彼は言う。「新聞に『N.Y.ブレイド』という偽の名前をつけたりね。そんなことをしたら、信憑性なんて皆無だ」（E）

フラン　（すらすらと）ケッセルさんおはようございます、ロビンソンさんおはようございます、カークビーさんおはようございます、ウィリアムズさんおはようございます、リビングストンさんおはようございます、マッケルウェイさんおはようございます、ピレリさんおはようございます、シューバートさんおはようございます――。

乗客からの「おはよう、キューブリックさん」の声がときおり挟み込まれる。

フラン　おはようございます、バクスターさん。
バド　おはようございます、キューブリックさん。

バドは帽子を取る――そうしたのは彼1人だ。急行エレベーターは積み込みを終える。

出発係　（クリッカーを鳴らす）[35]ＯＫ。出発どうぞ。
フラン　（ドアを閉めながら）ドアにご注意ください。動きますよ。

34
ワイルダーは、フランが重役や従業員が乗り込むたびに挨拶をするシーンを（マクレーンには2ページ分の台詞があったが）1カットで撮ろうと考えた。4回めのテイクで彼女はようやく台詞を自分のものにしたが、いつものように脚本を手に撮影現場にいたダイアモンドは、ワイルダーにもう1テイク撮るように告げた。〝正確ではない台詞があった〟と彼は言った。マクレーンは1フレーズ飛ばしていたのだ。5回めのテイクを完璧にこなしたマクレーンに、ワイルダーは大きなキスを贈った。（Ｉ）

35
クリッカーは、木製やプラスティック製の、手の中でカチカチッという合図の音を鳴らす小さな器具。

○屋内　エレベーター

満員の急行エレベーターが動き始めたとき、バドはフランのすぐ横に立っている。
バド　（彼女を眺め）髪をどうしたの？
フラン　あんまり気になるから切っちゃったの。失敗かしら？
バド　僕はいいいと思うよ。
彼は鼻をすするとティッシュを取り出し、洟《はなみず》を拭く。

フラン　いいものをもらったみたいね。
バド　うん。あまり近づかない方がいいよ。
フラン　あら、私、風邪をひかないのよ。
バド　本当？　《疾病および事故保険金支払い請求課》の数字を見たことがあるけど、知ってるかい、20歳から50歳までのニューヨーカーは年に平均2回半風邪をひくんだ。
フラン　そう聞くとつらくなるわ。
バド　どうして？

【評論】
『アパートの鍵貸します』は、保険業界を舞台に、孤独な個人とビッグ・ビジネスとの戦いを描いた3本のワイルダー作品の中で、最も楽観的な作品と見ることができる。1944年の『深夜の告白』が多国籍企業の台頭による倫理的展望を描いたとすれば、60年の『アパート』は、会社人間の時代が頂点に達したときの救済の要請であり、66年の『恋人よ帰れ！わが胸に』は、個人を自らの運命の設計者として捉えるという概念を再確認するものであった。『アパート』が3作品の中で最も気分を高揚させてくれるのは、個人の救済がここで最も完全に実現されているからだ。（C）

フラン　だってそれって、私がまったく風邪をひかない分、誰かかわいそうなノロマさんが年に5回ひく、ということでしょう。
バド　そりゃ僕だな。（鼻をなぜる）
フラン　今日は休むべきだわ。
バド　昨夜《ゆうべ》休みたかったよ。

エレベーターは速度を落とし、やがて停止する。フランがドアを開ける。

フラン　19階——足元にお気をつけください。

バドとカークビー氏を含め、乗客の3分の1ほどが降りる。フランの脇を通るとき、カークビー氏は細長く畳んだ新聞でそのお尻をたたく。フランはわずかに飛び上がる。

フラン　（いつものことなので）手元にもお気をつけを、カークビーさん。
カークビー　（とぼけて）何だって？
フラン　そのうち、狙ってドアを閉めますよ。そしたら——

【キャスト名鑑】
シャーリー・マクレーン（1934〜）
バレエ学校で学び、16歳でダンサーとしてブロードウェイ・デビューを果たす。映画初出演はヒッチコック監督の『ハリーの災難』（55）。58年の『走り来る人々』と60年の本作でアカデミー賞助演女優賞にノミネートされ、以降、個性的なキュートさで映画ファンを魅了した。ワイルダー映画は、本作のあと『あなただけ今晩は』（63）に出演、再びジャック・レモンと共演してアカデミー賞主演女優賞にノミネート。83年の『愛と追憶の日々』で同賞受賞を果たしている。その他の代表作は、『カンカン』（60）、『噂の二人』（61）、『愛と喝采の日々』（77）、『チャンス』（79）、『マグノリアの花たち』（89）、『不機嫌な赤いバラ』（94）等。2008年、TV映画『ココ・シャネル』に主演。12年にはTVシリーズ『ダウントン・アビー』に参加した。

制服の袖に手を隠し、「切断」された腕をブラブラさせてみせる。

フラン　次は20階。

ドアが閉まる。

○屋内　19階　昼間

カークビーはエレベーターから向き直るとにやりと笑い、バドに近づく。

カークビー　あのキューブリックときたら——まったく！　彼女を中国行きの遅いエレベーターに乗せたいもんだ（時間をかけてゆっくりとモノにしたいもんだ）[36]。

バド　そうですね。彼女はこのビル一番のオペレーターですよ。

カークビー　私もオペレーターとしてかなり優秀なんだがな——彼女はどうしても乗ってきてくれないんだよ——デート関係《デート・ワイズ》に。

36　このカークビーの台詞は、有名なスタンダード曲《On a Slow Boat to China》のタイトルをひねったものである。同曲は、１９４８年に発表され大ヒット（フランク・レッサー作詞・作曲）。本作製作当時も、58年にビング・クロスビー＆ローズマリー・クルーニー盤が発売され、再び人気曲になっていたとのこと。歌詞の大意は「君をボートに乗せてのんびり遠い遠い中国まで行こうかな。そうすればたっぷり時間をかけて口説けるから」というようなものである。

バド　たぶん、アプローチの方法が間違っているんでしょう。
カークビー　そこいら中の男たちがあらゆるアプローチで試してもダメ。彼女、何を考えてるんだろうな。
バド　ただ、きちんとしたいい娘、というだけかもしれませんよ。そんな子もいっぱいいいます。
カークビー　ご高説どうも――君は小公子かね！

バドを社員用コート置き場のところに残し、カークビーは自分のオフィスであるガラスで囲まれた四角い小部屋のひとつに向かう。バドは、帽子とレインコートをラックにかけ、手袋とマフラーを置くと、コートのポケットから抗ヒスタミン剤の小さなスプレーボトルと咳止めドロップの箱を取り出し、クリネックスの箱と一緒に抱えて、デスクの間を縫うように自分の席へ向かう。デスクはもうほとんどが埋まっており、空いた席もどんどん埋まっていく。

席につくと、バドは薬をデスクにきちんと並べる。箱からティッシュを取り出して洟をかみ、回転椅子にもたれて片方の鼻に、そしてもう片方にも薬をスプレーする。突然、けたた

【キャスト名鑑】
ジャック・レモン（1925～2001）
1954年に『有名になる方法教えます』で映画初出演し、翌年の『ミスタア・ロバーツ』でアカデミー賞助演男優賞を受賞。1959年の『お熱いのがお好き』でワイルダー監督と出会い、最後の監督作品『バディ・バディ』（81）まで、本作を含む7作品に出演した。『チャイナ・シンドローム』（79）や『ミッシング』（82）等、シリアスなドラマでも名演を見せ、『セイヴ・ザ・タイガー』（73）でアカデミー主演男優賞を受賞した他、同賞へのノミネートは本作を含め6作にのぼる（『お熱いのがお好き』、本作、『酒とバラの日々』、『チャイナ・シンドローム』、『マイ・ハート　マイ・ラブ』、『ミッシング』）。71年の『コッチおじさん』では監督業にも挑戦。晩年は『12人の怒れる男　評決の行方』（97）等のテレビ映画でも印象的な演技を見せてくれた。

ましくベルが鳴る——始業だ。超誠実タイプであるバドは、即、居住まいを正し計算機のカバーを外すと、穴の開いた保険料カードを一束手に取って、キーボードで数字を入力し始める。

数秒後、バドはあたりを見回し、周囲の全員が忙しくしているのを確かめる。そして、社内電話帳を繰ってある番号を捜し、こっそりとダイヤルする。

バド　（送話口を手で覆って）もしもし、ドービッシュさんですか？バクスターです、19階の。

○屋内　ドービッシュのオフィス　昼間

21階にあるガラス張りの小部屋。ガラス越しに見えるのは、これまたものすごい数のデスクで、誰もが忙しく働いている。ドービッシュは片手に受話器を持ち、もう一方の手で電気シェーバーを顔に当てている。

【ワイルダーは語る】
両方やった経験からいうと、演出は楽しくて執筆はつらい。監督業は難しくなることもあるけれど、具体的な仕事が存在している分、喜びも大きいんだ。カメラをあっちに置いたりこっちに置いたり、シーンをあ解釈したりこう読み直したり。それに対し、書くことは、ただ空白のページから、何もないところから始めるわけだからね。脚本家というのはまったく過小評価されていると思うよ。お粗末な脚本から素晴らしい作品を作ることは絶対不可能だし、どんなに凡庸な監督であっても真にすばらしい脚本を完全に台無しにすることは不可能なんだから。（E）

ドービッシュ　ああ、バディボーイ。ちょうど電話しようと思っていたんだ。（電気シェーバーを止める）リビングの壁を汚してしまって申し訳ない。実は、例の友人が「ピカソは無能だった」と言い張ってね、それであの絵を描き始めたんだ。でも、すぐに消せると思うよ――ただのアイブロウペンシルだから。[37]

○電話中のバド

バド　ピカソの件じゃないんです。鍵ですよ、アパートの。マットの下に置いていただく約束でしょう。

○電話中のドービッシュ

ドービッシュ　置いたよ。あれ、なかったかい？――屈んであそこに入れたのをはっきり覚えてるけどな。

○電話中のバド

バド　ええ、鍵はありました、ちゃんと。でも、違う鍵なんです。

【カット】37
「でも、すぐに」以降の部分は、完成版ではカットされている。

【評価】
本作を鑑賞したアルフレッド・ヒッチコック監督は、1960年6月29日付でワイルダーに称賛の手紙を送っている。

『親愛なるミスター・ワイルダー（自筆）
先日『アパートの鍵貸します』を観ました。どれだけ楽しめたか、どれだけ美しく作られていたか、強く感じたそれらの思いを伝えるため、この一文をお送りしようと考えた次第です。
お元気で。
アルフレッド・ヒッチコック（自筆）』

その2週間前、6月15日は、ヒッチコック監督の最新作『サイコ』の公開日であった。

○電話中のドービッシュ

ドービッシュ　ホントかい？（ポケットからバドの鍵を取り出す）やあ、何てこった。どうりでさっき、管理職用トイレに入れなかったわけだ。

○電話中のバド

バド　そして僕は自分の家に入れなかった――朝の4時に大家さんを叩き起こして「手紙を出しに出たらドアが閉まってしまった」とか、さんざん言い訳しましたよ。[38]

○電話中のドービッシュ

ドービッシュ　それは気の毒だった。鍵はすぐに届けよう。それで、君の昇進の件なんだが――（机の上の報告書をぱらぱらとめくりながら）――例の勤務評定報告書を人事部のシェルドレイク部長に送ったところだ。今日中に彼から連絡があるかもしれんよ。

【カット】38
「手紙云々」の部分は、完成版ではカットされている。

【スタッフ名鑑】
アレクサンドル・トローネル（1906〜1993）美術
ブダペスト生まれ。国立美術学校を出たのち、1929年にファシスト政権下の祖国からパリへ。そこで、ルネ・クレールの『自由を我等に』等の美術監督ラザール・メールソンの助手を務める。パリ時代は、マルセル・カルネ作品の大半のデザインを担当したことで知られている（『天井桟敷の人々』にも匿名で参加）。『翼よ！あれが巴里の灯だ』のフランスロケを見学にいった際にワイルダー監督と知り合い、パリが舞台となる『昼下りの情事』（57）の美術監督を担当。その後、アメリカに移ると、ワイルダー作品7作（『情婦』、本作、『ワン・ツー・スリ

○電話中のバド

バド　ありがとうございます、ドービッシュさん。

彼は電話を切り、自分の額を触る。熱っぽい。スーツの胸ポケットに、黒い万年筆と黒いケースに入った体温計が差さっている。バドはケースを取り、ネジ式のふたを外すと、体温計を振り出して舌の下に入れ、仕事を再開する。

メッセンジャーが社内連絡用の封筒を持って、彼のデスクにやってくる。

メッセンジャー　ドービッシュさんからです。

バド　（体温計をくわえたまま）待ってて。

彼はメッセンジャーに背を向け、封筒を閉じている紐をほどくと、鍵を取り出して上着のポケットに入れる。ズボンのポケットからドービッシュの管理職用トイレの鍵を取り出し、

ー』、『あなただけ今晩は』、『ねえ！キスしてよ』、『シャーロック・ホームズの冒険』、『悲愁』）をはじめ、ウィリアム・ワイラー、ジョン・ヒューストン、フレッド・ジンネマン等の監督作品に参加した。

本作でアカデミー賞美術賞（白黒部門）を受賞。『王になろうとした男』（75）でも再びノミネートを受けている。その後、1984年には78歳でリュック・ベッソン監督の『サブウェイ』を手掛け、ファンを驚かせた。その他の代表作は、『ピラミッド』（55）、『おしゃれ泥棒』（66）、『将軍たちの夜』（67）、『ドン・ジョヴァンニ』（78）、『ラウンド・ミッドナイト』（86）等。

ワイルダー映画では、本作での巨大なオフィスやアパートの他、『昼下りの情事』でのリッツ・ホテルのスイートルーム、『情婦』でのオールドベイリー裁判所とヴィクトリア駅（酒場の奥に見える駅は巨大に引き伸ばした写真だったという）、そして『あなただけ今晩は』でのパリの裏町などが特に印象的である。

封筒の中にさりげなく滑り込ませると、紐を巻きつけ直してメッセンジャーに手渡す。

バド　（体温計をくわえたまま）ドービッシュさんへ。

一連の手順に困惑しながらメッセンジャーは去っていく。バドは体温計を口から出し、確認する。思っていたより悪い。彼は体温計をケースに戻しポケットに収めると、引き出しから卓上カレンダーを取り出して1枚めくる。11月4日水曜日という日付の下に、彼の筆跡で〝ヴァンダーホフさん〟と記されている。バドは再び電話帳を調べ、受話器を取り、ダイヤルする。[39]

○屋内　ヴァンダーホフのオフィス　昼間

また別の階にある、別のガラス張りの小部屋だ。青年商工会議所タイプのヴァンダーホフ氏が、デスクの向かいに坐る年配の秘書に口述をしている。

【トローネルは語る】

「映画のセットは、建造物のように存在するのではなく、ライトがあてられて初めて生きるものなのです。それが基本です。映画の美術は光なくしてはありえないものなのです。ということは、美術はライティングと同じように撮影に奉仕し、撮影をできるだけ容易にし、効果的にするものでなければならない。美術監督としてわたしは、ライトマンとまったく同じようにつねにキャメラマンのために働いているのです。映画が完成したとき、撮影所のライトが消えたとき、セットは死ぬ。それが映画美術です。

わたしが思うに、映画でいちばん重要なものは、その土台になるストーリーです。シナリオです。しかし、シナリオは詩のようなものです。それを映像化する、具体的に表現するというのが、現場の技術スタッフの仕事なのです」（P）

ヴァンダーホフ　親愛なるマッキントッシュさま――（電話が鳴り、彼が出る）[40] 広報、ヴァンダーホフ。ああ、君かバクスター。ちょっと待ってくれ。（秘書へ）よし、フィンチさん――ここまでの分をタイプしてくれ。（彼女がオフィスを出るまで待ち、それから電話に）さて、どうした、バクスター？

○電話中のバド

バド　実はヴァンダーホフさん――今夜、部屋をお貸しする件ですが――僕が自分で使いたいもので――それで、キャンセルを。

○電話中のヴァンダーホフ

ヴァンダーホフ　キャンセル？　しかし、彼女の誕生日なんだよ――ケーキも注文済みだ。

○電話中のバド

バド　失望させるのは不本意なんですが――いろいろなありがたいご

【評論】39
「これはとても長いシーンです。電話を使い、4人の男たちと彼らとの関係、カレンダーの意味を紹介するのですが、これはわずか6テイクで完成しました。シナリオでは何ページにもわたって続き、（撮影上も）画面サイズが2つあるのに、たったの6テイクです」（Q-b）
　ちなみに完成版では、カレンダーのカットはインサートされず、引きの画面のままである。

【カット】40
「親愛なるマッキントッシュさま」の部分は完成版ではカットされている。

褒美のこともありますし――でも、今夜はちょっと……。[41]

○電話中のヴァンダーホフ

ヴァンダーホフ　君らしくないぞ、バクスター。[42]つい先日、スタッフミーティングでシェルドレイク部長に、君がいかに信頼できる人物かを話したところだ。

○電話中のバド

バド　ありがとうございます、ヴァンダーホフさん。でも、具合が悪いんです――酷い風邪で――熱もあって――だから、会社が終わったらすぐに帰って寝ないと。

○電話中のヴァンダーホフ

ヴァンダーホフ　バディボーイ、それは一番やっちゃマズイことなんだぞ。風邪をひいたときは、蒸し風呂へ行くんだ――そこで一晩過ごして――汗をかいて――。

【カット】41
このバドの台詞は、完成版ではカットされている。

【カット】42
ここから、次のバドの「ありがとうございます、ヴァンダーホフさん」までは完成版ではカットされている。

○電話中のバド

バド　勘弁してください。肺炎かもしれないんです――もし肺炎だったら、ひと月はベッドにいることになりますよ――そして、僕がひと月ベッドにいるということは[43]――

○電話中のヴァンダーホフ

ヴァンダーホフ　ＯＫ、君の言い分は分かった。じゃあ、次の水曜にしよう。間違いなく頼むぞ。来週出られるのは、その夜だけなんだ。

○電話中のバド

バド　水曜日、水曜日――（カレンダーをめくって）名前が書いてあるなあ――何とかしてみましょう――かけ直しますね。

バドは電話を切ると、電話帳をめくって目的の番号を見つける。そして、あたりをこそこそ見回しながら再びダイヤルす

【カット】43
「そして、僕がひと月ベッドにいるということは――」の部分は完成版ではカットされている。

【ワイルダーは語る】

私は、自分の重要性に酔いしれていると思われたくない。高尚な、映画作家タイプだと思われたくないのだ。私は職人であり、その線でできる限りうまくやろうとしている。

人々を退屈させず、チームをまとめ、彼らに仕事を提供できれば、それだけで十分満足だ。

（１９８６年　ＡＦＩ記念イベント公式パンフレット）

る。

バド　（電話に向かって）アイケルバーガーさん？　そちら、住宅ローン課ですか？　アイケルバーガーさんとお話ししたいのですが。はい、急用です。[44]

○屋内　アイケルバーガーのオフィス　昼間[45]

また別のガラス張りの小部屋だが、他より少し大きめである。アイケルバーガー氏は50歳くらいの堅実な市民で、3人の同僚に住宅ローンのグラフを見せているところ。4人めの同僚は電話に出ている。

同僚　（アイケルバーガーに電話を差し出す）君にだよ、メル。

アイケルバーガーはグラフを置き、電話を取る。

アイケルバーガー　はい、アイケルバーガー――ああ、なんだバクスターか。（仲間を一瞥し、仕事の電話であるかのように続ける）何か問

【カット】44
「そちら、住宅ローン課ですか？」以降の部分は完成版ではカットされている。

【カット】45
完成版のこのシーンは、アイケルバーガー氏が受話器を取ったところから始まっている。

題でも？――水曜が駄目？――そいつは計画にちょっと影響するね――木曜日？　いや、木曜は予定が詰まってるな――じゃあ、そのミーティングは、金曜日ということにしようじゃないか。

○電話中のバド

バド　金曜ですか？（カレンダーを確認する）何とかしましょう。またかけます。

　彼は電話を切り、電話帳を調べ、ダイヤルし始める。

○屋内　カークビーのオフィス　昼間

19階にある、また別のガラス張りの小部屋だ。カークビーはディクタフォンに向かって口述している。

カークビー　保険料関係《プレミアム・ワイズ》と請求書関係《ビリング・ワイズ》は、昨年よりも18パーセント増加――10月期《オクトーバー・ワイズ》[46]では……。

【キャスト名鑑】
デヴィッド・ルイス（1916～2000）
カークビー役。50～60年代にTVを中心に活躍。63年にスタートし現在も続く昼メロドラマ『ジェネラル・ホスピタル』に79年からレギュラー出演、代表作となった。映画は『すてきな気持ち』（57）、『うっかり博士の大発明 フラバァ』（61）、『絞殺魔』（68）等。

【キャスト名鑑】
デヴィッド・ホワイト（1916～1990）
アイケルバーガー役。ブロードウェイで活躍し、50年代にTV、映画と活躍の場を広げていった。64年からのTVシリーズ『奥さまは魔女』のラリー・テイト役で最も知られる。映画は『ルーズベルト物語』（60）、『おとぼけ先生』（61）、『雪だるま超特急』（72）等。

電話が鳴っている。カークビーは機械のスイッチを切り、受話器を取る。

カークビー　もしもし？　やあ、バクスター。何か用かね？

○電話中のバド

バド　金曜の予定ですが――代わりに木曜日ではいかがでしょう？　そうしていただけると、とてもありがたいのですが……。

○電話中のカークビー

カークビー　ああ――私はＯＫだ、バド[47]。ちょっと確認させてくれ。かけ直すよ。

彼は電話機のボタンを押し、オペレーターを呼び出す。

○屋内　電話交換室　昼間

【～wise】46

この「～関係」は、原文では「～wise」（「10月期では」も「October-wise」である）。〝業界っぽい〟言い回しとして本作の全編で頻繁に登場しており、シナリオ最終ページの最後に添えられたワイルダー監督の洒落た一言にもつながっているので、お楽しみに。本書では、不自然にならないよう、主には「～的」と「～関係」の2種類に訳し分けている。

この「～wise」は、作品全体を象徴する都会的な文言として、ポスターのコピーにも活用されている。『Movie-wise, there has never been anything like "THE APARTMENT" / love-wise, laugh-wise or otherwise-wise!』

また、1955年のMGMミュージカル『いつも上天気』でも、この「～wise」が広告業界の流行り言葉として登場、《Situation-Wise》というナンバーも歌われている。

中央に交換台が2列、向かい合わせに並んでいる。その両側には9名ずつの若い女性がおり、全員がビーバーのように忙しく働いている。一番手前に坐っているのはシルヴィア、昨夜のカークビーのデート相手である。

シルヴィア　コンソリデーテッド・ライフ保険でございます――はい、おつなぎいたします――はい、コンソリデーテッド・ライフ……。

隣の女性が振り向き、電話線を差し出す。

女性　シルヴィア――あなたによ。

シルヴィアは自分の交換機に電話線を差し込む。

シルヴィア　もしもし?　あーらどうも――ええ、無事に帰ったわ――45セント貸しですからね。

○電話中のカークビー

【カット】47
「ああ――私はOKだ、バド」の部分は完成版ではカットされている。

【キャスト名鑑】
ジョーン・ショウリー（1926〜1987）
シルヴィア役。ブロードウェイのショーガールから映画界入りし、50年代からはTVでも活躍した。アメリカ本国では1963年からの『ディック・ヴァン・ダイク・ショー』へのレギュラー出演で最も知られているそうである。ワイルダー映画は、前作『お熱いのがお好き』（59）で楽団リーダー、スイート・スー役を好演。本作後、『あなただけ今晩は』（63）と『バディ・バディ』（81）にも参加している。『刑事コロンボ／二枚のドガの絵』（71）の画廊オーナー・マチルダ役も印象的。

カークビー　分かった分かった。ねえシルヴィア、金曜日のナニだが――木曜日の晩にはできないかな？

○交換台のシルヴィア

シルヴィア　木曜？　『アンタッチャブル』があるわ――ボブ・スタックの[48]。

○電話中のカークビー

カークビー　ボブ誰だって？――分かった分かった、アパートで一緒に見ようじゃないか――やれやれ大仕事《ビッグ・ディール》だ。（彼は電話を切り、ダイヤルする）バクスター？　木曜日でＯＫだ。

○屋内　19階　昼間

　バドがデスクで電話している。

バド　ありがとうございます、カークビーさん。（電話を切る。電話帳

48
『アンタッチャブル』は、１９５９年10月から１９６３年5月まで、米ＡＢＣテレビで放送された、ＦＢＩ特別捜査班とギャングの闘いを描いたＴＶシリーズ（全１１８話）。つまり、本作撮影時には、実際に話題の新番組だったわけである。ロバート・スタックは、主役であるエリオット・ネスを演じた俳優。同作は、ネス本人の自伝を基に企画されており、同じ自伝を原作に１９８７年にはブライアン・デ・パルマ監督によって映画版も製作された。
　本シナリオの60年版の邦訳では、まだ同番組が知られていなかったらしく、『のけもの族』と訳されていた。

を見る。ダイヤルする）アイケルバーガーさん？　金曜、ＯＫです。（電話を切る。電話帳を見る。ダイヤルする）ヴァンダーホフさん？水曜、ＯＫです。

この最中に隣のデスクの電話が鳴り、その席のモフェット氏が出る。バドが電話を切ると――

モフェット　（電話に向かって）分かりました――伝えます。（電話を切り、バドに向き直る）バクスター、人事部、シェルドレイク部長の秘書からだ。

バド　シェルドレイク部長？

モフェット　20分間、ずっと君にかけていたそうだ。上のオフィスへ来いってさ。

バド　ああ！

彼は飛び上がると、鼻スプレーを片方のポケットに入れ、もう片方にティッシュペーパーを詰め込む。

モフェット　何なんだバクスター？　昇進、それともクビか？

【スタッフ名鑑】

ドーン・ハリソン（１８９４～１９６８）編集／アソシエイト・プロデューサー

１９２０年代から編集者として多数の映画に参加。35年にパラマウントに入社し、ミッチェル・ライゼン監督とのコンビで11作を担当。そこで脚本家として参加していたワイルダーと出会う。42年に『少佐と少女』で監督業に進出したワイルダーが編集担当（兼アドバイザー）を依頼し、以後、１９５４年の『麗しのサブリナ』まで編集を担当。パラマウントを離れて以降は、アソシエイト・プロデューサーという肩書で引き続き起用され、撮影現場での右腕として、亡くなる前々年の『恋人よ帰れ！わが胸に』まで、25年にわたりワイルダーを支え続けた、最も重要なスタッフの１人である。

バド　（高飛車な感じで）賭けるかい？

モフェット　僕は君の倍もここにいるんだぜ――。

バド　どうかな――1ドルで？

モフェット　よし乗った。

　バドは、おかしくなったフィールドランナーのように、蛇行しながらデスクの間を駆け抜けていく[49]。

　エレベーターの前に着くと、バドは神経質に何度もUPボタンを押す。ドアの1つが開き、彼は中に入る。と、同時に隣のエレベーターのドアも開き、フラン・キューブリックが顔を出す。

フラン　上に行かれる方、います？

　彼女の声を聞いたバドは、オペレーターに早口で「失礼」と声をかけると飛び出し、フランのエレベーターへと乗り込む。

バド　27階へよろしく。そして運転は慎重にね。貴重な積荷《プレシャス・カーゴ》を運ぶん

【シャーリー・マクレーンは語る】
「製作補のドーン・ハリソンはすばらしい人で、非常に独特だったわ。ビリー・ワイルダーはずいぶん彼のおかげをこうむっていると思う。彼はとても親切で、忍耐強く、直感が鋭かった――半分は直感で、半分は経験からくるものなんでしょうけど。ビリーはほんとうに彼を高く買っていたわ」

　ハリソンはオスカーの編集賞に三回ノミネートされた。一九四三年の『熱砂の秘密』、一九四五年の『失われた週末』、そして一九五〇年の『サンセット大通り』である。（N）

　彼（ドーン・ハリソン）はワイルダーがアメリカで初監督した映画『少佐と少女』から共に働いてきた人物です。ワイルダーはヨーロッパですでに監督を経験していましたが、まだ自身のことを脚本家と考えていて、どの画像をどう編集するのか、そして時にはカメラをどこに配置すべきか等についても、ハリソン

だから——つまり、人材関係《マンパワー・ワイズ》の話としてさ。

フランはドアを閉める。

○屋内　エレベーター　昼間

フランがボタンを押し、エレベーターは動き出す。

フラン　27階にまいります。
バド　キューブリックさん、君は知らないかもしれないが、僕はトップ10に入っている男なんだ——能率的《エフィシェンシー・ワイズ》にね。それに、今日は昇進的《プロモーション・ワイズ》にいい日かも。
フラン　何だかカークビーさんみたいよ。
バド　かもね。あの人たちが僕を上の階に蹴り上げてくれようとしてるんだよ——。
フラン　あなたは他の人たちとは違うわ。（バドの顔が輝く）だって、エレベーターに乗って帽子を脱ぐのは、社内であなただけ。
バド　本当？
フラン　誰ひとりね。男の人って、エレベーターに乗ると何かが起こ

の助言に全幅の信頼を置いていました。ワイルダーは、ミッチェル・ライゼン監督のために脚本を書いているときに彼と出会い、（監督デビューにあたり）編集者になってもらえるか打診し、（略）最終的には彼をアソシエイト・プロデューサーとして雇いました。（A）

【撮影】49
ゴールドウィン・スタジオでの『アパート』の撮影は、終始快適でリラックスした雰囲気だった。ワイルダーは絶好調で、ことあるごとにジョークを飛ばす。彼はバクスターが最初に昇進するシークエンスで、灰色のスチールデスクや灰色の顔の間を通り抜けるドリーショットを（『ベン・ハー』になぞらえて）「我々の戦車レース」と呼んでいた。（B）
※別の資料では、この発言は、大勢の社員が働く群衆シーンについてされた、とある。

るのかしら。きっと気圧の変化のせいね——頭に血が上るみたいだもの——ほんと、いろいろ話してあげたいぐらい。

バド　ぜひ聞きたいな。近いうち、カフェテリアで昼食をどう？——もちろん夜、仕事が終わってからでも——。

フラン　27階です。

エレベーターが止まり、フランがドアを開ける。

○屋内　27階のホール　昼間

ここはかなり豪華な造りだ——柔らかいカーペットが敷かれ、重役たちのオフィスへと続く背の高いマホガニー製のドアが並ぶ。エレベーターのドアが開き、バドが出てくる。

フラン　すべてうまくいきますように。

バド　そう願うよ。まさかこんな日に呼ばれるなんて——風邪をひいているし、他にもいろいろあってさ——。（ネクタイをいじりながら）どうかな？

【ワイルダーが選ぶ名画Best10①1952年版】
戦艦ポチョムキン　S・エイゼンシュテイン
グリード　E・フォン・シュトロハイム
ヴァリエテ　E・A・デュポン
黄金狂時代　チャールズ・チャップリン
群衆（クラウド）　キング・ヴィダー
大いなる幻影　ジャン・ルノワール
男の敵　ジョン・フォード
ニノチカ　エルンスト・ルビッチ
我等の生涯の最良の年　ウィリアム・ワイラー
自転車泥棒　ヴィットリオ・デ・シーカ
※『サイト&サウンド』誌における「映画監督が選ぶオールタイム・ベスト」より

フラン　いい感じよ。（エレベーターから出てくる）待って。

彼女は襟からカーネーションを取り、バドの襟元のボタンホールにそれを挿してくれる。

バド　ありがとう。初めて君に会ったとき――まだ各階停まりのオペレーターだった頃だ――まず印象的だったのは、いつも花をつけていることだったよ。

エレベーターのブザーが鳴り続けている。フランはそちらに後ずさる。

フラン　幸運をね。おハナは拭いて。

彼女はドアを閉める。バドは彼女を見送ると、ポケットからティッシュを取り出し、洟を拭きながら〈J・D・シェルドレイク　人事部部長〉と記されたガラス製ドアの方に向かう。使用済みのティッシュを別のポケットにしまい、中に入る。

【ワイルダーが選ぶ名画Best10②1995年版】
我等の生涯の最良の年　ウィリアム・ワイラー
自転車泥棒　ヴィットリオ・デ・シーカ
戦場にかける橋　デヴィッド・リーン
暗殺の森　ベルナルド・ベルトルッチ
悪魔のような女　アンリ＝ジョルジュ・クルーゾー
甘い生活　フェデリコ・フェリーニ
四十二番街　ロイド・ベーコン
大いなる幻影　ジャン・ルノワール
誘惑されて棄てられて　ピエトロ・ジェルミ
街角 桃色の店　エルンスト・ルビッチ
※『タイム・アウト』誌1995年5月10～17日号「映画監督が選ぶオールタイム・ベスト」より

○屋内　シェルドレイクの受付　昼間

秘書と数人のタイピストがいる落ち着いたオフィス。秘書の名前はミス・オルセン。30代で、亜麻色の髪、整った顔立ち。ハーレクイン眼鏡（派手な色の、両端が細く上にとがったタイプ）をかけている。そして、物言いがきつい。バドは彼女のデスクへと近づく。

バド　C・C・バクスターです――普通保険料計算課の――シェルドレイク部長にお電話をいただきました。

ミス・オルセン　私よ、電話したのは――あなたは20分間出なかったけど。

バド　すみません、僕――。

ミス・オルセン　お入りを。

彼女は、奥のオフィスへのドアを示す。バドは緊張した様子で中へと入っていく。

【評論】
舞台は1959年11月のマンハッタン。当時、アメリカ文化の大きなテーマであった「組織人間や順応主義」に対する大きな懸念を扱っている。アイゼンハワーの時代が終わり、ケネディの時代が始まる直前だった。特に大企業に勤める人々は（略）魂のないロボットのように見られていた。56年に出版されたウィリアム・H・ホワイトの『組織のなかの人間』、スローン・ウィルソンによる55年の小説『灰色の服を着た男』等は、企業文化が人間の精神を蝕んでいく様を扱っており、この映画もその流れを汲んでいた。（Q－a）

【ワイルダー評】
亡命者は、望むと望まざるとにかかわらず、必要に迫られて仮面劇の役を演じなければならない。新しい文化、新しい言語などに適応しなければならない。そして、ワイルダーはハリウッドに適応しようとした。彼は常に意識して、役を演じてい

○屋内　シェルドレイクのオフィス　昼間

シェルドレイク氏は年収1万4000ドル、4枚窓のオフィスに値すると評価されている。[50]

エグゼクティブ・スイートとまではいかないが、中間管理層のガラス張りの小部屋とは比べ物にならない。革張りの調度が並ぶ中、奥に大きなデスクがあって、その後ろにシェルドレイク氏が坐っている。40代半ばの威厳ある男性で、郊外のコミュニティの柱であり、献血ドナーであり、家庭的な人物である。最後の1つは、ミリタリースクールの制服を着た8歳と10歳の男の子の、額縁に入った写真が証明している。

バクスターが入ってきたとき、シェルドレイクはドービッシュの勤務評定報告書に目を通している。彼は顔を上げ、縁の太い老眼鏡越しにバドを見上げる。

シェルドレイク　バクスター？

バド　はい、そうです。

た。だから、彼の登場人物はしばしば役割演技をして、仮面舞踏会が絡んでくる。ワイルダー映画の緊張感は、しばしばそういう緊張感である。（略）ダイアモンドも子供の頃に来た移民の1人で、亡命の経験があり、仮装への関心も似ていた。（Q－a）

【評論】

この映画で描かれているのは、一九六〇年のアメリカの企業生活。男性の世界だ。コンソリデーテッド・ライフ社の最上階の重役室には、男性を仕事の高みへつれていってくれる秘書やエレベーターガール以外、女性はいない。女性たちはデスクで、そしてベッドのなかで、ピルのない時代のアメリカの男性を喜ばせようとする。女性たちは歳をとるが、男性たちはとらない。一九五〇年代は、米国がおおいに繁栄した時代だったが、一九九〇年代と同様、みんなが豊かになったわけではなかった。（N）

シェルドレイク　（彼を眺める）どんな感じの人物だろうと思っていたんだ。坐ってくれ。
バド　はい、シェルドレイク部長。

彼はシェルドレイクと向かい合わせの、革張りの肘掛け椅子の端の方に坐る。

シェルドレイク　君の評判をあちこちで聞くんだ――ドービッシュ君からの報告書にもこうある――忠実で、協力的で、とっさの機転が利く――。
バド　ドービッシュさんがそんなことを？
シェルドレイク　それからカークビー君によると、君は週に何度か、夜遅くまでオフィスで働いているそうだ――残業代なしで。
バド　（謙虚そうに）まあ、ご存じの通り、いろいろと溜まってしまうものですから。
シェルドレイク　広報のヴァンダーホフ君と住宅ローン課のアイケルバーガー君は、自分たちの部署に君をほしいと言っている。
バド　何とも過分な評価です。

50
〝シェルドレイク〟という名前はワイルダーの大のお気に入りで、本作の他、『サンセット大通り』（主人公の脚本家が自分を売り込んでいるプロデューサーの名）と『ねえ！キスしてよ』（主人公の妻が通う歯医者の名）でも登場させている。
「雰囲気がある名前だから、好きだったんだ。カリフォルニア大のバスケットボールの選手から拝借したんだよ」（N）

【ワイルダーは語る】
ジェフ・シェルドレイクの役には、ポール・ダグラスがキャスティングされた。「じつに理想的だったよ」ワイルダーは言った。「彼は『三人の妻への手紙』のなかで、おなじような役をやったことがあったんだ。
わたしはあるレストランで彼と奥さんのジャン・スターリングを見かけ、彼ならうってつけだと気づいて（略）出演を依頼した。でもスタートする二日くらい前に、彼は心臓発

シェルドレイクは報告書を置くと、眼鏡を外し、デスクの向こうのバドへ身を乗り出す。

シェルドレイク　教えてくれ、バクスター——君の人気の秘密はいったい何なんだね。

バド　分かりません。

シェルドレイク　考えてみたまえ。

バドはそうする。しばらくの間、彼はものすごく集中している姿になる。やがて——

バド　もう一度質問をお願いできますか。

シェルドレイク　いいかねバクスター、わたしは馬鹿じゃない。このビルの中で起きていることは全部把握している。すべての部署、すべての階、一年中のすべてをだ。

バド　(非常に小さな声で)そうなんですか?

シェルドレイク　(立ち上がり、歩き回り始める)あれは1957年のことだ。わが社にファウラーという社員がいた。彼も非常に人気があったよ。保険数理課にいてノミ屋をやっていたんだ。オフィスの

作を起こして亡くなった。

イズとわたしは打ちのめされた。ショックから立ち直ったあと、映画のことと、どうしたらいいかを考えた。やがてふたり同時に、異口同音に言った。『フレッド・マクマレイがいい』(略)わたしが説明すると、フレッドは言った。『無理だよ。部下のアパートでエレベーターガールと不倫するような男は演じられないね。しかもクリスマス休暇中に不倫するなんて。わたしはウォルト・ディズニーと契約しているんだ。(略)お払い箱になってしまう。一巻の終わりだ』(略)映画が公開されたあと、フレッド・マクマレイは電話してきて、路上で女の人に攻撃されたと言ったよ。その女は彼を見て、『おかげであなたの出演しているテレビ番組が台なしになったわ、「パパ大好き」が楽しめなくなっちゃった』と、わめいたそうだ。(略)そのあと女は、ハンドバッグで彼を殴った。現在なら、もちろんあれはディズニー映画と見なされるよ」(N)

ＩＢＭマシンでオッズを計算し、電話をかけまくっていた――そこで、ケンタッキーダービーの前日に、警察の風俗賭博取締班《バイス・スクワッド》を呼んで13階を急襲させた。

バド　（不安げに）風俗賭博取締班？

シェルドレイク　その通りだ、バクスター。

バド　それが僕となんの――何の関係があるんでしょうか？　僕はノミ屋なんかやっていません。

シェルドレイク　では、なに屋をやっているのかな？

バド　はい？

シェルドレイク　この建物の中を、1本の鍵が漂い回っている――カークビー、ヴァンダーホフ、アイケルバーガー、そしてドービッシュの間を――それは、あるアパートの鍵だ。君、それが誰のアパートだか知っているだろう？

バド　誰のでしょう？

シェルドレイク　忠実で、協力的で、とっさの機転が利くC・C・バクスター[51]さ。

バド　ああ……。

シェルドレイク　否認するつもりかね。

バド　いいえ。否認はしません。ただ、ちょっと説明させていただけ

【ワイルダーは語る】
　マクマレイは、はまり役だった。なぜって、『深夜の告白』で演じた保険のセールスマンは、道を踏みはずさなければ、『アパートの鍵貸します』のシェルドレイクのように、会社全体をとり仕切るようになっていたかもしれないんだから。（N）

【フレッド・マクマレイは語る】
　フレッド・マクマレイは『深夜の告白』の撮影は（略）非常に楽だった、と回想する。（略）
「ワイルダーは完璧な演出をしてくれた。私がサスペンスシーンを短くしようとしたとき、彼がそれを振り切ったことがある。〝もっと延ばせ！〟と監督は叫んだ。私は自分の判断に反して演技を引き延ばしてみた。そのシーンは、他のどのシーンよりも好意的なコメントを得ることになった。なぜワイルダーが監督で、なぜ私がただの役者であるかの、これは説明になるかもしれない」（B）

るなら――

シェルドレイク　そうしてくれ。

バド　（深呼吸をひとつ）ええと、半年前[52]、僕は夜間学校に通って上級会計の講義を受けていました――で、うちの部署のジャージーに住んでいる男がビルトモアホテルでのパーティに出ることになって、奥さんとこっちで待ち合わせをするのでタキシードに着替える場所が必要だ、と言ってきたんです。それで彼に鍵を渡したら――噂が広まったんでしょうね。気がつくと大勢の人が突然パーティへ行くようになっていて――1人に鍵を貸したら、他の人にもノーとは言えず――今のような、僕の手には負えない状態になってしまって……失礼します。

彼は鼻スプレーを取り出し、それぞれの鼻の穴に素早く2回噴射する。

シェルドレイク　バクスター、保険会社というのは社会の信用の上に成り立っているんだ。不適切な行為をする社員は――（そこで新しいギアにシフトチェンジする）君の小さなクラブに、メンバーは何人いるんだね？

51　原語では「Loyal, cooperative, resourceful C.C. Baxter.」。これはP70での言葉の繰り返しであるが、完成版でマクマレイはこの台詞を「Loyal, resourceful, cooperative ～」と言っている。現場でのダイアモンド&ワイルダーのチェックをミスがかいくぐり生き残った稀有な例だろうか。

【変更】52　完成版では、この「半年前」は「1年前」に変更されている。

バド　あの4人だけです――社員数は3万1259人ですから、実際のところ、わが社の社員はとても誇れる状態かと……確率的《パーセンテージ・ワイズ》には。

シェルドレイク　そういう問題じゃない。樽の中に腐ったリンゴが4つ――樽がどんなに大きかろうとも――もしこれが外に漏れたらどうなるか、君にも分かるだろう。

バド　ああ、そんなことにはなりません。どうか信じてください。それに、二度とこんなことは起きません。もう金輪際、誰かに僕のアパートを使わせることなど――。

彼は勢いでスプレーボトルを強く握り、薬をデスク中に吹きかける。[53]

シェルドレイク　君のアパートはどこに？

バド　西67丁目です――隣人や大家さん、酒や鍵のことで、それはそれは酷い目に遭ってきていまして……。

シェルドレイク　鍵の件はどうやっているんだね？

バド　ええと、だいたいはオフィスで渡して、皆はマットの下に置いて帰るんです――でも、もう二度としません――約束します。

【ジャック・レモンは語る】53

「『アパートの鍵貸します』では、わたしがやった突拍子もない演技が採用されて、うれしかったよ」レモンは言った。「わたしは上司のオフィスに呼ばれるんだが、ひどい風邪を引いていて――ついでながら、ほんとうに風邪を引いていたんだ――小道具として点鼻薬のスプレーを持っていた。そこで考えた。『待てよ――せっかくこれを手に持っているんだから、「大丈夫」というせりふを言うとき、思わずこれを噴きかけることにしよう』とね。

（略）そういうことを憶えているのは、それがうまくいったからだし、もちろんわたしのアイディアだったからだ」（N）

内線電話が鳴り、シェルドレイクが受話器を取る。

シェルドレイク　何だね、ミス・オルセン。

○屋内　シェルドレイクの受付　昼間

ミス・オルセンが電話している。

ミス・オルセン　シェルドレイク部長、奥さまから折り返しのお電話です――2番をどうぞ。

彼女はボタンを押し電話を切りかけるが、タイピストたちが見ていないか周囲をちらっと見てから受話器を耳に当て、会話を盗み聞きする。54

○屋内　シェルドレイクのオフィス　昼間

シェルドレイクが電話で話している。

【ジャック・レモンは語る】53
『私は小道具もない楽屋で風邪のシーンについて取り組んでいました。台詞の一節の中で「拳を握るように」との指示を見たとき、「あ、これだ！」と自然に思ったのです。
すぐに小道具部門に行きました。監督と話す段階ではないので、まずは試してみなければいけません。私は、穴のサイズが違うすべてのスプレーを試してみました。そして最終的にはスプレーをしたときに目立つだろうと、脱脂乳を使用しました。（略）マクマレイは彼が映画の中でしているのとまったく同じようにふるまいました。スプレーをちらっと見ただけで（何事もなかったかのように無視して）次の会話に進みました。ビリーはその部分が気に入ったので、場面はそのままになりました』（A）

シェルドレイク　やあ――さっき電話したんだよ――どこへ行ってたんだい？　ああ、トミーの歯医者か。[55]

この間に、バドは椅子から立ち上がり、ドアのほうに少しずつ歩き始めている。

シェルドレイク　（彼に向き直って）どこへ行くんだ、バクスター？

バド　あの、お邪魔したくないもので――それに、たぶん――すべて解決したと思いますし――。

シェルドレイク　まだ話は終わっていない。

バド　はい、わかりました。

シェルドレイク　（電話に）電話したのは、今晩、夕食までに戻れないと言うためなんだ。カンザスシティから支店長が出てきていてね、彼を劇場に連れていく――『ミュージック・マン』さ、もちろん。いや、起きて待ってなくていいよ――じゃあ、ダーリン。[56]（電話を切り、バドに向き直る）バクスター、君はもう『ミュージック・マン』を観たかい？

バド　まだです。でも、傑作だそうですね。

【ワイルダーは語る】54

つねに大きな問題がひとつあるものだ。何度も書きなおし、頭をしぼりにしぼるんだが、解決できない。そのまま放り投げようかと思う……そうやっているうちに問題が氷解する。気がついたときにはシナリオが完成している。つねに問題はひとつに集結する。そしてそれを征服するのが喜びとなる。『アパートの鍵貸します』では、シェルドレイクにもう一人浮気の相手が必要だった。（略）その元愛人がシェルドレイク夫人に電話をする……（略）そういう答えを得るまで頭をしぼりつくさないといけなかった。（M）

55

完成版では、ここにもう一言、「虫歯なしか。よかった」という台詞が追加されている。フランの義兄カール役のジョニー・セヴンは、これはマクマレイのアドリブ（ワイルダーは「私はそんなこと書いてないぞ」と叫んだという）が採用されたものと証言している。（Q－c）

シェルドレイク　今晩、観にいってみないか？
バド　つまりその――部長と僕とでですか？　カンザスシティの支店長と行かれるのでは？
シェルドレイク　私は他に予定があってね。チケットは2枚とも君が使ってくれ。
バド　ああ――ありがとうございます。でも、体調がよくなくて――ご覧の通りの風邪っぴきなもので――まっすぐ帰宅しようかと。
シェルドレイク　バクスター、分かっていないな。私には別の予定があると言ったろう。
バド　僕もなんです――アスピリンを4錠飲んでベッドに入るつもりで――なので、チケットは他のどなたかにあげてください。
シェルドレイク　チケットはただ渡すんじゃないんだ、バクスター。交換したいんだよ。
バド　交換？　何とです？

シェルドレイクはドービッシュの報告書を開き、眼鏡をかけ、ページをめくる。

シェルドレイク　ここにはこうも書いてある――君は注意深く、頭が

56　当初の脚本では、この作品は、やはり舞台ミュージカルである『南太平洋』だったと伝えられている（ある資料では、ワイルダー自身も出資していた『サウンド・オブ・ミュージック』だったとも）。ところが、脚本執筆後、ワイルダーが事前に観にいったところ、『南太平洋』の出来がまったく気に入らず、高く評価していた『ミュージック・マン』に差し替えたという。

【ワイルダーは語る】
かつてワイルダーは、「登場人物を劇中でショーに行かせるときは、自分が本当によいと思うショーを見てもらうという意味である」旨を語ったこともある。（E）

切れ、非常に想像力に富む、と――

バド　ええ……？（ぱっと光が差す）ああ！

バドはスーツのポケットに手を入れると、ティッシュペーパーを次から次へとつかみ出し、最後にアパートの鍵を取り出す。彼はそれを掲げてみせる。

バド　これでしょうか？[57]

シェルドレイク　いい判断だ、バクスター。来月あたり人事異動がある。私の知る限りでは、君は管理職候補だ。

バド　僕が？

シェルドレイク　さあ、鍵を置きたまえ――（メモパッドを彼に押しやる）[58]――そして、住所を書いてくれ。

バドは鍵をデスクの上に置き、万年筆だと思ったものを取り出してキャップを外し、パッドに書き始める。

バド　うちは2階です。ドアに名前は書いてなくて、ただ2Aと――。

【ワイルダーは語る】57

「『アパートの鍵貸します』には悲哀もちょっとあるんだが、批評家のなかにはあの映画を〝薄汚い作り話〟と呼んだ者もいた。でも会話をよく聞けば、道徳的な男のレモンがどうしてそういうことに巻きこまれるか、わかるよ。彼は自分から進んで鍵をさしだして、『わたしのアパートでセックスしたいなら、誰でもどうぞ』と言うわけじゃない。とんでもない。

最初の男はこう言う。『妻とわたしはパーティーへ行くので、タキシードに着替えなければならない。でもニュージャージーに住んでいるんだ。きみのアパートを使わせてもらえないかね？』そのあと別の男が来て、ベッドがちょっと乱れている。そういうのが雪だるま式に増えて、彼は止めることができない。基本的には道徳的な男なんだが、毎回、ちょっとずつ堕落していくんだ」（N）

そのとき彼は、自分が体温計で住所を書こうとしているのに気づく。

バド　ああ、大変失礼しました。なんせひどい風邪なもので――。

シェルドレイク　リラックスしたまえ、バクスター。

バド　ありがとうございます。

彼は体温計を万年筆に持ち替えて、住所を書く。

バド　レコードプレーヤーには気をつけてください。それから酒は――今朝注文しておきましたが、いつ届くかは分かりません。

住所を書き終えて、パッドをシェルドレイクの方へ滑らせる。

シェルドレイク　さて、忘れんでくれ、バクスター――これは私たちだけの秘密だ。

バッド　ええ、もちろんです。

シェルドレイク　人がどう噂するか分かるだろう?

バド　はい、ご心配なく。

【小道具】58

例えば『アパートの鍵貸します』でフレッド・マクマレーが映画の中で使うメモ・パッドなどの文房具類には《J・D・シェルドレーク》と役名が印字されていた。それとわかるのは当人だけだが、俳優が役に入り込むのを助けるための工夫の一つである。(K)

【評論】

この映画が、企業社会での生活と、そこで人間性を維持するためには何が必要であるかを非常に複雑に描いたものであることを本当に理解している批評家もいました。レモンはいつもこう言っていたものです。「ワイルダーはゴミ箱の中でバラを育てたんだ」(ケヴィン・ラリー　Q-b)

シェルドレイク　まあ、何も隠し立てをするわけではないんだがね。
バド　いえ部長、ご心配には絶対及びません。とにかく、僕は気にしませんので――4個のリンゴ、5個のリンゴ――違いなんかないです――確率的《パーセンテージ・ワイズ》には。
シェルドレイク　（チケットを差し出して）ほらこれだ、バクスター。楽しんでくれ。
バド　部長も。

チケットを握りしめ、彼はオフィスを出ていく。

ディゾルヴして：

○屋内　保険会社ビルのロビー　夜

時刻は6時半ごろ。ビル内は、もうだいぶ人が少なくなっている。レインコートを着て帽子をかぶったバドが、エレベーターの奥にある大理石の柱のひとつに寄りかかっている。レインコートはボタンを留めておらず、フランのカーネーションがまだ襟に挿してある。彼は《社員用ラウンジ　女性》と

【撮影】
このカットは16テイクを要しました。ペンと体温計を取り違えたり元に戻したり――これだけのアクションをきっちりとこなし、セリフも正しく、演技も見事な俳優を見つけるのは難しい。レモンはまさに天才です。（Q－b）

【ワイルダーは語る】
脚本を執筆する作業は、未来のための手形だ。映画のすべてを決定づける基本的アイディアを抱いた瞬間から、ついに撮影が始められるまでには長い時間がかかる。そのことだけでも、新聞雑誌の記事を書くような仕事とは異種のものだ。さらに、できあがったものが、映画館にかかるまでにも長い時間が必要である。映画において時流をとらえるということは、一年後に観客がなにに興味を持っているかを予測するということなのだ。（L）

書かれたドアの方を、期待に胸を膨らませて見守っている。

女性社員が数名、私服に着替えた姿で出てくる。その中に、シルヴィアと彼女の交換手仲間もいる。

シルヴィア　普通、彼ぐらいの地位の男だったら《21》か《エル・モロッコ》あたりに連れていくと思うじゃない――ところが、行ったところといえば《ハンバーガーヘヴン》と、どこかの抜け作のアパートよ。[59]

シルヴィアたちはバドを気にも留めずに通り過ぎる。彼女の言葉を聞いたバドは、少し傷つきながらその後ろ姿を眺める。そのとき、ラウンジのドアが開き、フラン・キューブリックが出てくる。彼は振り返る。フランも私服姿、ウールのコートを着て、帽子はかぶっていない。[60]

フラン　（バドの脇を通り過ぎながら）おやすみ。

バド　（軽く）おやすみ。

【キャスト名鑑】

フレッド・マクマレイ（1908～1991）

ヴァイオリニストの父と5歳で共演した神童。サックス奏者や歌手としての活動を経てブロードウェイのミュージカルに出演。1934年にパラマウントにスカウトされ、翌年には『輝ける百合』でトップスターだったクローデット・コルベールの相手役を務めた。50年代後半からは明朗なキャラクターでディズニーのファミリー向け映画の主演スターとなった。ワイルダー作品は『深夜の告白』（44）と本作に出演。本作と同年、主演TVシリーズ『パパ大好き』がスタートし、12年続く大人気番組となった。出演作はその他、『ケイン号の叛乱』（54）、『ボクはむく犬』（59）、『うっかり博士の大発明 フラバァ』（61）、『スウォーム』（78）等。

通り過ぎた彼女が3歩ほど行ったところ、バドは突然それが誰だったかに気づく。

バド　ああ――キューブリックさん。（急いで彼女を追いかける。帽子を取りながら）君のことを待ってたんだ。

フラン　そうなの？

バド　あやうく気づかないところだったよ――私服姿は初めてだから。

フラン　27階はどうだった？

バド　最高さ――『ミュージック・マン』は観た？

フラン　いいえ。

バド　観たい？

フラン　そうね。

バド　じゃ、どこかで軽く食事をしてさ――それから――

フラン　それ、今夜ってこと？

バド　そうさ。

フラン　ごめんなさい、今夜は無理。人と会う約束があるの。

バド　ああ。（一拍置いて）それって――女友達みたいな感じ？

フラン　ううん、男の人みたいな感じ。

59

《21》とは、西52丁目21番地にあった高級レストラン《21クラブ》のこと。1920年代に創業し、歴代大統領が訪れるほどのステイタスや厳しいドレスコードで知られた（2020年に新型コロナ等の影響で休業）。ヒッチコック監督の映画『裏窓』の中に、トップモデルのお嬢さまヒロイン（グレース・ケリー）が、この《21》から料理をデリバリーさせる、という場面があった。

《エル・モロッコ》は、1930年代から東54丁目にあった同じく有名なナイトクラブである。ジャック・レモン、ジャネット・リーが出演した1955年のミュージカル『マイ・シスター・アイリーン』（リチャード・クワイン監督）で、印象的な舞台となっている。同作は、本作の5年前にあたるニューヨークの風景がカラーで堪能できるので、機会があれば、ぜひ。

彼女はロビーを横切って正面エントランスに向かい、バドはその後を追う。

バド　立ち入ったことに興味があるわけじゃないんだ――オフィスの連中が気にしてるもんでね、君がその手の、その――。

フラン　教えてあげて――ときどきはね、って。

バド　そのデートは――普通のデート？――それともすごく大切な？

フラン　そうね、以前は大切だった――少なくとも私にとっては――でも彼はそうじゃなくて――だから全部パーになりかけてる。

バド　そう……もしそういうことなら――。

フラン　それはダメ。飲むって約束しちゃったから――この1週間、ずっと電話をくれていて――。

バド　うん、分かった。

バドは彼女を追って回転ドアから外に出る。

○屋外　保険会社ビルの前　夜

フランとバドが出てくる。61

60
『アパートの鍵貸します』でフラン・クーブリックが身につける豪奢なコートがある。そのコートを提供したのはオードリーだと言われていて、その真偽のほどを私は尋ねてみる。目の粗いその〝キャリアガール・コート〟は希望、夢、その他、フランについてのありとあらゆることを伝えてくれる。正確な色あいは白黒の曖昧な色相のなかにかき消されているものの、衣装による忘れがたいワイルダー・タッチの一例なのである。「そう、あれは私のコート」オードリーは答える。「色はライムグリーン」（M）

バド　（帽子をかぶる）まあ、ちょっと思いついたもんでね――チケットを無駄にしたくなくてさ。
フラン　（立ち止まる）開演は何時？
バド　8時半。
フラン　（腕時計を見る）じゃあ……劇場の前で待ち合わせしましょう――もしそれでよければ。
バド　「よければ」だって？　もう最高だよ。劇場はマジェスティックだ――44丁目の。
フラン　ロビーでね。いい？

バドは幸せそうにうなずき、彼女が歩道を歩き始めると、その横に走り込む。

バド　今朝はとても気分が悪かったんだ――熱が38度もあって――それから昇進が決まって――今や、君と僕は――11列目のセンターブロックだ――君、今日は休むべきだなんて言ってたね。
フラン　風邪の具合はどう？
バド　（凧のように舞い上がっている）何の風邪？　観終わったら街へ

61　フランとバドがビルを出るこの部分から、ニューヨークでのロケ撮影に切り替わっており、本書の86ページあたりまでがワンカットの移動撮影で見事に収められている。

62　アーサー・マレー（1895～91）は、アメリカ社交ダンス界のパイオニアとして知られる人物。その名を冠したダンススタジオは、現在、世界22か国に300近く存在しているという。エレノア・ルーズベルト、ウィンザー公爵、アル・パチーノ、ジョン・トラボルタ、マドンナ等、多数の著名人を指導するとともに、20年代の「ステップを印刷した床置き式のシートを郵送し、全米に向け通信教育を行う」アイディアを皮切りに、社交ダンスの大衆化に生涯尽力。本作が製作された50年代には、バラエティ形式のダンスレッスン番組がTVで人気を博していた。バドはP138でも「アーサー・

繰り出そう――（小さくチャチャのステップを踏む）アーサー・マレーのダンス教室で覚えたんだ。[62]

フラン　そのようね。

バド　ビレッジの《エル・チコ》で素晴らしいバンド演奏をやっているよ――君の自宅のすぐ近くさ。[63]

フラン　いいわね。（突然気づいて）どうして私の自宅を知ってるの？

バド　ああ――君が誰と住んでいるかも知ってるよ――お姉さんと義理のお兄さん――いつ、どこで生まれたか――そのあたりは全部ね。

フラン　どうやって？

バド　1、2か月前に作業した団体保険のファイルに君のカードがあってさ。

フラン　そっか。

バド　身長、体重、社会保障番号――既往症は、おたふく風邪に麻疹、盲腸の手術も……。

ちょうど大通りの角で、フランは立ち止まる。

フラン　あら、盲腸のこと、オフィスのお仲間には内緒にしておいて。[64]どうしてあなたが知ってるのか誤解されちゃうから。（角を曲がりな

マレー卒」と言っており、「ダンススタジオに通った」と読めるのだが、もしかすると、このTV番組でステップを憶えた、という、もっと軽い意味である可能性もあるように思われる。

63

《エル・チコ》は、グリニッジ・ヴィレッジに実在したスペイン料理レストラン。1959年の新聞記事では以下のように紹介されていたとのこと。

『「エル・チコ」は、（略）ニューヨークで最も古く、最も本格的なスペイン料理レストランであり、活気に満ちたキャバレー・ショーが行われているため、最も陽気なレストランでもあります。「エル・チコ」（小さな子）とは、アルハンブラ宮殿の最初の王の愛称であり、ムーア様式の建築と装飾も同宮殿に由来しています。店内はある意味でスペイン工芸品の博物館です』

がら）じゃあね。

バド　（彼女の後ろ姿に向かって）8時半だよ！

バドは、彼女が去っていくのを呆けたような笑みを浮かべ見つめている。フランにはああ言ったものの、鼻はまだ詰まっている。抗ヒスタミン剤を取り出すと、鼻の穴にスプレーする。さらに調子にのって襟のカーネーションにも薬を吹きかけ、反対方向へ歩き出す[65]。

○屋外　ダウンタウンの通り　夜

フランが通りを急ぎ足で歩いてくる。遅刻しているのだ。目的地は小さな中国料理店で、ネオンサインには「《人力車《リキシャ》》——カクテルと広東料理」と書かれている。彼女は入口へと続く階段を降り始める[66]。

○屋内　中国料理店　夜

バーは細長い造りで薄暗く、片側にいくつかブース席がある。

【変更】**64**
原語では「Well, don't tell the fellows in the office about the appendix.」。完成版では、「don't tell」の部分が「don't mention ～」となっている。

65
主人公が、思いを寄せる相手からカーネーションを一輪もらい、それが小さなくすぐりに使われるという展開は、ワイルダーとダイアモンドが初めてコンビを組んだ１９５７年の『昼下りの情事』でも見られた。

66
２人は保険会社のロケ地となった高層ビルに沿って歩き、角でバドと別れたフランは、すぐ左折してニュー・ストリートに入ったと思われる。彼女が待ち合わせをする店（に降りる階段部分）の外観は、そのニュー・ストリートで撮影されている（実際の地下は床屋だったとのこと）。

竹製のカーテンの向こうはメインダイニングだが、私たちには関係ない。簾、魚網、巻貝など、素朴な漁師町風の装飾が施されている。

店員は中国人だ。まだ早い時間なので、一番奥のブースに背中をこちらに向けて坐っている1人の男性を除いて、客は皆バーのカウンターにいる。ピアノがあり、中国人ピアニストが即興でムード・ミュージックを演奏している。

フランがドアから入ってきて、まっすぐ奥のブースへと向かう。バーテンダーは彼女にうなずいてみせる——彼女はこの店で顔馴染みらしい。フランが傍らを通ると、ピアニストが笑いかけ、演奏している曲を《JEALOUS LOVER》に切り替える。[67]

フランは、奥のブースに坐っている男性のところへやってくる。

フラン　（切なげな微笑み）こんばんは、シェルドレイク部長。

【評論】

このシーンは、1960年当時とは違って、今ではストーカーとみなされる行為を含んでいます。彼は彼女の住所や社会保障番号も知っているし、彼女に盲腸の手術跡があることまで知っている。一方、彼女はそれを笑って受け止めている。（略）文化も時代も違うし、レモンは悪知恵を働かせないキャラクターだから、私たちも彼の悪事につき合うことになる。（略）素晴らしい映画評論家であり、アメリカ映画における男女の関係を深く理解しているモリー・ハスケルは、「レモンには何か深く高潔なものがあって、全編を通してそれがずっと感じられる」と語っています。だからキャスティング——すなわちレモンが持つ良識と高潔さは、この映画にとって非常に重要な要素といえるでしょう。（Q－a）

シェルドレイク――ここで彼だったことが分かる――は、誰かに彼女の言葉を聞かれなかったかと、神経質そうに周りを見回す。

シェルドレイク　頼むよ、フラン――大きな声を出さないでくれ。
（彼は立ち上がる）

フラン　まだ誰かに一緒にいるところを見られるのが怖いの？

シェルドレイク　（彼女のコートに手を伸ばす）ほら、コートを。

フラン　いいえ、ジェフ。あまり長くはいられないの。（コートを着たまま向かいの椅子に坐る）フローズン・ダイキリをいい？

シェルドレイク　もうすぐ来るよ。（坐って）君は前進したらしい――髪を切ったんだね。

フラン　そうなの。

シェルドレイク　長い方が好きだって知ってるだろう。

フラン　ええ、知ってるわ。お財布に入れるのにひと房欲しい？

ウェイターが、ダイキリを2杯、揚げたエビ、春巻《エッグロール》、そしてソースの容器が載ったトレイを運んでくる。[68]

67
『アパートの鍵貸します』の音楽に、ワイルダーはミュージカルの『バンド・ワゴン』や『略奪された七人の花嫁』、『オクラホマ！』、『パリの恋人』でスコアを担当した63歳のイギリス人、アドルフ・ドイチュを起用した。彼は、『お熱いのがお好き』でもワイルダーと働いていた。メインテーマとなったのは、ドイツ時代からアメリカのポピュラー音楽のファンだったワイルダーが記憶していた、ある旋律だったという。彼は製作会社ユナイテッド・アーチスツの音楽部に行って鼻歌で歌い、担当者が探索の末にそれを発見。そして――ドイチュはそのテーマを少し捻って映画の皮肉な悲しさにフィットさせたのだった。（A）

レモンによればビリーは、一九〇〇年からこっちに作られたアメリカン・ポピュラー・ソングなら、知らない曲はないといっていいくらいなのに、メロディーを自分で再現できないのだそうだ。音痴なのである。

ウェイター　（にっこり笑い）こんばんは、お嬢さん。またお会いできて嬉しいです。
フラン　ありがとう。

ウェイターはすべてをテーブルに並べ、去っていく。

シェルドレイク　どれぐらいぶりだろう——1か月？
フラン　6週間よ。数えたって意味ないけれど。
シェルドレイク　会いたかったよ、フラン。
フラン　前と同じね。同じ席、同じ曲——
シェルドレイク　死ぬほどつらかった。
フラン　（エビにソースをつける）同じソース——甘くて酸っぱい。
シェルドレイク　どんな気持ちだか、君には分からないだろう——エレベーターですぐ隣に立っている——来る日も来る日も——おはようキューブリックさん、おやすみなさいシェルドレイク部長——今でも君に夢中だよ、フラン。
フラン　（視線を避けながら）蒸し返すのはやめましょう、ジェフ。私、乗り越え始めたんだから。

（略）「自分の映画のために選曲するその趣味の良さは、まず誰も真似できない超人的なものがある。『アパートの鍵貸します』のテーマ、あれは（略）彼の記憶していた古い歌からとったものだ。ところがワイルダーは曲名を忘れていて、ハミングするのだが、ちゃんとできないし、曲の最後までは覚えていない。ユナイテッド・アーチスツの音楽部は苦労してなんとか（略）突きとめたがね」（K）

右の評論で語られている本作のメインテーマは、1949年のイギリス映画『The Romantic Age』で使われた、チャールズ・ウィリアムズによるナンバーのほぼ転用である（同作の劇中ではピアノ曲として奏されている）。
※本作のサントラ盤についてはP138の脚注を参照。

シェルドレイク　信じないよ。

フラン　わかって、ジェフ――この夏は、一緒に素晴らしい2か月を過ごしたわ――でもそれだけのことよ。よくあること――妻と子供たちは田舎へ行き、ボスは秘書かネイリスト、またはエレベーターガールとどこかへ行く。9月になれば、ピクニックはおしまい――さようなら。[69] 子供たちは学校に戻り、ボスは妻のもとに戻り、そして女性は――（かろうじて自分をコントロールしている）このエビ、前と味が変わったわ。[70]

シェルドレイク　私はさよならなんて言ってないよ、フラン。

フラン　（聞いていない）しばらくの間は「付き合っているのは独身男性」と自分をごまかしている。でもある日、彼は時計をずっと気にしていて、どこにも口紅がついていないか訊ねてきて、ホワイトプレインズ行き7時14分発の列車に乗るために急いで出ていく。それで女性は、インスタントコーヒーを自分に淹れ――ひとりでそこに坐って――考えて――そしたら、すべてがとても醜く思え始めて――。

フランの目には涙が浮かんでいる。彼女はそれをこらえ、ダイキリの残りを飲み干す。

【ダイキリ】68
ダイキリは、ホワイトラム、ライムジュース、砂糖をシェイクするスタンダードカクテル。1898年ごろアメリカの鉱山技師により創作され、名称は当時、ラムの工場があったキューバの町近くの「ダイキリ村」に由来するとのこと。
ここで飲まれるフローズン・ダイキリは、右記の材料とクラッシュドアイスをミキサーにかけてシャーベット状にしたもので、文豪ヘミングウェイが愛飲したカクテルとして知られている。また、完成版では、シェルドレイクの方はウィスキーらしきものを飲んでいる。

69
興味深いことに、この不倫のシチュエーションは、ワイルダーが5年前の自作『七年目の浮気』（55）で主人公に妄想させながらやらせなかった（やらせようと思っても自主規制により難しかった）ものである。

シェルドレイク　私がどんな気持ちで7時14分発の列車に乗って帰ったと思う?
フラン　なぜ私に電話をかけ続けるの、ジェフ?　何が望みなの?
シェルドレイク　(彼女の手を取って)戻ってきてほしいんだ、フラン。
フラン　(手を引く)すみません、シェルドレイク部長――もういっぱいなんです。次のエレベーターへお願いします。
シェルドレイク　チャンスをくれないのか、フラン。こうして来てもらったのは、話があるからなんだよ。
フラン　どうぞ――話して。
シェルドレイク　(周囲を見渡す)ここではだめだフラン。場所を変えないか?
フラン　だめよ。8時半からデートがあるの。
シェルドレイク　大事な約束かい?
フラン　それほどでは――でも、とにかく行くつもりだから。

　彼女はフルール・ド・リス模様のついた安物の四角いコンパクトを取り出して開き、顔を整え始める。[71] ウェイターがメニューを2つ持ってくる。

【撮影】70
本国版ブルーレイ収録のコメンタリーによれば、このエビを食べるあたりのクローズアップは、24テイク撮影された後、異例にも数テイクがプリントに回され(左記※を参照)、それでもワイルダーのOKが出ず、翌日、再び20テイクが撮られたとのこと。本作中、最も大変だったカットの1つだったようである。
※ワイルダー監督は、必要があれば納得するまでテイクを重ねて撮影するものの、ほとんどの場合、テイク1でもテイク30でも、会心の1テイクしかフィルムをプリントに回さなかったといわれている。

ウェイター　お食事をオーダーされますか？
フラン　いいえ、食事はなしで。
シェルドレイク　飲み物をもう2杯持ってきてくれ。

カットして：

○屋外　マジェスティック劇場　夜

8時25分。あたりはいつものように慌ただしい――タクシーが停まり、人々が歩道に溢れ、ロビーに押し寄せてくる。大騒ぎの中、人の群れに揺られながら、レインコートに帽子姿のバドがフランの姿を心配げに捜している。

カットして：

○屋内　中国料理店　夜

フランとシェルドレイクはまだブースにいて、2杯めの飲み

【小道具】71
このコンパクトは、後段、重要な小道具として2度再登場するのだが、ここでのフランの化粧直しは、横からの引いたツーショットのまま撮影されており（コンパクトはアップにならず、正面からも映されない）、ワイルダーは、注意深い観客だけがここでの提示を思い出せる、ぎりぎりのさりげない演出を行っているように思われる。
フルール・ド・リスは、百合を象ったフランス王家の紋章で、イヴ・サン＝ローランはじめ、ファッションのデザインに広く用いられている。

物を飲んでいる。

シェルドレイク　フラン――最後の週末を覚えてるかい？

フラン　（顔をしかめて）忘れられないわ。あなたが借りた水漏れのする小さなボート――そして、黒いネグリジェに救命胴衣をつけた私――。

シェルドレイク　何を話し合ったか憶えてる？

フラン　いろんなことを話したわ。

シェルドレイク　つまり――私の離婚についてさ。

フラン　それは話し合ってない――あなたが話しただけ。

シェルドレイク　やっぱり信じてくれてなかったんだね。

フラン　（肩をすくめて）それ、もうLPレコードに入っているわ。《ミュージック・トゥ・ストリングス・ハー・アロング・バイ》って曲。妻は僕を理解してくれない――僕らはもう何年もうまくいっていない――君は僕に起こった最高の出来事だ――

シェルドレイク　もういい、フラン。

フラン　（続けて）ただ信じてくれ、ベイビー――2人なら何とかなるから――

シェルドレイク　少しも面白くない。

【ワイルダーは語る】

ワイルダーは、1981年の『バディ・バディ』以来、映画を作っていないが、今でも平日は毎日オフィスに通い、執筆中のいくつかの脚本と、英語とドイツ語の両方で出版予定の回顧録に磨きをかけている。

2階の小さなオフィスの一角には、木製の豪華な台座に載ったオックスフォード大事典が飾られている。壁際の本棚には、革表紙の脚本、6本のオスカー像、小説、美術書、歴史書などが並ぶ。

奥の壁には大きな額縁があり、そこには「ルビッチならどうやるか？」と。

「あれは私が掲げたんだ」と、葉巻に火をつけながらワイルダーは言った。「だから、偉大な友人エルンスト・ルビッチに見せるのが恥ずかしいような文章は、一度だって書くことを許されないんだ」（E）

（ボストン・グローブ紙　1989年10月22日）

フラン　面白がらせようとなんてしてないもの。
シェルドレイク　1分だけでいいから聞いてくれないか。
フラン　分かったわ。ごめんなさい。
シェルドレイク　今朝、弁護士に会ってアドバイスをもらったんだ。どう進めるのが最善か——
フラン　何を進めるの？
シェルドレイク　何だと思う？
フラン　（しばらくの間彼を見ている——そして）はっきりさせておきましょう、ジェフ——私、「奥さんと別れて」なんて頼んでないわ。
シェルドレイク　もちろんだとも。君のほうは、何ひとつする必要などないさ。
フラン　（その目に再び涙が浮かんでくる）本当に、そうしたいの？[72]
シェルドレイク　そうだ。まだ私を愛していると言ってくれるなら——
フラン　（そっと）分かっているでしょ。
シェルドレイク　フラン——

彼はフランの手を取ってキスをする。バーは満席になっており、2組のカップルが近くのブースに坐っている。女性のう

72
ブース席に坐ったフランの後ろには大きな水槽があり、魚が数匹泳いでいる。そして、彼女が（再び）シェルドレイクの術中にはまるこのカットから、その魚はほぼ画面に映らなくなる。水槽と魚は、揺れ動き、再び囚われる彼女の心理に対応しているように思われる（このあと、知り合いが入ってきたことに気づき彼に知らせるカットで、魚は画面に復活する）。

ちの1人はミス・オルセンである。

フラン　（手をそっと引いて）ジェフ――ダーリン――

フラン　彼女は、他の客がいることを仕草で示し、シェルドレイクは肩越しにちらりと見る。

シェルドレイク　混んできたな。出ようか。

2人は立ち上がる。シェルドレイクはテーブルにいくらかの金を置き、フランとエントランスへ向かう。2人がブースを通り過ぎると、ミス・オルセンがゆっくりと振り返り、眼鏡をかけながら彼らの後ろ姿を見送る。

シェルドレイクは、自分たちににっこりと笑いかけるピアニストに紙幣をそっと渡す。彼は、再び《JEALOUS LOVER》に曲を変える。クロークの女性から帽子とコートを受け取ったシェルドレイクはドアを開け、フランをエスコートしていく。

【キャスト名鑑】
エディ・アダムス（1927～2008）
ミス・オルセン役。ジュリアード音楽院で声楽の単位を取得後、コロンビア大学とアクターズ・スタジオで演劇を学ぶ。50年代半ばからTVドラマへの出演を重ね、1960年の本作が映画デビュー作となった。当時は、葉巻メーカーのセクシーなCMで人気だったという。トークショーのホストとしても人気を獲得し、1962年には自身の番組『Here's Edie』がスタート。同番組でエミー賞に2度ノミネートされている。70年以降も『署長マクミラン』『ミセス・コロンボ』『ジェシカおばさんの事件簿』等、多くのTVシリーズにゲスト出演していた。映画の出演作は、『腰抜けアフリカ博士』（63）、『ヤム・ヤム・ガール』（63）、『おかしなおかしなおかしな世界』（63）、『メイド・イン・パリ』（66）、『オスカー』（66）、『三人の女性への招状』（67）等。

ミス・オルセンは、冷たい微笑みを浮かべて2人を見つめている。

○屋外　中国料理店　夜

フランとシェルドレイクが階段を上がってくる。

シェルドレイク　（通りかかった1台に）タクシー！

タクシーは止まらずに通り過ぎる。

フラン　デートがあるの――言ったでしょう？[73]

シェルドレイク　愛してるよ――言っただろう？

別のタクシーが近づいてくる。シェルドレイクが甲高く口笛を吹くと、タクシーは近くに停車する。彼はドアを開ける。

フラン　どこへ行くの、ジェフ？　水漏れするボートなんかもう嫌よ

【ワイルダー・タッチ】73

原語でのこのやり取りは、「I have that date - remember?」「I love you - remember?」。この上なく洒落ていると同時に、自分の言い分を女性の言葉に重ねて押し倒すようなシェルドレイクのキャラクターが見事に表れているように思われる。

――

シェルドレイク　約束するよ。

彼はフランをタクシーに乗せると、コートのポケットからバドが住所を書いたメモを取り出す。

シェルドレイク　（運転手に）西67丁目、51だ。

彼はフランの横に乗り込み、ドアを閉める。タクシーが走り出すと、後部のウィンドウ越しに2人がキスをしているのが見える。

カットして：

○屋外　マジェスティック劇場　夜

9時。ロビーは閑散としている。歩道には、一人佇むバド。彼はポケットからティッシュを取り出すと洟をかみ、使ったティッシュを別のポケットへ突っ込む。通りを見渡し、腕時

【撮影】

『アパートの鍵貸します』の撮影は、本国のブルーレイに収録された音声解説によれば、59年11月17日、ニューヨークロケからスタートし、西69番通りと44番通りにあるマジェスティック劇場前やセントラルパーク、バクスターのアパートの外景等を撮ったものの、悪天候（厳寒）のため4日間で中断（P12参照）。ハリウッドへ戻り、11月30日からゴールドウィン撮影所に組まれたセットで撮影を再開し、60年2月12日に終了。撮影期間は64日間とのことである。他の資料によれば、セット費用は約40万ドル。総製作費は約300万ドルだったとのこと。

計を確認し——もう少しだけ待つことに決める。

フェードアウト：

フェードイン：

○バクスターの卓上カレンダー

日めくりのページがめくれていく。どうやらシェルドレイク氏は、アパートを定期的に使っているらしい——バドの筆跡による彼の名が、11月9日（月）、11月12日（木）、11月19日（木）、11月23日（月）、11月30日（月）の各ページに現れる。他のページはまったくの白紙で、いまやバクスターの顧客がシェルドレイク氏１人であることも分かる。[74]

ディゾルヴして：

○屋内　保険会社のビル19階　昼間

『ミュージック・マン』（The Music Man）は、１９５７年10月にマジェスティック劇場にて初演、１３７５回のロングランとなり、トニー賞５部門を制覇した実在のミュージカルである。この後、62年に映画化（本邦未公開）。ブロードウェイでは、80年と２０００年、そして２０２２年（ヒュー・ジャックマン主演）に再演された。
　わが国での初演は、１９８５年（博品館劇場）。出演は野口五郎、田中雅子、戸田恵子ら。２０１０年（西川貴教主演）、２０２３年（坂本昌行主演）に再演されている。

12月の薄暗い朝、何100人ものデスクに縛りつけられた社員が書類仕事に没頭している。

レインコートに帽子姿のバド・バクスターがデスクの上を片づけている。参考書籍、書類、万年筆セット、鉛筆、クリップ、そして例のカレンダーなど、あらゆるものをデスクマットの上に積み上げていく。隣のデスクでは、モフェットがその姿に呆然としている。荷物の載ったマットを抱えてバドが傍らを通るとき、モフェットは1ドル札を取り出し、マットの上に惜しそうに落とす。バドは小さくニヤリと笑ってみせると、デスクの間を縫って、管理職用のガラス張りのオフィスが並んでいる方へ向かう。

彼は、まだ無人の小部屋へとたどり着く。看板屋がガラス扉に新しい文字を書き込んでいる――C・C・バクスター　第2管理アシスタント。バドは満足げにその看板を眺め回す[75]。

バド　（看板屋に）すまないね――（彼は振り返る）C・C・バクスター――僕なんだ。

【カット】74
カレンダーを使い、月曜と木曜にフランとシェルドレイクの逢瀬が続いていることを示すこの件りは完成版ではカットされている。これは、後段で彼女が語る「月曜、そして木曜、また月曜、また木曜」につながるものである。クリスマスまでに2人がこの回数、バドの部屋で会っていることをこうして画面で見せられていたら、我々の気持ちはさらに揺さぶられていたはずで、これは、師匠ルビッチ直伝の、ワイルダー流「検閲に引っかからないエロティック描写」でもあったように思われる。

【トリビア】75
バクスターの隣のオフィスに書かれた名前はT. W. Plews。この名は本作で小道具を担当したTom Plewsから採られたのではないかと思われる。

「ああ」という声とともに、看板屋は彼のためにドアを開ける。

○屋内　バクスターのオフィス　昼間

バドは彼の新しいオフィスに入り、何もないデスクの上に荷物を置くと、得意げに周囲を見渡す。小さな部屋には窓が1つと、床にはカーペット。書類棚、合成皮革の椅子が2脚、そして洋服掛けがある——バドにとって、そこはタージ・マハルである。彼は洋服掛けまで歩き、帽子とコートをそこに掛ける。と、画面の外から——

カークビーの声　やあ、バディボーイ。

ドービッシュの声　おめでとう——それから、他にもいろいろな。[76]

バドが振り返ると、カークビー、ドービッシュ、アイケルバーガー、そしてヴァンダーホフがオフィスに入ってきている。

【原語】76
原語では「Congratulations, and all that jazz.」。“all that jazz.”は、「その他いろいろ」を意味するスラングとのことである。

バド　やあ、皆さん。
アイケルバーガー　よくやったな、若いの——我々が約束した通りだ。
ヴァンダーホフ　いいオフィスだな——ドアに名前、床に敷物——何もかもいい。
バド　そうですね。
ドービッシュ　チームワーク——こういう組織ではそれこそが最も重要だ。皆は1人のために、1人は皆のために——この意味、分かるか？
バド　何となくは。

　カークビーが合図すると、ヴァンダーホフはドアを閉める。クラブの創設メンバー4人がバドに詰め寄り始める。

カークビー　バクスター、我々は君にちょっとばかり失望しているんだ——感謝の念的《グラティチュード・ワイズ》にな。
バド　いえいえ、とても感謝していますよ。
アイケルバーガー　ではなぜ突然、我々を締め出すような真似を？
バド　ここ数週間、ちょっと酷かったんです——風邪やら何やらで。

【スタッフ名鑑】
　I・A・L・ダイアモンド（1920～1988）脚本／アソシエートプロデューサー
　ルーマニア出身で1929年に渡米。コロンビア大学でジャーナリズムを学び、新聞・雑誌の編集、コラムニスト、劇作家等を経てハリウッドへ。パラマウント、ユニバーサル、二十世紀フォックスで脚本を書いたのち55年に独立（代表作は、52年の『モンキー・ビジネス』）。同時期にワイルダーに発見され、『昼下りの情事』で共同脚本家に。『お熱いのがお好き』（59）以降、81年の『バディ・バディ』まで後期ワイルダー映画の全作でコンビを組むことになった。本作でアカデミー賞脚本賞を受賞。『恋人よ帰れ！わが胸に』（66）もアカデミー賞にノミネート。69年には、単独で『サボテンの花』の脚本を執筆している。

彼は卓上カレンダーを手に取り、引き出しのひとつにさりげなくしまう。

ドービッシュ　我々は君を助けたのに、その恩に応えないつもりかい。

バド　まあ、結局のところあそこは僕のアパートですし――個人の所有物であって、公共の公園なんかじゃありませんので。

ヴァンダーホフ　分かった、彼女ができたんだな――もちろん我々としては尊重する――だが、毎日毎晩、というのはあんまりだろう。

カークビー　どこまで自分勝手なんだ。（他の連中に）先週なんか、甥の車を借りてシルヴィアをジャージーのドライブインまで乗せていくしかなかった。もうこの年齢では辛いよ――つまり、フォルクスワーゲンだったんだ。

バド　皆さんの諸問題には心から共感します――それから、本当に申し訳なく思っていますので。

ドービッシュ　我々が手を引き始めたら、そんな気持ちではすまなくなるぞ。

バド　それって脅しですか？

ドービッシュ　いいか、バクスター。今のお前を作ったのは俺たちで、壊すことだってできるんだぞ。

【ワイルダーは語る】
ブラケットと袂を分かってから何年もたって、私はダイアモンドという理想的な「協力者」を見つけた。I・A・L・ダイアモンドはルーマニア生まれで、十四歳のときに両親とニューヨークにやってきた人物である。私は彼が「スクリーン・ライターズ・ギルド・マガジン」に書いたウィットに富んだスケッチに注目していた。気のきいたダイアローグをちりばめながら、シナリオライターの苦労を描くものだ。たとえば、忘れてしまった単語を必死で思い出そうとする様子をパロディー化したものなどである。（略）私は彼を「イズ」と呼んでいた。アメリカに着いたとき、彼が「イザド・ダイアモンド」と名乗ったと聞いたからである。（L）

彼はわざと、バドのデスクの上で葉巻の灰を落とす。そのときドアが開き、シェルドレイクが勢いよく入ってくる。

バド　おはようございます、シェルドレイク部長。

他の面々も振り向く。

シェルドレイク　おはよう、諸君。（バドに）何も問題はないかね？オフィスは気に入った？

バド　はい、部長。とても。部長には感謝を――

シェルドレイク　私じゃない――感謝なら、ここにいる君の友人たちにしてくれ――彼らが君を推薦してくれたんだ。

4人の友人たちは、何とか弱々しい笑顔を浮かべてみせる。

ドービッシュ　皆で、「ベストを期待している」と言いに立ち寄ったんです。

（デスクから葉巻の灰を素早く払い落とす）

【ワイルダーは語る】
「イズと私は銀行の出納係のようだった。9時半には店を開け、朝の挨拶を手短に交わす。私は自分の机に坐り、彼は黒い椅子に前かがみに坐り、オットマンの上に足を乗せてチューインガムを噛んでいる。時々ミューズが我々の額にキスをしに来てくれ、そうすると1日に10ページか12ページを手早く執筆することができる。イズはタイプライターに、私はイエローパッドに。どちらかがそんなに悪くないアイディアを思いついたとき、そこには圧力をかける者も上役風を吹かす者もいない。（略）イズが私にくれる最高の賛辞は、『いいんじゃない？（Why not?）』だった」（E）

カークビー　（ドアへと移動しながら）それじゃ、バクスター。我々を失望させないでくれよ。
バド　それじゃ、皆さん。いつでもお立ち寄りください。ドアはいつでも開いてます――オフィスのほうでしたらね。

4人は去っていき、シェルドレイクとバドだけになる。

シェルドレイク　あしらい方が見事だった。気に入ったよ。さて、管理職になった気分はどうだね。
バド　最高です。部長のご信頼に応えられるよう、全力を尽くして働きますので――。
シェルドレイク　ああそうだね。（一拍置いて）なあバクスター、アパートのことなんだが――給料も上がったことだし、もう1つ鍵を買う余裕ができたとは思わないか？
バド　まあ――そうですね。
シェルドレイク　秘書のミス・オルセンを知ってるだろう。
バド　ええ。とても魅力的ですね。彼女が――幸運を射止めたお相手なんですか？
シェルドレイク　いやいや違う。彼女はおせっかい焼きで、いつも物

【ダイアモンドは語る】

私は〝共同プロデューサー〟として名を連ねているが、これには（契約上、脚本家には不可能なので）撮影中の現場に私がいられるようにする以上の意味はないんだ。（G）

【ワイルダーは語る】

このテイクでいいと思ったとき、彼のほうを見る。そして彼がこうすれば（ごく微かなうなずき）セリフに問題はなかった、おかしくなかった、よかったということだ。もし何かがひどく気に入らなければ、彼の手や目のちょっとした動きにそれがあらわれ、私が彼の様子に気づき、二人で相談する。（略）ほんとうの意味での共同製作だった。（M）

【評論】

「ビリー・ワイルダーの私映画」という鋭いエッセイの中で、批評家のジョージ・モリスは、ダイアモンドとワイルダーについて、「この二人

事に首を突っ込んでくるんだ。それで、今回の鍵のやり取りもリスクが高くてね。

バド　諒解です。いくら慎重にしても、しすぎということはありませんから。

彼は、ガラスの仕切りの方に目をやり、誰も見ていないことを確認する。

バド　これを――部長にお渡しした方がいいかと。

彼は、フランが《リキシャ》で使っていたフルール・ド・リス模様のコンパクトをポケットから取り出し、シェルドレイクに差し出す。

シェルドレイク　私に?

バド　ええと――お相手の女性、どなたか分かりませんが多分その人のもので――ゆうべ帰宅したら、ソファの上にあったんです。

シェルドレイク　ああ、そうか。ありがとう。

バド　鏡が割れてます。（コンパクトを開く。鏡にひびが入っているのが

は互いを見事に補完し合っている」と書いている。「ダイアモンドの用意周到なウィットのおかげで、ワイルダーは自分の感情のリソースをより完全に活用する自由を得られた」。ダイアモンドと出会い『昼下りの情事』で彼と仕事をした後、ビリー・ワイルダーは内向きになり、心だけでなく精神の探求にもはるかに大きな余裕を持つようになった。（略）ダイアモンドと一緒に作った脚本で、ビリーは自分が愛情や喜びをテーマにした作品を作れることに気がついた。（G）

【ワイルダー評】
優れた脚本家であるウィリアム・ゴールドマンは「脚本とは構成である」と言った。ワイルダーとダイアモンドは、他の誰よりもそれを体現している。彼らの映画は、まるで美しい時計のようだ。（Q－a）

見える）見つけたときにはこうなってました。
シェルドレイク　そうなんだよ。[77]（コンパクトを受け取る）彼女が投げつけてきてね。
バド　え？
シェルドレイク　君も知ってるだろう――遅かれ早かれ、女の子からは酷い目にあうもんだ。
バド　（訳知り顔で）そうですよね。
シェルドレイク　女の子と週に2、3度会っているとするだろ――お遊びでさ――すると、すぐに相手の離婚を期待し始めるんだ。君はどう思う――それはフェアなことかね？
バド　いいえ。非常にアンフェアですね――特に、部長の奥さまにとっては。
シェルドレイク　そうなんだ。（調子を変えて）なあバクスター、君がうらやましいよ。独身で、女の子はよりどりみどり。頭痛もなく、面倒もない。
バド　はい――まあ人生っていろいろですから。
シェルドレイク　また木曜日に予定を入れておいてくれ。
バド　諒解です。もう1つの鍵もご用意しておきます。

【ワイルダーは語る】

一九八八年に彼は亡くなったのだが、息を引き取る前日に見舞いに行った。彼は汚い言葉を使った。彼が汚い言葉を使ったのはそのとき一度きりだ。私の姿を見ると、私を見あげて「なんてこった《オー・シット》」と言ったんだ。それが別れの言葉だった。もうダメと覚悟していたんだ。（M）

【ワイルダーは語る】

ダイアモンドが死んでからは、書くに値することがなくなったといっていい。私は古い撮影所システムのなかで生きてきた人間だ。思惑でものを書いたためしがない。昔はまずはじめに契約を結ぶ。そうすると自然自分に鞭を入れることになる。（M）

シェルドレイクは出ていく。バドはデスクの引き出しからカレンダーを取り出し、記入する。

ディゾルヴして：

○バクスターの卓上カレンダー

再びページがめくれていき、同じくバドの筆跡でシェルドレイクの名前が見える――予約された日付は、12月14日（月）、12月17日（木）、12月21日（月）、12月24日（木）である。[78]

ディゾルヴして：

○屋内　電話交換室　昼間

交換台の上には小さなクリスマスツリーが飾られており、交換手たちは、電話口でクリスマスの挨拶をしている。

交換手たち　コンソリデーテッド・ライフです――メリー・クリスマ

77
完成版ではここに、おそらくは彼が2つの顔を持っていることを象徴する（陽気で愛想のいい上司の面と、身勝手で冷酷な男の面）、「割れた鏡にシェルドレイクの顔が2つ映る」カットが挿入されている。

【カット】**78**
ここのカレンダーの件りもP98と同様、完成版ではカットされた。

【ダイアモンド夫人は語る】
バーバラ・ダイアモンドは、この関係のダイナミックさをこう振り返る。「ビリーは多動児のような過剰なエネルギーを持っていて、坐っているだけで大変なんです。イズは何時間も坐っていることができた。ビリーは歩き回ったり、オフィスから消えては戻ってきたり。2人の関係はとても健全で、考えは近いのにすべてを反対の方向からアプローチして、とてもうまくかみ合っていました」（F）

ス——はい、おつなぎします——はい、コンソリデーテッド・ライフ——メリー・クリスマス——いまお呼びしています——

一番手前で、シルヴィアが電話の向こうと個人的な会話をしている。

シルヴィア （インカムに）そう？——ホントに？——どこで？——もちろんよ——

彼女はインカムを引きはがし、他の女性たちに向き直る。

シルヴィア 誰かあたしの回線をよろしく——19階でイカすパーティをやってるんだって。

彼女はドアから走り出ていく。他の全員も即座に職場を放棄し、彼女の後を追っていく。

○屋内　19階　昼間

【ダイアモンド追悼】

ワイルダーとダイアモンドは81年に最後の映画を作り、以降も7年間脚本を書き続けたが、1本も制作には至らなかった。そしてある日、ダイアモンドが4年前からガンを患っていたことを明かし、その後すぐに亡くなった。（略）ダイアモンドへのオマージュとしてワイルダーが最後に手がけたのは『Quizzically』だった。彼はこれを脚本家組合の追悼式のための寸劇として執筆・演出し、レモンとマッソーの2人が役を演じた。この模様はDVD『Billy Wilder Talks』で見ることができる。

その追悼式で彼はこう語った。「空っぽの椅子を見ると、彼がとても恋しくなる。彼の誕生日にはディマジオのように赤いバラを贈ろうかな」（Q－a）

確かにイカすパーティが盛り上がっており、働いている人間は1人もいない。いくつかのデスクがくっつけられ、その即席の舞台の上で、4人の女性社員とズボンのすそを捲り上げたドービッシュ氏が《ジングル・ベル》のメロディに合わせてロケッツ風のラインダンスを踊っている。他の社員は踊り子たちの周りを丸く囲み、紙コップで酒を飲んだり、歌ったり、手拍子を打ったりしている。[79]

ガラス張りの小部屋の1つはバーに変身しており、大勢の人で賑わっている。カークビー氏とヴァンダーホフ氏が両手に酒のボトルを持ち、その中身をふたを開けたウォータークーラーに注いでいる。

しかし、酒は入れたそばからどんどん減っていく――皆が紙コップを持って、お代わりをもらおうと列を作っている。

なみなみと酒の入った紙コップを2つ持ったバドが、混雑している小部屋から出てくる。昇進後、彼はダーク・フランネルの新しいスーツを買い、ピンで留めた丸襟の白いシャツやフーラー地のネクタイと共に身につけている。加えて、顔が

【批評】
クリスマスパーティの場面は、実際に1959年12月23日に撮影された。脚本には「スウィンギング・パーティ」と記されている。主要人物と250人のエキストラがこの本当のパーティのために集まり、エキストラたちは、最初のテイクから上機嫌だった。ワイルダーは「演出なんて必要ない。私はただ〝アクション！〟と言って後ろに下がっただけだ」と胸を張った。（B）

【ロケッツ】79
ロケッツ（The Rockettes）は、1925年に創立された、マンハッタンを拠点とする有名な女性ダンスカンパニー。正確無比な踊りと一糸乱れぬハイキックを披露するラインダンスで知られ、クリスマス週間に行われる80年近い伝統を持つ特別公演は特に有名とのこと。

かなり赤い。ネッキングしているカップルをよけながら、バドはエレベーターホールの方へ向かう。

ちょうどフランのエレベーターが着いたところで、シルヴィアを先頭に交換手たちが溢れ出てくる。

シルヴィア　(同僚に) ――だから、彼に言ってやったの。もう二度とごめんよ！――もっと大きな車を買うか、もっと小さな女の子を相手にするか、どっちかにしなさいって――

パーティへ向かう彼女たちはバドとすれ違う。バドは2杯の飲み物を持ってエレベーターに近づく。フランはエレベーターのドアを閉めようとしているところだ。

バド　キューブリックさん。

ドアが再び開き、フランが顔を覗かせる。制服の襟にはいつものカーネーションの代わりにヒイラギの小枝が飾られている。

【荻昌弘は語る】

ビリイ・ワイルダアの作品をつねに支えているものは、ジャーナリスティックな社会感覚である。ひとはむしろ、或いは彼の鋭いリアリズムを、或いはいささか虚無的なペシミズムを、或いはシニックにひねった笑いをこそ、彼の第一の特徴とするかもしれない。確かにそれらは彼の作品を動かす大きな特質だ。が、それらの特質の底に、彼の作品にはいつもギラギラと社会の動きをみつめているどんらんな眼が存在する。包丁の冴えも鮮やかな板前であると同時に、彼はまた、ハシリやシュンを見抜くことに異常な触覚をもった天才的な買出し人でもあるのだ。

(『スクリーン』1954年3月号)

バド　（飲み物を1つ差し出す）メリー・クリスマス。
フラン　ありがとう。（飲み物を受け取る）私のこと避けてると思ってた。
バド　どうしてそんな風に？
フラン　この6週間であなたが私のエレベーターに乗ったのは一度きり――そして、そのときに帽子を取らなかった。
バド　そう、実をいうと、あの夜君にすっぽかされて、かなり傷ついたんだ。
フラン　当然だわ。許されないことだもの。
バド　許すよ。
フラン　ダメよ。
バド　どうしようもなかったんだろう。つまりさ、ある男性と飲んでいるときに、他の男とのデートがあるからといって、突然立ち去ったりはできないよ。君はまともなことをしたまでさ。
フラン　買いかぶりすぎだわ。制服を着ているからといって――ガールスカウトみたいに誠実とは限らないのよ。
バド　キューブリックさん、わが社では、人を見る目がなけりゃ第2管理アシスタントにはなれないんだ。そしてその僕の判断によれ

【淀川長治は語る】

銀座四丁目一日の車の動きが五万五千台だという。ところがこの映画の保険会社は毎朝勤めにくる社員だけで、三万一千二百五十九人、その乗り降りのエレベーターが十六台、それも一度では大混雑なので退社時間には時差が各部につけられている。まさに大都会はどこもかしこも人間の海である。それなのにこの映画から迫るものは「孤独」であった。（略）アメリカ人ならぬビリイ・ワイルダーなればこそ逆にこんなニュー・ヨーク人種の土地カンに目ざといのであろう。（略）この映画、チャップリンのペイソスとルビッチュの恋の裏表の技法、その二つが溶け合ってオールド・ファンには懐しく、（略）この映画のジャック・レモンには一九六〇ニュー・ヨーク製チャップリンの味がある。

（『映画評論』1960年10月号）

ば、君は何たってピカいちさ。つまり、品行的《ディセンシー・ワイズ》に――それから、その他関係的《アザーワイズ・ワイズ》にもね。[80]（紙コップを上げる）乾杯。

フラン　乾杯。

2人は酒を飲み干す。バドは彼女の空の紙コップを取る。

バド　お代わりをどう？

フラン　（エレベーターを示す）運転中は飲んじゃいけないのよ。

バド　その通りだ。

彼はエレベーターの中に手を伸ばすとフックからボール紙製のプレートを取り、ドアに掛ける。そこには「他のエレベーターをお使いください」と書かれている。

バド　僕に与えられている権限により、このエレベーターは故障中と宣言する。（彼女をパーティの方へ連れていく）さあ、原住民たちに加わろうか。

フラン　いいわ。（キスしているカップルの脇を通り過ぎながら）彼ら、

80
「その他関係的に」は、原文では「other-wise wise」である。P60で触れた通り、この捻った（あるいはこじれた）言い回しは本作公開時のポスターにも使用されていた。

とても友好的みたいだし。

バド　信用しちゃダメだ。近い将来、人類はいけにえにされちまう――ホワイトカラーの労働者たちが次々と計算機に投げ込まれ、小さな四角い穴を山のように開けられちまうんだ。

フラン　ねえ、何杯飲んだの？

バド　（指を4本立てて）3杯。

フラン　だと思った。

2人は、喉の渇いた原住民で溢れ返っているバーの入口に到着する。

バド　ここにいてくれ。どこかで水の流れる音が聞こえた気がする。

彼はフランを小部屋の外に残し、人ごみをかき分けてウォータークーラーの方へと向かう。別の小部屋から紙コップを手にしたミス・オルセンが出てくる。彼女もかなり飲んでいるようだ。フランを見つけると、辛辣な笑みを浮かべながら近づいてくる。

【双葉十三郎は語る】

ビリー・ワイルダーが、また新しいかたちのヒューマン・コメディを創出した。書きおろし脚本にはI・A・L・ダイアモンドが協力しているが、まことに心憎い着想である。（略）えらいやつは、なんでもないことを、なんでもなくつくりあげて、アッ、そんなことならオレにもわかっていた筈なのに、と他人をくやしがらせるのである。

ワイルダーの話法はまことにうまい。小手先の技巧をかくして、構成のうまさと各シーンのこまかい味と絶妙のペースで運んでいく。もちろん、出演者たちの演技を計算にいれてのことだが、展開のかけひきのうまさはずばぬけている。が、それ以上に感心したのは、材料のつかみ方、料理の仕方である。これは、いわばニューヨークのサラリーマン生活の実態を描いているが、見る眼には外国人の皮肉がひらめいている。

（『ぼくの採点表 Ⅱ 西洋シネマ体系 1960年代』）

ミス・オルセン　あら、お元気？　カンザスシティから来た支店長さん。
フラン　何でしょう？
ミス・オルセン　ミス・オルセンよ——シェルドレイク部長の秘書の。
フラン　はい、存じてます。
ミス・オルセン　だったら私の前でいい子ぶる必要はないの。彼、私のことはシアトルから来た支店長だと奥さまに話してたのよ——4年前、私たちがちょっとイイことをしている（Ring-a-ding-ding）ときにね[81]。
フラン　仰る意味が分かりませんけど。
ミス・オルセン　私の前は、監査課のミス・ロッシで、私の後は傷害保険課のミス・コッチ。そして、あなたのすぐ前は——名前は忘れたけど25階の何とかさんだった。
フラン　（逃げ出そうとする）ごめんなさい、私——。
ミス・オルセン　（腕をつかんで）何で謝るの？　あなたは何も悪くないわ——彼の方よ——本当に、何てセールスマンかしら——いつもあの中国料理店の一番奥のブース——奥さんと離婚しかけていると いう決まり文句——そして最後は、こっちが顔中を芙蓉蛋《エッグ・フー・ヨン》だらけにして終わるの[82]。

81
ラスト近くまで印象的に用いられる、この《Ring-a-ding-ding》は、61年にフランク・シナトラが自ら作ったRepriseレーベルからリリースした大ヒットアルバムおよびそのタイトル・チューンの名と同じである。本作の撮影は59年11月から60年2月までなのだが、もしかすると同曲はレコーディング前からライヴ等で歌われていたのかもしれない。
　というのは、シャーリー・マクレーンは、フランク・シナトラとディーン・マーティンが率いるラスベガスの音楽ユニット《ラット・パック》の紅一点として活躍。さらに、多くの映画でも彼らと共演しており、それを踏まえたワイルダーの洒落だったようにも思われるのだ。

満杯の紙コップ2個をこぼさないように持ったバドが混雑した小部屋から抜け出してきて、フランを見つける。

バド　キューブリックさん。

フランはミス・オルセンから目をそらす。

フラン　あの……ありがとう。

ミス・オルセン　制服組の女性に何かしてあげられるのは、いつだって嬉しいわ。

彼女は去っていき、バドは少し青ざめたフランと合流する。

バド　大丈夫？　何かあった？

フラン　何でもないわ。（飲み物を受け取る）人が多すぎて。

バド　どこかオフィスに入らない？　実は、君の意見を聞きたいことがあってさ。（自分の小部屋へと彼女を連れていく）いまや僕、自分

82　これは、〝笑いものになる、恥をかく〟という意味の慣用句「have egg on one's face」の洒落ではないかと思われる。

のオフィスを持っていてね。まあ当然なんだけど。知ってるかな、僕はこの会社で2番目に若い管理職なんだ――僕より若いのは会長のお孫さんだけ。

○屋内　バクスターのオフィス　昼間

バドがフランを案内してくると、部屋の隅で見知らぬカップルがネッキングしている。彼はカップルを追い出し、自分のデスクへ向かう。

バド　キューブリックさん、率直な意見を聞かせてほしいんだ。1週間前からデスクに置きっぱなしで――15ドルもしたんだけど――どうしてもかぶる勇気が出なくてさ――。

彼はデスクの下から帽子箱を取り出し、その箱から黒い山高帽を出して、頭にのせてみせる。

バド　〝若手管理職モデル〟ってやつ。どう思う？

【撮影】
この映画は（略）ほぼ全編、40ミリレンズで撮影されています。クローズアップのときのみ75ミリ。それ以外は、オフィスやロビーのワイドショットも含め、すべてが40ミリレンズです。ワイルダーは「派手なカメラワークは観客を物語から引き離してしまう」と考え、そうなってはいけない、と語っています。観客が「ああ、素晴らしいショットだ」と感じたなら、彼にとってその映画は失敗なのです。（Q-b）

【ワイルダーは語る】
CC　レンズ選択にはうるさかったのですか？（略）
BW　いつも三十五ミリか四十ミリを使っていた。ロングショットのときも「ワイドレンズだ」と言うだけ。レンズに凝るわけでもないし、青ガラス・フィルターもいらない。（略）そんなことで監督の善し悪しは決まらない。（M）

フランはぼんやりと彼を見たまま、自分の思いに沈んでいる。

バド　しくじったかな、やっぱり。

フラン　（意識を集中させる）いいえ――私、好きよ。

バド　本当？　それってさ、こんな帽子のやつと一緒にいるのを見られても恥ずかしくないってこと？

フラン　もちろん。

バド　例えばもうちょっと横向きにかぶったら――（帽子の向きを直す）この方がいい？

フラン　ずっといいわ。

バド　ねえ、もし僕と一緒にいるのを見られても恥ずかしくないなら、今夜、3人で出かけるのはどうだろう――君と僕とこの山高帽で、五番街に繰り出してさ――ちょっとだけハメを外すというのは――

フラン　今日は私、ダメな日なの。

バド　分かるよ。クリスマスだし――家族やその他もろもろ――

フラン　エレベーターに戻った方がいいみたい。クビになったら困るわ。

バド　ああ、その心配はいらないよ。人事部にはけっこう顔が利くんだ。シェルドレイク部長を知ってる？

【ワイルダーは語る】
「映画作りの基本は、観客を引き込むこと、観客を参加させることだと思う」「エレガントなカメラワークには憧れるけれど、ただ派手なものはダメだ。シャンデリアからカメラをぶら下げるのは、中流階級の批評家を驚かせるための子供騙しだろう。私は、カメラや台車や150人のスタッフの存在を忘れてもらいたい」（E）

（サタデー・イヴニング・ポスト紙1966年12月17日）

【ワイルダーは語る】
「ディゾルヴもフェードも忘れ去られ、若い監督たちは、派手な撮影をするようになった。カメラアングルに狂気がある。ヘリコプター撮影はかまわないが、リビングルームではやめてほしい」「最高の演出とは、見えないものであるという印象を与えたい。観客は、スクリーンの前にいること、映像が二次元であることを忘れて、その中に吸い込まれていかなければならない」（B）

フラン　（警戒して）なぜ？
バド　あの人とはこんな感じなんでね。（指を交差させる）クリスマスカードももらったよ。見る？

彼はデスクの上のカードを取り、フランに見せる。シェルドレイク家の面々が豪奢なクリスマスツリーを囲んだ写真だ――シェルドレイク夫妻、ミリタリースクールの制服を着た2人の少年、そして大きなフレンチプードル。その下にはこんなメッセージが――

シェルドレイク家より季節のご挨拶　エミリー、ジェフ、トミー、ジェフ・ジュニア、そしてフィガロ

フラン　（悲しげにカードを見つめながら）素敵な写真だわ。
バド　シェルドレイクさんに君のことを口添えできたらと思ってね――ちょっとした昇進とか――エレベーターの出発係なんかどう？
フラン　私より順番が先の人が大勢いるわ。
バド　問題ないさ。よかったら、休みの間にでも話し合おうよ――電話して迎えにいくからさ。そしたら、いろいろ大きな進展も――

【ワイルダーは語る】
「今の時代は、価値観が違うんだ。温かくて、優しくて、面白くて、都会的で、文化的なものにはもうチャンスはない。忍耐力の欠如が、国を、いや世界を覆っている。たとえノエル・カワードでも、テリー・サヴァラスのようにタフな男ばかりの今日では成功しないだろう。現代では、汚れた靴下とレインコートを着てコロンボ警部にならなければならない。（略）彼らはそれがロマンチックだと思っている。私はくだらないと思うけどね」（略）
観客が再び「ルビッチ流」を受け入れる時は来るのだろうか？（E）
（ザ・リアルペーパー紙　1974年7月31日号）

（山高帽のつばに触りながら）――本当にこのかぶり方でいい？

フラン　そう思うわ。

バド　ちょっと傾けすぎってことは――

フランは、制服のポケットからコンパクトを取り出して開き、バドに手渡す。[83]

フラン　これで。

バド　（鏡で自分の姿を確認する）うちは保守的な会社だからね――芸人風とは思われたくないいん、だ……。

彼の声は途中でとぎれる。コンパクトの割れた鏡に見覚えがあり――ケースのフルール・ド・リス模様で、その疑念は確信に変わる。フランは彼の顔に浮かんだ異常な表情に気づく。

フラン　どうしたの？

バド　（言葉を絞り出して）鏡が――これ、割れてるね。

フラン　ええ、知ってるわ。これでいいの――私が感じているそのままを映してくれるから。

【ジャック・レモンは語る】83
　ストーリーを進める小道具は、ワイルダーの映画に特徴的なものである。フランのコンパクトのひび割れた鏡は、彼女とシェルドレイクがけんかしたことを観客に教えるだけでなく、彼女がシェルドレイクの女であることをバッドに教えてもいる。（略）「コンパクトをあけると、ひび割れた鏡に自分の顔が映り、その瞬間、シャーリーがわたしのアパートにいた女なのだと気づく。それで十二ページくらいの会話が節約されるんだ」そのシーンはワイルダーの好きな映画作りのふたつのコンセプト、〝暴露シーン〟と〝省略のパワー〟を兼ね備えている。（N）

　また、ワイルダーがアメリカに渡る前の１９３４年にパリで撮った初監督作『ろくでなし』（『悪い種子』）でも、ヒロインであるジャネットのコンパクトが洒落た使われ方をしているので、機会があればぜひ。

電話が鳴り始める。バドには聞こえていない。彼はコンパクトを閉じ、フランに手渡す。

フラン　電話よ。

バド　あ、ああ。（デスクの電話を取る）もしもし？（フランをちらっと見る）ちょっとお待ちを。（送話口を覆う：フランに）悪いね――個人的な電話なんだ。

フラン　わかった。いいクリスマスを――。

彼女は出ていき、ドアを閉める。バドは送話口を覆った手を離す。

バド　（一語一語が痛い）はい、シェルドレイク部長――いえ、忘れてなどいません――ツリーは飾りましたし、トム・アンド・ジェリーミックスは冷蔵庫にあります――はい、部長――あなたも。[84]

彼は電話を切り、しばらくそこに立ち尽くす。山高帽はまだ頭にのっており、やがてパーティの喧騒が押し寄せてくる。

【批評】

フランの鏡はまた、バドに自分自身を見させ、その分裂した姿は、ポン引きとカモの間の分裂を図式化したものである。（C）

ここで語られる〝図式〟は、P107で記したシェルドレイクの顔が割れた鏡に2つ映る（陽気で愛想のいい上司の面と、身勝手で冷酷な男の面）カットと呼応している。いまや、バドも、善良ではない「もう1つの面」を抱え込んでしまっているのだ。

バドはゆっくりと洋服掛けのところへ行き、コートを手に取る――真新しい、黒のチェスターフィールドである。それを腕にかけると、彼はオフィスを出ていく。

○屋内　19階　昼間

パーティはさらに盛り上がっている。デスクの上ではシルヴィアが服を脱がない擬似ストリップを披露しており、その周りを、歓声を上げる者、酒を飲む者、拍手する者が取り囲んでいる。

バドはそのショーの前を素通りしていく。カークビーが彼を見つけ、シルヴィアの周りの観客から抜け出してくる。

カークビー　どこへ行くんだ、バディボーイ？　パーティはまだ始まったばかりだぞ。（彼に追いつく）なあ、若いの――そろそろ頼むよ、どうだい――明日の午後では？　また、あのドライブインに、というわけにはいかんのだよ――あの車、暖房もついていないんだ。午後4時――いいかい？

【カクテル】84
〈トム・アンド・ジェリー〉は、ラムとブランデー、卵を使ったホットカクテルで、伝統的にクリスマス用の飲み物とされているそうである。
1821年、小説『Life in London or, The Day and Night Scenes of Jerry Hawthorn, Esq. and his Elegant Friend Corinthian Tom』を発表した英国人ジャーナリストのピアーズ・イーガンが、同作や舞台版『Life in London: or The Day and Night Scene of Tom and Jerry』の宣伝を兼ねてこの名前をつけたと伝えられ、アニメの『トムとジェリー』とは無関係とのこと。
バクスターが言及する〈トム・アンド・ジェリー ミックス〉は、1950年ごろに開発された、「泡立てた卵と砂糖、バニラエッセンス等をミックスした商品」で、グラスに入れブランデーとラムと熱湯を加えるだけで手軽に楽しめるようになっているもの。

バドは彼を無視し、無人のデスクが並ぶ中を歩き続ける。[85]

ディゾルヴして：

○屋内　60丁目　コロンバスアベニューにある安酒場[86]　夜

午後6時。店は、イブを家族と過ごす前に一杯引っかける客でごった返している。それぞれが、華やかに包装された包みや小さく束ねられたクリスマスツリー、ビニール袋に入った七面鳥などを持参しており、カウンターの奥の鏡には、「HAPPY HOLIDAYS」のきらきらした白い文字が飾られている。みんな上機嫌で、笑い合い、乾杯し合っている。

バド・バクスターを除くみんなは、だ。彼はチェスターフィールドと山高帽のままカウンターの前に立ち、1人ぽつねんとほとんど空いたマティーニグラスを見つめ、物思いにふけっている。バーテンダーがやってきて、楊枝に刺したオリーブ入りの新しいマティーニを置き、バドの前の札とコインの

【ワイルダー・タッチ】85
私見では、この場面の演出こそ、本作中最高のワイルダー・タッチである。
難しいのは、前シーンで大きなショックを受けたバドがここでカークビー氏の申し出を受けるはずがないことで、シナリオでは「バドが彼を無視する」ことでそれを成立させているのだが、それでもやや弱い。完成版でワイルダーは、振り向いたバドが軽蔑し切った無表情な目で一瞬相手を見つめたあとで踵を返す演技をつけ、さらに、カークビー氏が手にしたネックレスを巧みに活かし、彼の方はバドの反応を一方的に「諒承」と受け取った上機嫌さを我々に明確に示しているのである。
ここから、ラストのシャンパンの存在に至る長いアーチがかかり始める、ドラマ後半への最も重要なポイントともいえるだろう。

山から代金を取っていく。バドはオリーブを取り出し、カウンターの上のきれいな扇形に並べられた半ダースのオリーブにそれを加える。彼は明らかに輪を完成させようとしている。

サンタクロースの恰好をした背の低い丸々とした男が通りから早足で入ってくると、カウンターに沿ってバドの横までやってくる。

サンタクロース （バーテンダーに）おいチャーリー、バーボンを一杯。急いでくれよ、ソリを二重駐車してきたんでな。

彼は自分のジョークで大笑いし、肘でバドをつっつく。バドは彼を冷ややかに見つめ、マティーニへと視線を戻す。サンタクロースの喉で笑いが消える。彼はバーボンのショットを受け取り、もう少し気の合う仲間を見つけようと離れていく。

カーブしたバーカウンターの端に、安物の毛皮のコートを着た20代半ばの女性がいる。名前はマージー・マクドゥガル。[87] ラム・コリンズをストローで飲んでいる彼女も、同じく1人

【ワイルダーは語る】
「観客を買いかぶるな。一目瞭然にせよ」（略）「しかし、ビリー、世の中には難解微妙なものだってある。そんなときはどうしたらいい?」
すかさずビリーは答えた。「難解微妙も一目瞭然にするんだ」（K）

【ロケ地】86
このシーンは、コロンバス通りにあった1943年創業の老舗バー《エメラルド・イン》でロケが行われている。実際の場所も、バドの自宅がある設定の西67丁目からは徒歩で数分のところである。（B）

きりだ。マージーは遠目から興味深げにバドを観察している。彼女の前に、紙で包装されたストローが入った容器がある。彼女はそこから1本を抜き、紙の端をちぎって、ストローに息を吹き込む——包み紙はバドの方に飛んでいき、鼻のすぐ前を通り過ぎるが、彼はそれに気づかない。

マージーは挫けず、もう一発ミサイルを放つ。

今度の包み紙はバドの山高帽のつばに着地する。反応はなし。次のひとつはバドの頬に当たる。彼はマティーニから目を上げない。

マージーは、ハンドバッグと空のグラスを持って自分の居場所を離れると、バドの傍らへやってくる。無言のまま、彼女は手を伸ばしてバドの帽子から包み紙を取る。

マージー　一杯おごって。何曲かおごるから。（グラスを置く）ラム・コリンズよ。[88]

87　〝マージー〟という名は、1944年のワイルダー映画『深夜の告白』でフレッド・マクマレイが演じた主人公・ネフが、同僚への言い訳にとっさにでっち上げた架空の恋人の名と同じである（彼女の話を聞かされた同僚キーズは「きっと瓶から酒を飲むような女だろう」と返している）。

【カクテル】88　ラム・コリンズは、ラム、レモンジュース、砂糖をシェイクしてソーダで割った爽やかなカクテル。ジン・ベースで作るトム・コリンズのバリエーションとされる。
　ここでマージーが飲む酒がラムなのは、彼女の夫・ミッキーが捕らわれている国キューバの代表的な酒だからだろう。

返事を待たず、彼女はジュークボックスへと向かう。バドは曖昧な表情で彼女に目をやり、それからバーテンダーに向き直る。

バド　ラム・コリンズ。（マティーニのグラスを示す）あと、同じのをもう一杯。[89]

ジュークボックスでは、マージーがコインを入れ、選曲している。音楽が始まる――讃美歌の《神の御子は今宵しも》だ。バーテンダーが2人の飲み物を置き、彼女はバドの横に戻る。バドは、またオリーブを取り出し、目の前のカウンターの一連に加える。彼らはまっすぐ前を見つめて飲む。しばらくの間、2人はまったく会話をしない。

マージー　（唐突に）あんた、カストロ好き？（バドはぽかんとした顔を向ける）つまり――あんた、カストロのことどう思う？[90]

バド　カストロって何？

マージー　ほら、あいつよ、キューバにいるイカレたヒゲの親分。

バド　彼がどうした？

89 この時点でのオリーブは7つ。P136で最終的には13個になっている。
　時間経過とバドの飲んだ量を一目で表すこのワイルダー・タッチの原型は、1945年の『失われた週末』に見ることができる。
　同作では、レイ・ミランド演じる主人公がバーで酒を飲むと、小さなショットグラスの底がカウンターの上に濡れた輪を残す。バーテンダーがそれを拭き取ろうとすると、彼は「拭かないでくれ」と自虐的な口調で頼む。「僕のこの小さな悪循環の輪を残しといてくれ」
　その後、輪が6つになったカットがインサートされ、さらに12に増えた輪が映し出されるのである。

マージー　あたしの考えじゃ、あいつはロクデナシよ。２週間前に手紙を書いたんだけど、返事も寄こさないの。
バド　そうなんだ。
マージー　クリスマスまでにミッキーを返してほしかったのに。
バド　ミッキーは誰？
マージー　あたしの亭主。今、ハバナの牢屋にいるの。
バド　ああ、革命に巻き込まれた？
マージー　ミッキーが？　あの人はそんなんじゃないわよ。騎手なの。馬のドーピングで捕まっちゃった。
バド　まあ、人生はすべてうまくいくってわけじゃないからね。

２人はしばらく黙って坐り、世の中の不公平について深く考えている。

マージー　（自分に）クリスマスの前の晩だというのに、家の中に生き物がいないの――まったくいない――何も動かない――もう、つまんない！（酒を飲む。バドに）結婚してる？
バド　いや。
マージー　家族は？

【カストロ】90
キューバの政治家／革命家、フィデル・カストロ（１９２６～２０１６）が、アメリカの傀儡ともいえる政権を武力で倒し、キューバを社会主義国家に変えたのは、本作製作の年、１９５９年１月１日のことであった（キューバ革命）。
ＮＹでこのシーンが撮影された翌月（12月）、アメリカは、キューバ国内の米企業の資産没収・国有化を進めるとともにソ連に接近を図るカストロ政権の転覆を決定。60年２月に国交を断絶し、本作が公開された同年６月前後は、カストロの暗殺計画が次々と執行されている激動の時期であった（結果はすべて失敗）。
アメリカ本国の評論では、この台詞のチョイスは「肥大する資本主義の非人間性を描いた本作のテーマと関連して配置された」もの、と語られることもあるが、それ以前に、ここでの２人の会話に〝男女間の会話〟やドラマに関係する会話を持ち込まない（最後の一言を除き）方策として、最も場違いでキャッチーで

バド　いや。

マージー　こんな夜に誰もいないアパートに帰るなんて、ぞっとするわよね。

バド　家族はいない、と言ったんだ。アパートに誰もいないとは言ってない[91]。

2人とも酒を飲む。

カットして：

○屋内　バドのアパート　夜

リビングルームは暗く、明かりといえば、キッチンから届く光と、偽の暖炉の前にある小さなクリスマスツリーの色とりどりの電球だけだ。

フランは、コートと手袋の姿のまま、ソファの隅で体を丸め、静かに泣いている。シェルドレイクはその前で行ったり来たりしている。彼のコートと帽子は椅子の上にあり、その横に

素っ頓狂なワードが選ばれたのではないだろうか。

【ワイルダー・タッチ】91

原語では「I said I had no family. I didn't say I had an empty apartment.」。

名台詞揃いの本作中でも、これは最高の一言と思われる。

ちなみに、DVD等の日本語字幕はなぜかこれを「家族はいないが わびしくはない」と訳しており、少々残念である。

はクリスマスプレゼントの包みがいくつか置かれている。コーヒーテーブルには、開いていないスコッチのボトル、手つかずのグラス2つ、そして氷の入ったボウルがある。

シェルドレイク （立ち止まる。フランの方を向き）ほらフラン――そんな風にしていないでくれ。そこに坐ったきり、ずっと泣いたままだ。（答えはない）口もきかず、何があったのか言ってくれないんじゃ――（アプローチを変える）なあ、君は、私が話を引き延ばしていると思っているんだろう。でも、結婚して12年経つ相手に、朝食の席で「砂糖を取ってくれるかい――それから、実は離婚してほしいんだ」というようなわけにはいかないよ。そう簡単なことではないんだ。（彼はまた歩き始め、フランは泣き続ける）とにかく、今はタイミングがよくない。子供たちが学校から戻っているし、義理の両親も休暇で来ている――そんな話は持ち出せないよ。（フランの前で立ち止まる）君らしくないぞ、フラン――君はいつだっていい子で――だから一緒にいて楽しいのに。

フラン （涙を流しながら）そうね――それが私。幸せなお馬鹿さん――愉快だけが取り柄の。

シェルドレイク やあ、少しましになった。とりあえず口をきいてく

【キャスティング】

研究書『Wilder Time』によれば、フェリシア・マージーの役は当初、ファーにオファーされたとのこと。

「ワイルダーは当初、『アパートの鍵貸します』のクリスマスイブにC・C・バクスターと帰宅するバーの常連客の役をファーにオファーしていたが、彼女のエージェントがそれを断るように勧めたのである。『脚本上、主演女優が自殺を図るような作品に出演したら、私に不利になると思ったのでしょう』」

ワイルダー監督は、この後、1962年にジャック・レモン夫人となった彼女を、『ねえ！キスしてよ』（64）で主人公のチャーミングな妻・ゼルダ役に起用している。

れたね。

フラン　今日の社内パーティで、おかしなことがあったのよ。あなたの秘書、オルセンさんにばったり会ったの。ほら――ちょっとイイこと（Ring-a-ding-ding）のお相手だった。私、死ぬほど笑っちゃったわ。

シェルドレイク　それで悩んでいたのか――ミス・オルセン？　もう大昔の話さ。

フラン　歴史って得意じゃなくて……ちょっと待ってね――オルセンさんがいて、ロッシさんがいて――違う、彼女の方が先だわ――オルセンさんのあとはコッチさんだ――。

シェルドレイク　ねえフラン――

フラン　そして――もしそうならこの瞬間、私のあとに来るラッキーガールが、もうあのビルの中にいるというわけよね――

シェルドレイク　分かった分かった、フラン。認めるよ。でも考えてみてくれ――男がなぜ何人もの女性と付き合うと思う？　家庭で幸せじゃないから――孤独だから。それが答えだ。いまの話は全部、君に出会う前のことさ、フラン――もうそんなことはしないよ。

フランはハンドバッグからハンカチを取り出し、目のあたり

【キャスト名鑑】
ホープ・ホリデイ（1930〜）
マージー役。40年代からブロードウェイのバックダンサー、コーラス歌手として活躍。参加した1956年のミュージカル・コメディ『Li'l Abner』が59年に映画化され、その出演のためハリウッド入りしたとのこと。映画出演は少なく、大きな配役は本作が初めてではないかと思われる。ワイルダーは、63年の『あなただけ今晩は』で、パリの娼婦の1人〝ロリータ〟役で再び彼女を起用している。その他の出演作は『ランダース』（65）、『バトル・フォース』（82）、『キルポイント』（84）等。

を軽くたたく。

フラン　私って何でこんなに馬鹿なんだろう。結婚してる人との恋愛にマスカラは禁物だって、前に学んだはずなのに。[92]

シェルドレイク　今夜はクリスマスイブだ、フラン——喧嘩はやめよう。

フラン　メリー・クリスマス。

彼女は、平たい包みをシェルドレイクに渡す。[93]

シェルドレイク　何だい？

彼は包装紙をはがし、ＬＰレコードを取り出す。ジャケットにはこう記されている。《リキシャ・ボーイ》——ジミー・リー・チャンとオーケストラ。

シェルドレイク　ああ、中国料理店の友人か。ありがとう、フラン。こいつはここに置いておくのがいいね。

フラン　そうね、それがいい。

【ワイルダーは語る】92
「『アパートの鍵貸します』が言わんとしているのは〝高潔な人間であれ〟ということだ、と書いた批評家もいた」ワイルダーは言った。「その意見には賛成するが、わたしとしては、フラン・キューブリックのせりふ、『わたしってバカね。女房持ちの男との恋にマスカラは禁物なのに』のほうが好きだね」（Ｎ）

【変更】93
本国版ブルーレイ収録のコメンタリーによれば、元々の脚本にはフランからのプレゼントは存在せず、撮影直前のリライトで追加されたとのこと。娼婦にするようにむき出しの100ドル札を渡すシェルドレイクの行為の酷さをプレゼントとの対比で強調する意味に加え、このシーンを盛り上げるＢＧＭを〝チャチャ〟と同様、レコードという劇中の現実音に置き換える、ワイルダー流リアリズムの意図もあったのではないだろうか。

シェルドレイク　私からもプレゼントがあるんだ。何をあげたらいいのか分からなくて――何というか、ちょっと苦手なんだ、買い物は――（マネークリップを出して、札を1枚取る）だから、ほら、100ドルだ――自分で何か好きなものを買うといい[94]。

お金を差し出すが、彼女は動こうとしない。シェルドレイクはその札を彼女の開いているバッグに滑り込ませる[95]。

シェルドレイク　バーグドルフに素敵なワニ革のバッグがあったよ[96]――。

フランはゆっくりと立ち上がり、手袋を外しはじめる。シェルドレイクは彼女を見てから、心配そうに腕時計に目をやる。

シェルドレイク　フラン、もう6時45分だよ――列車に乗り遅れちゃまずい。あんなに時間を無駄にしなきゃよかったな――家に帰って植木の刈り込みをしなければ。

94
資料によれば、本作当時の100ドルは、2022年ごろでは950ドルに相当するとのこと。同じレートで換算すると、バドの給料である週給94ドル70セントは約900ドル弱。家賃の84ドル（完成版では85ドル）は800ドルほど。山高帽の値段15ドルは、約140ドルとなる。
しかし、ここで注目すべきは、フランにぽんと渡される100ドルが、バドの週給や毎月の家賃よりも多額なことだろう。

【ワイルダー・タッチ】95
このカットは、インサートなしで、ハンドバッグに入れられる100ドル札（このあと大きな意味を持つ）を我々にしっかり印象づけながら、それを凝視するフランの絶望的な表情も同時に画面に収めている、ワイルダー流のさりげない名ショットの1つである。

フランはコートを脱ぎ始めたところだ。

フラン　分かったわ。（コートを羽織り直す）お金をいただいたので少しでも、と思っただけ――

シェルドレイク　（怒った様子で彼女に近づく）そんな言い方はよしなさい、フラン！　自分を安っぽくしちゃいけない。

フラン　100ドルよ？　ちっとも安くないわ。それに、このアパートの代金だって誰かに何かの形で払ってるんでしょう？

シェルドレイク　（彼女の腕をつかむ）やめろ、フラン。

フラン　（静かに）列車に乗り遅れるわよ、ジェフ。

シェルドレイクは慌てて帽子とコートを身につけ、包みをまとめる。

シェルドレイク　一緒に出るかい？

フラン　1人で行って――顔を直したいから。

シェルドレイク　（ドアに向かう）明かりを消すのを忘れないでくれ。また月曜日に。

フラン　そうね。月曜と木曜――そしてまた月曜――そしてまた木曜

96

《バーグドルフ・グッドマン》は、5番街にある超高級デパート。一流デザイナーの商品を多く扱っていることで有名で、『百万長者と結婚する方法』(53)、『ミンクの手ざわり』(62)、『ミスター・アーサー！』(81)、『セックス・アンド・ザ・シティ2』(2010)等、多くの映画で印象的に登場している。

この失言も、シェルドレイクがフランに敬意も興味も持っていないことを強烈に表現した名台詞だろう。

【ワイルダーは語る】

「『アパートの鍵貸します』をわたしの最高のコメディだと言う人もいるが、わたしはコメディを作るつもりだったんじゃない。あれをコメディとは思っていないよ。でも笑ってくれるのなら、反論はしないがね」(N)

——

シェルドレイク　（その言葉に、ドアを開けかけたところで立ち止まる）
いつまでもこうじゃないからね。（戻ってくる）愛してるよ、フラン。

彼は荷物を片手に持ち、キスしようとする。

フラン　（顔を背けて）気をつけて——口紅が。

シェルドレイクは彼女の頬にキスをすると、急ぎ足でアパートを出ていき、ドアを閉める。[97]フランはしばらくその場に立ち尽くし、涙をこらえている。やがて、ジャケットからＬＰレコードを取り出すと、プレーヤーの方へ行く。レコードをのせ、スイッチを入れる——曲は《JEALOUS LOVER》だ。音楽が流れる中、フランは嗚咽に体を震わせながら、暗い部屋の中をあてもなく歩き回る。やがて、ようやく自分を取り戻すと、ハンドバッグを取り、リビングから寝室を通って浴室へと向かう。[98]

浴室。フランは明かりをつけ、ハンドバッグを洗面台に置い

【ワイルダーは語る】
「どうやって会社のなかで出世しながら高潔さを保ち、他人に対してだけでなく自分に対しても人間らしさを維持していくか、という問題だな。（略）この話を口当たりよくするために、あちこちに笑いをちりばめた。シリアスな映画では、観客が退屈しても、わたしたちにはわからない。でもコメディでは、観客は退屈したら笑わないから、一目瞭然なんだ」（Ｎ）

【追加】97
完成版のシェルドレイクはここで、ダメ押しとなる最も心無い一言「メリー・クリスマス」を彼女に告げてアパートを出ていく。

て蛇口をひねる。手で水をすくって取れかけたマスカラを洗い流すと、蛇口を閉め、タオルを取って顔を拭く。そのとき、アームつきのひげ剃り鏡に、棚にある薬の小瓶が拡大され映っているのに気づく。99 フランは小瓶を取り、手の中でゆっくりと裏返す。ラベルにはこう書かれている：セコナール――睡眠に必要な場合、就寝時に1錠服用のこと。

ラベルをしばらく眺めたあと、フランは小瓶を棚に戻す。彼女はハンドバッグを開き、口紅を取り出す。そのとき、シェルドレイクがバッグに残した100ドル札が目に入る。彼女の視線は、再び棚の小瓶へと移る。そして、ゆっくりした動きでバドの歯磨き用コップを手に取ると、立ててある2本の歯ブラシを外し、蛇口をひねって水を入れ始める。

ディゾルヴして：

○屋内　コロンバス通りの安酒場　夜

店にはもう、カウンターで酩酊しているサンタクロースと、

98
【評論】
『彼女は自分が娼婦のように扱われていることに気づき、ワイルダーの作品に再びこのテーマが登場する。彼女は立ち上がるとまず手袋を取り、次にコートを脱ぎ始める。究極の屈辱だ。彼女は死んだ女のような顔をしていて、彼はただ無関心で無情、彼女がコートを着ると……彼は出て行こうとする。彼にとってはこれも性的な出来事にすぎない。何の感情もない。とてもぞっとする』（Q－a）

99
この〝自殺の手段がアームつきのひげ剃り鏡に映る〟というアイディアは、『失われた週末』（45）のクライマックスで一度試みられていた。

ジュークボックスから流れてくるスローなブルースに合わせて踊るバドとマージー・マクドゥガル以外は、誰もいない。バドは相変わらずコートに山高帽姿。マージーも毛皮のコートを着たままだ。[100] バーテンダーが床を掃除している。

バーテンダー　（サンタクロースに）さあ飲み干してくれ、爺さん。閉店時間だ。

サンタクロース　でもまだ早いだろチャーリー。

バーテンダー　今夜が何だか知らないのか？

サンタクロース　知ってるよチャーリー。知っていますとも。だからこんな恰好《なり》をしてるんだ。

彼はグラスを空けると、ふらふらと外へ出ていく。バーテンダーは今度はダンサーたちに近づく。

バーテンダー　おい、もうやめてくれ。分かったか？　帰ってくれ。

バドとマージーは彼を無視して踊り続ける――というより、頬と頬を合わせてフラリフラリと揺れ続ける。バーテンダ

【ワイルダー・タッチ】100
この、頬と頬だけをくっつけて踊る珍妙な〝チークダンス〟はジャック・レモンの名演技もあって強烈に可笑しいのだが、実はこれも、マージーに手を触れさせず、体を重ねさせないことによって主人公バドのイノセンスな存在をぎりぎりで守る、見事なワイルダー・タッチであるように思われる。この後も、石段での行き違いや2階への階段でのズレたやり取り等によって、2人の関係はロマンチックにも肉欲的にも見えないよう描かれている。

ーはジュークボックスへ行ってプラグを抜く。音楽が止まる。が、バドとマージーは止まらない——まだ踊り続けている。

バーテンダー　O《オー》、U《ユー》、T《ティー》、——アウト！

彼はカウンターの端へ行き、明かりを消し始める。マージーがカウンターからハンドバッグを取り、バドは酒の残りを飲み干す。[101]

マージー　どこ行こうか——私の家？　それともあなたのとこ？

バド　（腕時計を覗き込む）僕のところがいいんだろうな——みんなそうしてるから。

彼は先に立って、暗くなった店内を歩いていく。バーテンダーがドアを開けてやり、２人は外に出る。

ディゾルヴして：

○屋外　ブラウンストーン・ハウス　夜

101　Ｐ１２５の脚注89を参照。

【ワイルダーは語る】
「重要なのは、フラン・キューブリックが自己憐憫にひたっていないことさ」とワイルダーは言った。「自殺を図るときでさえ、彼女は自分を気の毒に思っているように見えちゃいけない」（Ｎ）

バドとマージーが通りを歩いてくる。家の前に着き、バドは石段を上り始めるが、マージーはそれに気づかず歩道を歩き続ける。

マージー　かわいそうなミッキー――ハバナの牢屋でひとりぼっちだなんて。（ハンドバッグを開けながら）彼の写真、見たい？

バド　（石段の途中で）いや、特には。

マージーは間違いに気づき、急いで彼の傍らへ戻る。

マージー　とっても可愛いのよ――背は157センチ、体重45キロ――小さなチワワみたいなの。

2人は玄関からホールへと入っていく。

○屋内　階段　ブラウンストーン・ハウス　夜

バドとマージーが2階への階段を上っている。

【ワイルダーは語る】

『昼下りの情事』（略）撮影の合間に、パラマウント社から一通の手紙が届けられた。国外配給を担当する重役のジョージ・ウェルトナーから で、『第十七捕虜収容所』をドイツで公開する予定だとあった。（略）ドイツの観客が気を悪くしないように、映画に変更を加えてはどうかと提案してきたのだ。私の映画では、裏切り者が結局はナチだったことがわかる（略）ウェルトナーは、ドイツの観客向けに、そのナチを、ドイツに金で買われたポーランド人戦争捕虜に変更してはどうかと提案してきた。私は答えた。母と祖母と継父はナチにアウシュヴィッツで殺されました。汚れたドルをドイツで稼ぐために、自分の映画を裏切る気にはなれません、と。（略）だが、謝罪はなされず、私はその後、二度とパラマウントでは映画を撮らなかった。このとき、二十年間に及んだ共同作業も終わった。（L）

マージー　個人的な質問をいい？
バド　だめ。
マージー　ガールフレンドはいる？
バド　彼女は女の子《ガール》かもしれないけど――僕の友達《フレンド》じゃない。
マージー　その子に未練があるのね、さては。
バド　未練があるって⁉　僕のことをよく知らないらしいね。
マージー　あなたのこと、全然知らないわ。
バド　これは失礼――C・C・バクスター、若手管理職、アーサー・マレー卒、そして色事師だ。
マージー　マクドゥガル夫人よ――あなたはマージーと呼んで。

バドはポケットから鍵を取り出し、アパートのドアを開ける。

バド　こちらへどうぞ、マクドゥガル夫人。

彼女を中へ案内する。

○屋内　アパート　夜

【サントラ盤】①
本作のサントラ盤LPは、1960年の公開に合わせてユニバーサルから発売された。その後、CD時代に入り『恋人よ帰れ！わが胸に』（66）のサントラ（作曲はアンドレ・プレヴィン）等とカップリングする形で再リリースされている。

〈収録曲〉
① Main Title—Theme From The Apartment
② Lonely Room
③ Where Are You, Fran?
④ Ring a Ding Ding
⑤ So Fouled Up
⑥ Tavern in Town
⑦ Hong Kong Blues
⑧ Theme From The Apartment
⑨ Career March
⑩ Blue Christmas
⑪ Kicked in the Head
⑫ Little Brown Jug
⑬ Office Workers（They Want You Upstairs）
⑭ This Night

部屋はさっきと同じ状態。フランの姿は見えないが、コーヒーテーブルに彼女が落とした手袋がある。バドは明かりをつけ、ドアを閉める。

マージー　（見回して）わあ、いいところじゃない。
バド　（コートを脱ぐのを手伝いながら）マクドゥガル夫人、フェアにいきたいので警告しておこう。あなたは今、悪名高きセックスマシーンと2人きりだ。
マージー　（目が輝く）冗談でしょ。
バド　近所の誰かに訊いてみるといい。実際、僕が旅立つ時には——例えばこんな具合にね（指を鳴らす）——コロンビア医療センターに献体すると約束済みだ。
マージー　（嬉しそうに身震いする）もう、考えただけで鳥肌が立っちゃう。
バド　まあ、まだこの体は持っていかれないから大丈夫だよ、ベイビー。キッチンから氷を持ってきてくれるかい。そしてさっさと済ましちまおう——準備関係《プレリミナリー・ワイズ》は。
マージー　そうするわ——色事師さん。

Ｐ１３３のシーンでは、フランがかけるレコードの音として、最も長くドラマチックなトラック８（に相当するナンバー）がシーン全体を彩っている。※この項Ｐ１４２に続く

【スタッフ名鑑】
アドルフ・ドイチュ（１８９７〜１９８０）音楽
英国・ロンドン出身で、１９２０年代からブロードウェイで活躍。30年代後半から映画音楽に進出し、『オクラホマ！』（55）でアカデミー賞作曲賞を受賞。『アニーよ銃をとれ』（50）、『掠奪された七人の花嫁』（54）等、多数のミュージカル映画に指揮・編曲・音楽監督で参加している。ワイルダー映画は、前作『お熱いのがお好き』（59）と本作に参加。その他の代表作は『マルタの鷹』（41）、『ハイ・シェラ』（41）、『花嫁の父』（50）、『パリの恋人』（57）等。

彼女は、バドから渡された溶けた氷の入ったボウルを手にキッチンへ姿を消す。コートを脱ぎ始めたところで、バドはプレーヤーから引っかき音が聞こえるのに気づく。近づいて見てみると、ＬＰレコードが回っており、針がその終わりのところで音を立てている。

バドはレコードを外すと、不思議そうにそれを眺めてから脇に置き、チャチャのレコードに替える。[102]音楽が始まると、彼はドアの脇の洋服掛けまで踊りながら行き、チェスターフィールドと山高帽を掛ける。さらに踊り続けながら部屋の真ん中に戻るが、そこでコーヒーテーブルの上のフランの手袋に気づき、はっとする。彼は手袋を拾い上げ、どこか都合のいい隠し場所はないかと探し回る。寝室のドアへ行って開けると、手袋をベッドの方に放り投げる。ドアを閉め、背を向けかけるが、そこで初めて、いま中で見たものを認識し、動きが止まる。慌ててまたドアを開け、見る。

ベッドカバーの上に横たわっているのはフランだ。浴室からの光が彼女の上に降り注いでいる。彼女はドレスやコートを

102　このカットは、レモンのパフォーマンスを含めさまざまな動きを詰め込んだ1分半の長回しでカメラに収められており、撮影は19テイクに及んだそうである。
「ワイルダーは（略）カットを変える必然性がなければカットは変えない、と語っていました（略）」「ビリー・ワイルダーの、どうしても必要なときだけ編集を使うという映像スタイルを支えたのは、おそらくドーン・ハリソンでしょう」（Q－b）
また、ここでバクスターは、フランが脱いだ手袋を隠す場所を探しあぐねた挙句、事もあろうに寝室に投げ込んでいる。普通に考えて、それはさらにマズいわけで、つまり、あの場に及んでも彼は、そのあと女性と寝室に行くという発想になっていない。少なくとも、その目的で連れて帰ってはいないように思われる。

着たままで、どうやら眠っているようだ。

バドは寝室に入って後ろ手にドアを閉めると、フランに歩み寄る[103]。

バド　さあ、キューブリックさん——起きてください。チェックアウトの時刻は過ぎています。当ホテルとしましては、今すぐ出ていってくだされればありがたいのですが。（フランは反応しない）ねえキューブリックさん、僕はあなたが好きだった。すごく好きだった。でもそれももう終わりだ。だから出ていってくれ——O《オー》、U《ユー》、T《ティー》、アウト！（反応なし。バドは彼女の肩に手を置き、揺さぶる）さあ——起きてくれ！

フランは反応しない。しかし、彼女の手から何かが落ち、ベッドの上を転がる。バドはそれを拾い上げ、よく見る——それは彼が使っている睡眠薬の小瓶で、ふたが開き、空になっている。

バド　（かすれた声で）何てことだ。

103　このカットでの、画面左下に映る〝浴室からの光を浴びた〟フランの脚は実に美しく、本作きってのセクシーショットとなっている。また、その光と陰に満ちた重厚な画面は、ここからドラマが新しい局面に入ることをはっきり告げているようにも思われる。
つけ加えると、同様の構図ながらこの後P147でバドが寝室に入ってくるカットでは、我々の注意がそこには向かないよう、容体を診ているドレイファス医師の大きな診療かばんで脚が隠されているのが見事である。

一瞬のあいだ、バドは麻痺したように立ち尽くしている。やがて彼は小瓶を取り落とし、フランの肩をつかむと、ベッドの上に坐らせ、その体を乱暴に揺さぶる。

バド　キューブリックさん！　キューブリックさん！

フランの頭は縫いぐるみの人形のように横倒しになっている。バドは彼女をベッドに戻すと、大慌てで駆け出す。

リビングではレコードプレーヤーがまだチャチャチャと鳴っている。バドは電話に飛びついて受話器を取るが、誰に電話すべきか分からないことに気づき、それを置く。キッチンから、氷がいっぱいに入ったボウルを抱えてマージーが出てくる。

マージー　製氷皿を取り出そうとして爪が折れたわ。新しい冷蔵庫を買った方がいいわね。

バドは話を聞いておらず、彼女の横を走り抜けてドアから廊

【サントラ盤】②
サントラ盤に収められたナンバーは、いずれもレコード鑑賞用にステレオで再録音されており、編曲も整えられている。元になったBGMをベースに極力劇中での使用順に並べ替えると以下のようになる。

①メインタイトル
メインテーマ《Jealous Lover》によるオープニング曲。中盤に8小節のピアノ・ソロが追加されている。

⑨キャリア・マーチ
映画冒頭でバクスターが自己紹介する件り等に使用された行進曲風テーマのアルバム・バージョン。

⑬オフィス・ワーカーズ
バドが風邪気味で出社する場面のナンバー（キャリア・マーチのテーマ）や、シェルドレイクの呼び出しを受けて駆け出すバクスター～フランのエレベーターで27階へ、という場面に流れたナンバーが原曲。

下に飛び出していく。

マージー　（後ろから呼びかける）今すぐじゃなくていいのよ。

○屋内　２階の廊下　夜

バドはドレイファス家のドアに駆け寄ると、ベルを鳴らし、拳で叩き始める。

バド　ドレイファス先生！　ねえ、先生！

ドアが開き、ドレイファス医師が古ぼけたバスローブを羽織りながら眠そうに出てくる。

バド　（言葉がもつれる）うちに女の子がいます――睡眠薬を飲んで――すぐ来てください――彼女、どうやっても起きないんです。

ドレイファス　かばんを取ってこよう。

彼は戸口から姿を消す。

⑦香港ブルース
フランとシェルドレイクのデートの場面で、ピアニストが《Jealous Lover》に続いて弾き始めるナンバー。クラリネットとピアノ、トロンボーンのソロによる聴きごたえのある編曲が施されている。

⑥町の居酒屋
19階で行われるクリスマスパーティのソース・ミュージックとして登場。ウィリアム・Ｈ・ヒルズが１８８３年に作曲し、大流行した。

⑫茶色の小瓶
⑥と同様、パーティのソース・ミュージック。ミス・オルセンとフランの会話あたりで使用。ジョセフ・ウィナーが１８６９年に発表し、その後スタンダードとなった。

④リング・ア・ディン・ディン
同じくソース・ミュージックとして登場。バドが自分のオフィスでフランに帽子を見せるあたりで使用。ドイチュのオリジナル曲。

バド　急いで、先生。

バドは振り向き、自分のアパートへと駆け戻っていく。

○屋内　アパート　夜

マージーは、ソファでくつろぎながら飲み物の用意をしている。チャチャの音楽はまだ続いている。バドが飛び込んできて、寝室に向かう。

マージー　ねえ――こっちよ、あなた。

バドは彼女のことを思い出し、立ち止まる。

マージー　何を走り回ってるの？　疲れちゃうわよ。

バドは意を決して駆け寄ると、彼女を無理やり立たせる。

②ロンリー・ルーム
バーの場面で流れるソース・ミュージックとして登場。最初にバドのアパートが描写される場面等で聴かれる"Lonely Room"のテーマが使用されている。

⑧『アパートの鍵貸します』
フランがシェルドレイクにプレゼントしたLPの収録曲。部屋に残された彼女が自殺を図るところまでを劇的に彩る。アルバム・バージョンは、さらに1分ほどの美しい演奏が加わっている。

⑩ブルー・クリスマス
劇中では、盛り上がった前曲からダイレクトにつなげて使用。酔っ払ったバドとマージーは、ジュークボックスから流れるこのナンバーでふらふらと踊っている。

⑭ディス・ナイト
マージーをアパートへ連れて帰ったバドがかけるLPの曲。映画冒頭

マージー　そんな乱暴にしないで、ハニー。
バド　（彼女の手からグラスを取って）おやすみ。
マージー　おやすみ？
バド　（毛皮のコートを彼女に突き出す）パーティは終わりだ。
マージー　どうしたの？　私、何か悪いことした？
バド　（彼女をドアの方へ連れていく）緊急事態なんだ――またいつか会おう。

診療かばんを持ったドレイファス医師が急ぎ足で入ってくる。彼は、鳴り響く音楽としっかり起きている女性の姿に当惑して立ち止まる。

バド　こっちの人じゃなくて――（寝室を指さして）この中です、先生。

ドレイファス医師は寝室へ入っていく。

マージー　ねえ、いったいどうなってるの？
バド　[104]何でもない。（彼女をドアの方へ押しやる）とにかく出ていってくれる？

のカークビー氏とシルヴィアの逢瀬や、ドービッシュ氏がモンロー似の女性を連れ込む件り、ラストシーン前の中国料理店の場面でも使用され、不倫や〝軽薄な大騒ぎ〟の共通モチーフとなっている。

⑤どうしたらいいの
ジン・ラミーをやりながら、フランが自分のことを語る場面で使用。《Jealous Lover》のメロディがやさしく流れる。曲名は、同場面でのフランの台詞から。

⑪頭を蹴られる
勇んでシェルドレイクのオフィスに乗り込んだバドが返り討ちに遭う場面で使用された、《Lonely Room》のテーマによるナンバー。曲名も同場面の台詞から。

③どこに行った、フラン？
クライマックス、シェルドレイクの前から姿を消したフランがバドのもとへ走る場面から、エンドクレジットまでを彩ったナンバー。

マージー　（後ろを指さす）私の靴。

バドはコーヒーテーブルの下に手を伸ばし、彼女が脱いだ靴をつかみ出す。

マージー　（爆発して）何が色事師よ。たいしたセックスマシーンだわ！

バドは靴を押しつけると、財布から札を1枚取り出し、彼女に手渡す。

バド　ほら――電話ボックスを探して、これでハバナのご主人に電話して。

マージー　そうするわよ。あたしへのこの扱いを話したら、あの人に顔がめり込むほど殴られるから。（バドは開いたドアから彼女を押し出す）この裏切り者！

バドはドアを閉めると寝室に向かって走りかけ、そこでチャチャのレコードがまだ鳴っていることに気づく。彼はプレー

【トリビア】
『Films and Filming』誌1978年7月号のインタビューで、作曲家ジョン・ウィリアムズは、アドルフ・ドイチュが音楽を担当した『お熱いのがお好き』と『アパートの鍵貸します』にピアニストとして参加、『アパート』ではドイチュに乞われ、数曲のオーケストレーションも行ったことを語っている。

104
原文は「Just clear out, will you?」。完成版では「Just get out」と、さらに切羽詰まった印象のきつい言葉になっている。

ヤーに寄り道してスイッチを切り、それから寝室へと向かう。

寝室は天井の明かりがついており、ドレイファス医師が意識不明のフランを診ている。彼は、コートを脱がせると懐中電灯で彼女の目を照らし、瞳孔を調べる。バドは心配そうにベッドへ近づく。

バド　彼女は大丈夫そうですか、先生？
ドレイファス　あの瓶には何錠入っていた？
バド　半分ほど残っていたので――12錠ぐらいかな。病院に連れていくんですか？

ドレイファス医師はバドを無視する。彼は、診療かばんから先端にゴムの漏斗《じょうご》がついた胃管を取り出すと、フランをベッドから起こし始める。

ドレイファス　手を貸してくれるか？

2人は両側に立つとフランをまっすぐに立たせる。

【評論】
『アパートの鍵貸します』は、ニューヨークという都市の心臓が脈打っているような映画である。描かれているのは、社会の歯車となっているサラリーマンの世界だ。主演は二十六歳のシャーリー・マクレーン。ショートカットのヘアスタイル、不器用だが細かいことにこだわらず、（略）人の心をなごませる微笑みと泣き顔を持つ女性。お転婆でしかもセンチメンタルな彼女は、六〇年代を先取りしていた。相手役をつとめるジャック・レモンは、大都会の片隅をせかせかと動くちっぽけな存在である。（略）ワイルダー映画でもっとも成功を収めた男女のカップルであるシャーリーとジャックは、回り道をしながらも愛しあうようになり、遠回しに自分たちの好意を伝えあう。ただ語りあったり不幸を共有することを通じて恋人同士のセクシュアリティーが生まれる。こんな男女を観客がスクリーンで目にしたのは、これが初めてのことだった。
（L）

ドレイファス　浴室へ。

彼らはフランのぐったりした体を半分抱え、半分は引きずるようにして浴室へ向かう。

バド　何をするんです、先生？

ドレイファス　胃の中のシロモノを出すんだ——まだ手遅れでなければ。お前さんはコーヒーを淹れて——祈っとれ。

ドレイファス医師とフランが浴室に入ると、バドは出ていく。

バドは一目散にキッチンへ行く。アルミのやかんに水を入れ、マッチを擦ると、コンロのバーナーに火を点けてやかんをのせる。そして、食器棚からインスタントコーヒーの瓶と欠けたマグカップを取り出して、コーヒーの粉をマグに大量に振り入れ、スプーンを突っ込む。彼はしばらくやかんを眺め、ハンカチで額を拭いたあと、寝室の方へ戻る。

【ワイルダーは語る】

＊あなたとブラケットは、ハリウッドで最も高い評価を受け、商業的にも成功した2人でしたが、なぜコンビを解消してしまったのですか？

BW　マッチとマッチ箱のようなものかな。何かが摩耗し、火花が生じなくなってしまった。それに、その頃には悪い結婚のような状態になりつつもあった。些細なことで喧嘩をするようになっていたんだ。（E）

＊あなたはブラケットと四半世紀にわたって執筆し、さらにダイアモンドと20年にわたり執筆してきました。自分の文章に何か欠けていると感じたのでしょうか。それとも、何か他の理由があって、いつも2人で書くことにしたのでしょうか？

BW　最初の頃は、映画で見た英語しか知らなかったので自信がなかったんだ。ブラケットと別れてからは、1人で書くには寂しすぎる、ということもあった。（E）

（ミシガン・クォータリー・レビュー　1996年冬号）

バドは寝室を横切って、半開きになった浴室のドアの前まで行き、不安そうに覗き込む。中からは激しく咳き込む音と水の流れる音が聞こえてくる。バドは背を向け、ネクタイと襟を緩めると、寝室の中を歩き回る。ナイトテーブルの上にある何かが彼の目を引く――ベッドライトの台座の上に、封をした封筒が置かれている。バドはそれを手に取る。封筒にはフランの筆跡で一言――「ジェフ」。彼はその手紙を手の中で弄び、どうしたらよいか考えようとする。

ドレイファス医師が、青ざめてまだ意識のないフランを抱いて浴室から出てくる。バドは遺書を素早く背中に隠す。

ドレイファス　かばんを持ってきてくれ。

彼はフランを引きずってリビングへ行く。バドは手紙をズボンの後ろポケットにしまうと、診療かばんを持って2人の後を追う。

リビング。ドレイファス医師は診療かばんを受け取って皮下

【ワイルダーは語る】

ひとつの脚本にふたりが取り組むというのは、一本のロープの両端をふたりが引っ張るということだ――そうでなければ緊張感は生まれないし、人を惹きつけるものは書けない。私とブラケットの場合もまさにそれだった。「イズ」・ダイアモンドとのときも同じである。基本的に、ブラケットは英国的な保守主義のライフスタイルを守る人だった。もしくは、少なくともそれを目標としていた。

私たちは本当に対照的だった。私はドアを閉め切るのが嫌いだったが、彼はドアが開いていると落ち着かなかった。私は部屋の中をあちこち歩きまわったが、彼はじっと動かずに坐っていた。それにもかかわらず、あるいはそれだからこそ、緊張感がうまく作用した。（L）

注射器を取り出し、ピクロトキシンの小瓶から2ccを抜く。

ドレイファス　右の袖をめくって。

バドは言われた通りにする。ドレイファス医師は注射器をバドに渡し、注射する位置を探す。

ドレイファス　いい静脈だ。

彼はそこを消毒用アルコールで拭き、バドの手から皮下注射器を取る。

ドレイファス　何があったのか話してくれるか？

バド　分からないんです——つまりその——僕はここにいなかったので。ええと——その前に少し言い合いをして——大したことじゃないんです、本当に——いわゆる痴話喧嘩ってやつで——

ドレイファス　（画面の外で注射をする）で、ここを飛び出して別の女性を引っかけたというわけか。

バド　そんなところです。

【評論】

「ワイルダーとブラケットのチームが成功した理由のひとつは、シーンの意味合いを考えるのに十分な時間をかけたからだ。当時は、脚本を書いたらすぐに製作に取りかかるような時代ではなかった」

「ワイルダーが（略）すべてのシーンを演じ、すべてが細部まではっきりした後で、ブラケットはソファで丸くなって、黄色い用紙に手書きで脚本を書き始める。この原稿は、秘書のヘルナンデス嬢にしか判読できない。最初は1日に1時間、それがだんだん23時間になっていく。脚本が完成するまでには、4カ月から6カ月かかる。すべてのシーン、すべての台詞、すべてのカメラアングルがこの部屋で決定される。荒々しい叫び声が頻繁に部屋から溢れ出し、ヘルナンデス嬢は窓を閉める。（略）このスタイルは、後の共同製作にも受け継がれている」（B）

150

ドレイファス　なあバクスター、お前さんは本当にかわいい奴だな
——いやまったく。

バドはただ立ったまま、その言葉を受けとめている。フランの体がかすかに動き、乾いた唇から低いうめき声が漏れる。ドレイファス医師は彼女の髪をつかみ、頭を持ち上げる。

ドレイファス　帰宅があと30分遅かったら、お前さん、とんでもないクリスマスプレゼントを受け取るところだったんだぞ。

ドレイファス医師は、空いた方の手でフランの頬を強烈に叩《はた》く。バドは怯み、びくりとする。ドレイファスはフランの髪をつかんだまま、かばんからアンモニアのアンプルが入った箱を取り出す。彼は手に取ったアンプルを1つ折り、彼女の鼻の下で行き来させる。フランは顔を背けようとする。ドレイファスは再び彼女を強く叩《はた》き、別のアンプルを折って同じようにくり返す。105

バドは緊張の面持ちで見守っている。キッチンからやかんが

【評価】
★アメリカン・フィルム・インスティチュート（ＡＦＩ）選出
「偉大なアメリカ映画１００本」
（２００７年）
16位　サンセット大通り
22位　お熱いのがお好き
29位　深夜の告白
80位　アパートの鍵貸します

★全米脚本家組合選出
「偉大な脚本歴代ベスト１０１」
（２００６年）
7位　サンセット大通り
9位　お熱いのがお好き
15位　アパートの鍵貸します
26位　深夜の告白

★２００７年、シカゴ・トリビューン紙がハリウッドで活躍する俳優たちに「好きな映画」を訊いたところ、本作がトップだった。

沸騰を知らせるピーッという音が聞こえてくるが、バドはまったく気づかない。

ドレイファス　コーヒーを持ってこい。

バドはキッチンへ急ぐ。ガスを止め、インスタントコーヒーの入ったマグに熱湯を注ぎ、かき混ぜる。画面の外からは、さらに叩《はた》く音とうめき声が聞こえてくる。バドはコーヒーを持っていく。

リビングでは、ドレイファス医師がフランの鼻の下に新しいアンモニアのアンプルを当てている。彼女の目がまばたきをし始める。ドレイファスはバドからマグを受け取るとフランの唇の間に押し入れ、コーヒーを口に流し込む。フランは本能的に抵抗し、コーヒーの半分は彼女のあごと服にかかるが、ドレイファス医師は飲ませ続ける。

ドレイファス　外の空気を入れよう。窓を開けてくれ。

【批評】105
ワイルダーは医師たちから、睡眠薬で自殺を図った人はきつくひっぱたかなければいけない、とアドバイスされた。ワイルダーが医師役のジャック・クラッシェンにシャーリー・マクレーンをたたかせたのより、ずっときつくたたかなければいけないというのだ。だがワイルダーはそのシーンを撮り直すのを拒み、そんな必要はないと言った。いちばんきつい平手打ちは画面に映らず、音だけ聞こえるようになっている。（N）

この場面に関して、ワイルダーは3人の医師にアドバイスを求めた。公開後、残酷なシーンだと批評されたワイルダーは、医師たちから「少なくともこの程度は必要だ」と助言されたと主張している。（A）

本国版ブルーレイ収録のコメンタリーによれば、このカットは6つテイクを重ね、5回目と6回目がプリントに回されたという。

バドは素早く従う——シェードを引き上げ、窓を大きく開ける。

ドレイファス　（空のマグカップを置く）彼女の名は？

バド　キューブリックさん——名前はフラン。

ドレイファス　（フランに、ゆっくりと）フラン、わたしは医者だ。ここに来たのは、君が睡眠薬を飲みすぎたからだ。わたしの言っていることが分かるかね？（フランが何かつぶやく）フラン、わたしはドレイファス医師——君を助けに来た。君は睡眠薬をぜんぶ飲んでしまったんだ——覚えてるか？

フラン　（朦朧としてつぶやく）睡眠薬。

ドレイファス　そうだフラン。そして、わたしは医者だ。

フラン　お医者さん。

ドレイファス　ドレイファスだ。

フラン　ドレイファス。

ドレイファス　（バドに）もっとコーヒーを。

バドはマグカップをつかみ、その場を離れる。

【評論】

自殺未遂をコメディに取り入れるのはリスクだ。が、この映画では自殺は約1時間過ぎた時点で描かれている。観客はそこまでに登場人物を理解し共感できているので、これは1つの展開として受け入れられ、作品に深いリアリティを与えている。（Q－a）

【評論】

映画評論家ジョセフ・マクブライドによれば、フランの自殺未遂はダイアモンドのアイディアだったという。彼は、ダイアモンドの息子から、「ハリウッドでのキャリアの初期に、友人（脚本家）の恋人がバスタブで自殺する事件に遭遇、それが父の心に残ったのではないか」という話を聞いている。ワイルダーと出会う前にダイアモンドが書いた脚本の中には、自殺のギャグが登場するコメディがいくつかあるそうである。

また、本作後に単独で脚本を書いたコメディ『サボテンの花』（69）にも、自殺未遂が登場している。

ドレイファス　（フランに）もう一度言うんだ――わたしの名は？

フラン　ドレイファス先生。

ドレイファス　そして、何があった？

フラン　睡眠薬を飲んだ。

ドレイファス　フラン、君はいま、どこにいる？

フラン　（ぼんやりと辺りを見回す）分からない[106]。

ドレイファス　いや、分かるはずだ。もっと集中して。

フラン　本当に分からないの。

バドがコーヒーを持って戻ってくる。

ドレイファス　（バドを指さす）あの人が誰だか分かるかい？（フランは焦点を合わせようとする）彼を見るんだ。

フラン　バクスターさん――19階の。

バド　やあ、キューブリックさん。

ドレイファス　（バドに）お互いに〝さん〟付けとは――何とも他人行儀だな。

バド　（ドレイファス医師へ、慎重に）ええと――僕らは同じビルで働いているんです――それで、普段から秘密にしているもので――

【ワイルダー・タッチ】106

この台詞も、いかにもワイルダーらしい絶妙なものだろう。問われたフランは、自分のいる部屋が誰のものか、本当に知らないのである。

【ワイルダーは語る】

撮影の基本方針はシナリオに書かれているものすべてを画面に入れること。すべてを明らかにすることだった。人物の顔をこう撮り、ああ撮り、位置を変えて別アングルからまた撮るなんてことはしなかった。そうではなく、すべてを一度に撮ってしまう。（略）ただ必然の流れとなるよう気を配る。クロースアップは限られたところ、必要なところでしか使わない。普通、私の場合編集を終えたとき床に残るフィルムは千フィートほど。『アパートの鍵貸します』は五十日で撮り、一週間足らずで編集をすませ、使わなかったフィルムはたった三フィートにすぎない。いい仕事だ。（M）

フラン　（バドへ、戸惑いながら）ここで何をしてるの？
　　バドは、ドレイファス医師に、フランの精神状態がまだ普通ではないことを示す視線を送る。
バド　（フランに）覚えていないかい？　僕ら、会社のパーティで一緒だったろ――
フラン　そうだわ――会社のパーティ――オルセンさんが――
バド　そうさ。（ドレイファス医師に、即興で）喧嘩をしたと言ったでしょう――彼女が話しているのはそのことです――オルセンさん――それが、さっき見た女性で。
フラン　（まだ、バドがなぜいるのかを理解しようとしている）よく分からない――。
バド　そんなことはどうでもいいんだよ、フラン[107]――大事なのは、僕が間に合ったことだ――君はもう大丈夫。（ドレイファス医師に）でしょう、先生？
フラン　（目を閉じて）疲れたわ、とても――
ドレイファス　ほら――これを飲みなさい。

107　全編でただ一度、バドが呼びかけるこの「フラン」は、完成版ではカットされている。

【双葉十三郎が選んだビリー・ワイルダー作品ベスト10】
熱砂の秘密
失われた週末
サンセット大通り
翼よ！あれが巴里の灯だ
昼下りの情事
情婦
お熱いのがお好き
アパートの鍵貸します
シャーロック・ホームズの冒険
悲愁
（『文藝春秋』２００２年６月号）

彼はフランに無理やりコーヒーを飲ませる。

フラン　（マグカップを押しのける）お願い——少し寝かせて。

ドレイファス　だめだ、寝てはいかん。（彼女を揺さぶる）ほら、フラン、目を開けて。（バドに）歩かせよう。あと1、2時間は起こしておかなければ。

彼らはフランを椅子から抱え上げると、両側から彼女の腕を自分の肩に回し、部屋の中を歩き回り始める。

ドレイファス　（フランを促す）さあ、歩こう、フラン。1、2、3、4——1、2、3、4——そう、その調子——左、右、左、右——ターンして——1、2、3、4——。

はじめのうちフランの足は2人の間で引きずられるだけだったが、ドレイファス医師が催眠術のように声をかけ続けると、やがて彼女はそのリズムに乗り始め、彼のあとに言葉をくり返したり、自分の足に体重をかけたりするようになる。

【ワイルダーは語る】

ワイルダーは過去を振り返るのが嫌いだ。ハリウッドのパーティで誰かが彼の映画を上映するというと、彼はすぐその場から逃げ出し、相手を見つけてジン・ラミーで遊ぶんだ。「汗が噴き出してくるんだよ。失敗ばかりが目につき、劣等感でいっぱいになる」

『あなただけ今晩は』が最終的に100万ドルの興行収入を得た後でも、ワイルダーは落ち込んでいた。「もし自分の思い通りになるなら、あの作品の95パーセントを撮り直すだろう」と彼は言った。（E）

（サタデー・イヴニング・ポスト紙1966年12月17日）

ドレイファス　左、右、左、右――歩け、歩け、歩け――1、2、3、4――そこでターン――左、右、左、右――よしよしできてるぞ。[108]

ディゾルヴして：

○屋内　アパート　明け方

寝室の窓から明け方のかすかな光が差し込んでいる。疲れ果てた様子のドレイファス医師が、フランをベッドに寝かしつけている。[109]

フランはスリップ姿で、ドレイファスは彼女に毛布を掛けているところだ。彼女は目を閉じ、苦しげにうめいている。ドアのあたりからそれを見ているバドはワイシャツ姿で、疲れ切ってよれよれになっている。

ドレイファス　このあと24時間ほどは、寝たり起きたりを繰り返すはずだ。目が覚めたときは、間違いなく酷い二日酔いだろう。

バド　命に別条がなければ、それで充分です。

ドレイファス　（ふくらはぎを揉んでいる）こういうケースは患者より

108　このカットは、珍しくかなり低い位置から撮影されている。ワイルダー監督は、さらに低い、床すれすれのカメラ位置を指示したが、撮影のラシェルがこれに異論を唱えてこのポジションに落ち着いたとされており、その際のやりとりは、評伝『ビリー・ワイルダー・イン・ハリウッド』で、ユーモアを込めて回想されている。

【ワイルダーは語る】

私の女性キャラクターはみな性格をそなえている。たしかに私たちはリアルな人物を作りあげようと努力した。現代女性とは何か？　どういう振る舞いをし、どういう装いをするのか？　どういうパーソナリティの持ち主なのか？　シャーリー・マクレーンは彼女の演じたタイプほとんどそのままの女性だった。現代的であり、誰もが好きになった。（略）

好きな男が結婚してくれないからといって、暗く落ちこんでめそめそする女性はいらなかった。（M）

医者の方がきついんだよ。1マイルいくらで請求すべきだな。

彼らはリビングへ移動してくる。天井の照明とクリスマスツリーの電飾はまだついたままになっている。

ドレイファス　コーヒーはまだ残ってるか？

バド　ええ。

バドはキッチンへ行く。ドレイファス医師は、かばんから万年筆を差した小さなノートを取り出し、ソファに身を沈める。

ドレイファス　彼女の名字の綴りは？

バド　（キッチンから）Ｋｕｂｅｌｉｋ――〝ｋ〟が２つです。

ドレイファス　住所は？（バドからの返答はない）どこに住んでるんだね？

お湯を入れたカップでコーヒーの粉をかき混ぜながら、バドがキッチンから出てくる。

109
ドレイファス医師がフランを寝かしつけるこのカットは、初めてベッドを足の方から映し、頭上の壁に貼られたアンリ・ルソーの名画「眠るジプシー女」がフランの姿とシンクロするように描かれた美しく印象的な場面となっている。このルソーの絵は、ワイルダーのチョイスにはなく、美術監督トローネルのアイディアだったという。

ちなみに「眠るジプシー女」は、実際に１９３９年からＭｏＭＡ（ニューヨーク近代美術館）の所蔵となっている。

【ワイルダーは語る】
七十五歳の今日、ワイルダーはあらゆる気取ったそぶりを軽蔑する。いわゆる作家主義論や、映画を「シ

バド　（恐る恐る）なぜ訊くんです、先生？　報告は必要ないでしょう？

ドレイファス　規則なのでね。

バド　（コーヒーを置く）でも、彼女は本気じゃなかったんです、先生。これは事故だ。ちょっと飲みすぎて――自分が何をしているか分かってなかった。遺書のようなものも何もないし……。信じてくださいよ先生、僕はなにも自分の保身のために言っているわけじゃない――

ドレイファス　（熱いコーヒーをすすりながら）本当かね？

バド　つまり、彼女には家族がいるので――それに会社の人たちも。ねえ先生、自分が医者だということを忘れてもらえませんか――つまり、ここには隣人として来てくれている……。

ドレイファス　（バドをしばらくじっと見ている）そうだな、医者として言えば、これが事故ではないと証明はできない。（ノートを閉じる）一方、隣人として言えばだな、近所1ブロックをお前さんの尻を蹴り上げながら一回りしたい気分だ。（コーヒーを指して）これ、冷ましてもいいかな？

彼はスコッチのボトルを開け、コーヒーになみなみと注ぐ。

ネマ」と呼ぶ批評家など、まったく自分には無関係だと主張し、あるときなど、凝ったカメラワークを「私には暖炉のなかの炎を通して居間を撮影するなんて芸当はできないね。サンタクロースの目で撮影しているのでもないかぎり」と、一言のもとに切り捨てた。

「要は観客を映画に引き込み、彼らをいかに眠らせないようにしておくかだ」と、ワイルダーは映画協会が主催した彼を称えるパーティでのインタヴューで語った。「八時に映画が始まって、真夜中だと思って時計を見たらまだ八時十五分……そんな映画を、私は軽蔑する。私は観客をうんざりさせたり、何か高邁なえせ哲学を講じてでもいるかのような映画なんかつくりたくない。ろくでもない、がらくた映画も見せたくない。あるスタイルを持った低級ではない作品、そして観客を二時間楽しませ、彼らが映画館を出たあと十五分間その映画について話してくれるような作品がつくれたら、私はそれで満足なんだ」（O）

バド　ご自由にどうぞ。

ドレイファス　（酒を入れたコーヒーを大きく一口飲む）お前さんがあの女性にあそこで何をしたのかは知らんが――どうか言わんでくれよ――、しかしこいつは、その生き方では起こるべくして起きたことだ。〝お楽しみはすぐ。お支払いは後で〟[110]――ダイナース・クラブさ！（もう一口ぐいと飲む）大人になったらどうだ、バクスター？メンチュになれ！　この意味が分かるか？

バド　よく分かりません。

ドレイファス　メンチュ――人間たれ、だよ！　今回これで済んだのは、単に運がよかっただけだ。

バド　そうですね。

ドレイファス　（コーヒーを飲み干す）そして、まだ安心はできないぞ、バクスター――なぜなら、大半の人間がまたやろうとするからだ。（診療かばんを取り、ドアへと向かう）わしが必要なときは、また呼んでくれ。

彼はアパートを出ていき、ドアを閉める。バドはぐったりした様子で天井の明かりを消し、クリスマスツリーの電飾のプ

110
原語では『Live now, pay later.』。これは、当時、急速に進んでいた「クレジットカードによる暮らし」を象徴する有名なフレーズ（一説によれば、ダイナース・クラブのＣＭコピーの１つ）だったそうである。これもまた、ワイルダー監督から資本主義社会へのジャブのような批評だろう。

本作の翌々年、イギリスで、女性を誘惑してクレジット払いで商品を買わせる男を主人公にしたブラックなコメディ映画が公開されており、そのタイトルが『Live now, pay later』であった。ちなみに、ダイナース・クラブが最初のクレジットカードを発行したのは１９５０年とのことである。

また、ワイルダーは、６年後の『恋人よ帰れ！わが胸に』(66)でも再びダイナース・クラブに言及している。不本意ながら保険金詐欺の片

ラグを抜くと、重い足取りで寝室に入っていく。
フランはぐっすり眠っている。バドは彼女のドレスを拾うとハンガーに掛け、それをドアに掛ける。早朝の冷気が部屋に入り込んでおり、バドはフランのために電気毛布のスイッチを入れる。そして、ベッドの脇の椅子に腰を下ろし、彼女を慈しむように眺める。電気毛布のコントローラーのランプが、灰色がかった部屋の中で光っている。バドはただ坐ってフランを見つめている。

フェードアウト：

フェードイン：

○屋内　階段　ブラウンストーン・ハウス　昼間

愛犬を後ろに従えたリーバーマン夫人が、喘息のように息を切らしながら2階への階段を上ってくる。かなり怒っている様子で、バドのドアの前に到着するとベルを鳴らす。返事は

棒を担ぐことになった主人公・ハリー（ジャック・レモン）が、自分が入院するやいなやフォードの新車を買った義兄の弁護士ウィリー（ウォルター・マッソー）を非難すると、ウィリーは平然とこう答えるのである。

「今時待つなんてありえない。政府だって、10億ドルもする装置を宇宙に打ち上げるのに現金で払うと思うか？　全部ダイナース・クラブで払うんだよ」

【評論】

興味深いことに『アパートの鍵貸します』には、ワイルダー映画では数少ない、明確にユダヤ人であるキャラクターが登場している。ジャック・クルーシェンが魅力的に演じるドレイファス医師とその妻は、バドの上司と顔を合わせることもなく、彼自身が毎夜女性たちと楽しんでいると信じているのだが、彼らはこの映画の道徳的な羅針盤ともなっている。誠実なユダヤ人の隣人たちの思

ない。彼女はもどかしそうにノックし始める。

リーバーマン夫人　バクスターさん。早く開けて！

ようやくドアが細く開き、バドが顔を覗かせる。服のまま眠ったような姿――よれよれで、目は血走り、ひげも剃っていない。

バド　ああ、リーバーマンさん。

リーバーマン夫人　誰だと思った？　クリス・クリングル[111]？　昨夜《ゆうべ》のあれは、いったい何だったの？

バド　昨夜？

リーバーマン夫人　あの行進よ――ドタン、バタン、ドタン――陸軍の演習みたいだったわ。

バド　申し訳ないです、リーバーマンさん――もう二度とああいう連中は呼びませんから。

リーバーマン夫人　独り者に部屋を貸すとこれだから。昨夜は10分も寝られなかった――きっとドレイファス先生のことも起こしちゃったわよ。

いやりと、バクスターのワサワサした日常生活の退廃が重なり合いながら、「メンチュ（人間）になれ」がこの映画の最大のテーマになっているのだ。

しかし、「メンチュである」ことには代償がある。その代償は大きく、バクスターとフランは共に失業してしまう。光と闇が混在するラストは、まさにこの映画を象徴している。（F）

111　クリス・クリングルは、サンタクロースの別名である。あるいは、同じくニューヨークを舞台にしたクリスマス映画『三十四丁目の奇跡』（47　アカデミー賞原案賞・脚色賞を受賞）に登場する、本物のサンタクロースか否かが裁判で問われることになる愉快な登場人物〝クリス・クリングル〟を意識して書かれた台詞だろうか。

バド　ああ、ドレイファス先生なら心配ないです――往診に出ていたようですから。[112]

リーバーマン夫人　警告しますよ、バクスターさん――ここは格式ある家です――大騒ぎしていい安酒場じゃないんですからね。（犬に向かって）おいで、オスカー。

バドは彼女が犬を連れて階段を下りていくのを見届け、室内に戻る。

【ワイルダー・タッチ】112
この一言も、「嘘はまったくついていない」という、何ともワイルダー映画らしい洒落たものである。

○屋内　アパート　昼間

バドはドアを閉め、リビングを横切ると、寝室の中を覗く。フランは電気毛布を掛けて眠っており、静かに息をしている。彼は寝室のドアを閉めるが、フランのドレスを掛けたハンガーが引っかけてあるため、ドアは完全には閉まらない。[113]バドは電話のところへ行って受話器を取り、交換台の番号をダイヤルする。

【ワイルダー・タッチ】113
台詞の部分ではない、本作最高の仕掛け（仕込み）はこのハンガーであろう。これが後段で素晴らしい効果を発揮することになる。
↓P189参照

バド　（声をひそめ）交換手さん、ニューヨーク州ホワイトプレインズ

――J・D・シェルドレイク氏に――（思いついて）指名通話《パーソン・トゥ・パーソン》で。

○屋内　シェルドレイク家のリビング　昼間

内装は、乱平面造りのアーリーアメリカン風。大きなクリスマスツリーがあり、プレゼントの品々、開けられた箱、放られた包装紙などで散らかっている。

シェルドレイクと2人の息子、トミーとジェフ・ジュニアは床に坐り込んで、クリスマスにもらったケープ・カナベラル基地のキットを試している。[114] シェルドレイクはメーカーのタグがぶら下がったままの真新しいガウンを着ており、息子たちはパジャマ姿に宇宙飛行士のヘルメットをかぶっている。ちなみにケープ・カナベラルのキットは、管制ビル、発射台、そして何種類かの宇宙ロケットがレイアウトされたミニチュアである。トミーはロケットの1つを操作するボタンに指をかけている。

シェルドレイク　（カウントダウンする）7－6－5－4－3－2－1

114

ケープ・カナベラルは、アメリカ西海岸フロリダ州にある宇宙ロケットセンターの通称。構内には宇宙センターと空軍基地があり、1959年当時は、同センターでのアメリカ初の大陸間弾道ミサイルの実験が成功し、話題となっている時期であった（P16で家主のリーバーマン夫人が同基地の悪影響について語っており、そういう社会問題あるいは噂話が当時持ち上がっていたのかもしれない）。

実際に、50年代から玩具会社Marksのケープ・カナベラルのアクショントイは大人気商品となっていたそうであるが、本作で実際の画面に登場しているのは、Remco社から出ていた（具体的なケープ・カナベラルの玩具ではない）「Project Yankee Doodle」だと思われる。Youtubeで見られる同商品の当時のテレビCMによれば、価格は9ドル98セント。P131で示したレートに従えば、現在ではおよそ90ドルほどだろうか。

――発射!

トミーがボタンを押すと、ロケットはバネの力で天井に向かって飛んでいく。そのとき、玄関ホールの電話が鳴り始める。

ジェフ・ジュニア　ぼくが出る。

彼は急いで電話へ向かう。

トミー　ねえ、お父さん、ノーズコーンにハエを入れて、生還するかどうか見てみない?
シェルドレイク　それはいいアイディアだ。
トミー　2匹のハエを飛ばして――それが軌道上で繁殖するか見てみようか。
シェルドレイク　何をするのを見るって?
トミー　繁殖だよ――ほら、増えるの――赤ちゃんバエ?
シェルドレイク　ああ――ああ!
ジェフ・ジュニア　(電話から戻ってくる)パパにだよ、バクスターさんて人。

【キャスティング】
フレッド・マクマレイは、1950年代後半からディズニーのファミリー向けコメディ映画の陽気なスターとして活躍しており、本作の前年には『ボクはむく犬』、翌年にも『うっかり博士の大発明 フラバァ』が大ヒット。さらに、本作公開から3か月後の1960年9月からは、男やもめの航空エンジニアの、3人の息子や妻の父親との愉快な暮らしを描いたシットコム『パパ大好き』(My Three Sons)がスタートし、12年間続く長寿番組となっている。つまり、その間に挟まった本作でのマクマレイの役どころは、やはりかなり異質だったといえるだろう。

シェルドレイク　（立ち上がる）　バクスター？
ジェフ・ジュニア　指名通話だって。

シェルドレイクは急いで電話に向かう。

トミー　（ジェフ・ジュニアに）さあ、ハエを集めるのを手伝ってくれよ。

玄関ホール。シェルドレイクは受話器を取り、リビングに背を向けて小さな声で話す。

シェルドレイク　もしもし――そうだ――何を考えているんだバクスター？

○電話中のバド[115]

バド　お邪魔して申し訳ありません、ちょっと事件がありまして――重大なことです――それで、お目にかかってお話しするのがよろしいかと。僕のアパートで、できるだけ早く。

115　このシーンで、電話をかけるバドの背後に、立てかけられた10数枚のレコード盤が映る。一番手前の1枚は、エラ・フィッツジェラルドのデッカ時代のシングルを集めた1958年発表のベスト盤《The First Lady of Song》である。

○電話中のシェルドレイク

シェルドレイク　君、ちょっとおかしいぞバクスター。いったい何の話をしているんだ？

○電話中のバド

バド　電話ではお話ししたくなかったんですが、ある関係者が――誰のことかお分かりでしょう――昨夜、うちで彼女を見つけました――睡眠薬を大量に飲んでいたんです。

○電話中のシェルドレイク

シェルドレイク　何だって？

彼の奥に見えている階段から：

シェルドレイク夫人の声　どうしたの、ジェフ？　お電話はどなたか

【ワイルダーは語る】
陳腐なものには価値がある、なぜならそこで凝ることができるからだ。観客との間に共通項があることで、そこからさらに解説を加えることができる。観客に方向性を示した上で、そこから逸脱することができるのさ。（E）
（サタデー・イヴニング・ポスト紙1966年12月17日）

【ワイルダーは語る】
＊あなたの映画で一番好きなのはどれですか？
BW　『アパートの鍵貸します』は最も失敗の少ない作品だと思う。私は常に自分の映画を頭の中で書き直しているんだが、『アパート』は、他の作品ほど直しが多くないからね。『深夜の告白』、『お熱いのがお好き』、『麗しのサブリナ』、『サンセット大通り』も好きだ。（E）
（ミシガン・クォータリー・レビュー1996年冬号）

ら？

シェルドレイクが振り向くと、キルティングのローブを着たシェルドレイク夫人が階段を半分ほど降りてきている。

シェルドレイク　（見事なリカバリーで）うちの社員が1人、事故に遭ったんだそうだ——クリスマスに、なぜこんなことで私を困らせるのか分からんよ。（電話に向かい）ああ、バクスター——それで、容体はどうなんだ？

シェルドレイクは視界の隅で、夫人が階段を下り、彼の後ろを通ってリビングに向かうのを追う。

○電話中のバド

バド　はい、しばらくは際どい状態でした——でも、今はもう落ち着いて、眠っています。

彼は、半開きのドア越しに、眠っているフランの方をちらっ

【ダイアモンドは語る】
ビリーと私は30年近く一緒に仕事をしている。昼食の回数はきっと1万回くらいになると思う。では、典型的な会話を紹介しよう。『アパートの鍵貸します』完成の数か月後、ビリーが突然こう言ったんだ。「あの映画をどう作るべきだったか、わかったぞ（略）」。そこで私たちはそれについて議論し始めた。その頃、映画は公開され、すでに大ヒットしていたが、ビリーは頭の中で、まだ書き直し、監督し直し、編集し直していたんだ。時にはそれが何年か続くこともある。
（1986年AFI記念イベント公式パンフレット）

と見る。

バド　彼女が目を覚ましたとき、部長がここにいたいと思われるかも、と考えたもので。

○電話中のシェルドレイク

シェルドレイク　そいつは不可能だ。（リビングの方に不安げな視線を送る）この事態は君の手で何とかしてくれ――実のところ、君だけが頼りなんだ。

○屋内　アパート　昼間

バド　（電話に向かい）はい部長、承知しました。（ポケットからフランの手紙を取り出す）彼女、書き置きを残しているんです――開けてお聞かせした方が？（一拍）まあ、ただの提案です――いえ、そのご心配は無用です、シェルドレイク部長――あなたの名前は出していないのでトラブルはありません――警察関係《ポリス・ワイズ》も、新聞関係《ニュースペーパー・ワイズ》も。

【評論&ワイルダーは語る】
ビリー・ワイルダーの映画はあまりにも面白いので、私たちはたいてい笑うのに夢中で、彼が本当は人間についての根底にある真実を語っていることに気づかない。ワイルダーのタッチはシニシズムを超えている。彼が長年やってきたことは、現実についての映画を作ることだと思う。ワイルダー自身も「私は『アパートの鍵貸します』を喜劇とは思っていない。これは、ごく自然な生活の一コマだ。誰にでも起こりうることなんだ」と語っている。（F）

バドが電話で話している間に、寝室のフランが目を覚まし、ぼんやりと周りを見回して自分がどこにいるのか把握しようとする。彼女はベッドに起き上がるが、顔をしかめ、頭を両手で押さえる――ひどい二日酔い状態である。

バド　（電話に向かい）ですから、お医者さんは僕の友人で――その点、我々はとても幸運でした――その人、彼女を僕の恋人だと思っているんです――いえ、ただ彼がそう思い込んだだけです――この界隈では、僕はかなりの女好きということになっていますので。

寝室。バドの声に気づいたフランはベッドから這い出ると、家具につかまりながらリビングへのドアに向かってふらふらと移動する。

バド　（電話に向かい）もちろん、まだ安心はできません――同じことをくり返す場合もありますし――はい、全力を尽くします。完全な回復までには2、3日はかかりそうで、大家さんとは少しトラブルがあるかもしれませんが――。

【ビリー・ワイルダーは語る】

どうもありがとう。この賞は、最も名誉ある賞であると理解しています――もちろん、ノーベル賞は別ですが（会場・笑）。アカデミーの理事諸氏、会員の皆さん、そして世界中の何百万という、文明圏におられるファンの皆さんに（会場・笑）感謝致します。

とりわけ、ある1人の紳士には、心からお礼を申し上げたい。彼の助けがなければ、私は今夜この場に立っていなかったでしょう。

彼の名前は忘れてしまいましたが、その思いやりを忘れたことはありません。彼は、メキシコはメヒカリ市のアメリカ領事。時は1934年とご想像ください。ヒトラーの暴虐が始まった1年後のこと、私たちは皆、チューリッヒやロンドン、パリなどに亡命していました。

私は幸運でした。ハリウッドに脚本が売れ、6か月の観光ビザを取得してアメリカへ。でも、その6か月はあっという間に過ぎてしまいました。私は帰国したくなかった。アメ

彼の後ろで、フランが寝室の戸口に現れる。裸足で、スリップ姿だ。彼女はドアの支柱にぐったりともたれかかり、バドの言葉に集中しようとする。

バド　（電話に向かい）諒解です、シェルドレイク部長。できるだけ長く僕のアパートにいてもらうようにします。彼女に何かメッセージは？　……ではこちらで何か考えます――失礼します、部長。

彼はゆっくりと電話を切る。

フラン　（弱々しく）ごめんなさい。

バドが振り向くと、彼女がふらふらしながら立っている。

フラン　ごめんなさい、バクスターさん。
バド　キューブリックさん。（急いで駆け寄る）ベッドから出ちゃダメだ。
フラン　知らなかったの――ここがあなたの部屋だなんて考えもしなくて……。

リカに残りたかった。そして、そうするには一旦出国して移民ビザを取得し、正規の書類を持って再入国しなければならない。そこで私はメヒカリへ――カリフォルニアから国境を越えてすぐのところに一番近いアメリカ領事館があったからです。

領事のオフィスに通されたとき、私は汗をびっしょりかいていました。暑さのためではありません。パニックと、恐怖のせいです。山のような書類が必要なのは分かっていました――宣誓供述書や以前の居住地の公的な証明書、犯罪者や無政府主義者だったことはないという宣誓書などです。私には何もなかった。ゼロです。パスポートと出生証明書、あとは数名のアメリカ人の友人からの、私が無害であることを保証する手紙だけ。絶望的でした。

領事は――ちょっとウィル・ロジャースに似た感じの人でしたが――、私のわずかな書類を調べ「これだけですか？」私は「はい」と。

説明しておきたいのは、私はベルリンからわずか20分で逃げ出さなけ

バド　（彼女に腕を回す）手伝うよ。

バドは彼女を寝室に連れていく。

フラン　本当に恥ずかしいわ。どうして死なせてくれなかったの？
バド　何てことを言うんだい。（彼女をベッドに坐らせる）ちょっと思い余っただけさ――もう大丈夫だよ。
フラン　（うめき声）頭が――チューインガムの塊を詰め込んだみたい――いま何時？
バド　2時だ。
フラン　（立ち上がろうともがく）ドレスはどこ？　家に帰らなきゃ。

フランは膝から崩れ落ちる。バドは彼女を受け止める。

バド　その様子じゃどこへも行けないよ――ベッドに戻る以外はね。
フラン　ここにいて欲しくないでしょう――
バド　いて欲しいさ、もちろん。クリスマスに誰かといられるのは嬉しいよ。

ればならなかったということです。近所の人が、制服の男2人が私を捜しているとこっそり知らせてくれ、スーツケースにわずかな荷物を投げ込んでパリ行きの夜行列車に飛び乗るのが精いっぱいでした。

　領事は私をじっと見てこう言いました――「さて。これだけの書類で、私にどうしろと」

　私は、ナチスドイツから書類を取り寄せようとしたけれど返事がないのだと話しました。もちろん帰国すれば書類は手に入りますが、その代わり列車に乗せられ、そのままダッハウの収容所に送られるでしょう。

　彼は私をじっと見つめています。

　ビザが下りるのを何年も待ち続けている家族の話も聞いていましたし、二度と入国できなかった人のことも知っていました――信じてくれ、アメリカに戻りたいんだ。こいつはまずいぞ……。

　私たちは、じっと坐って無言のまま見つめ合っていましたが、やがて彼はこう訊ねました。

「何をされているんですか？　つま

バドはベッドに戻そうとするが、彼女は抵抗する。

バド　キューブリックさん、僕の方が力持ちだよ――

フラン　歯を磨きにいきたいだけよ――

バド　そうか――そうだよね。新しい歯ブラシがどこかにあるはずだ。

彼は浴室へ行き、ドアの裏のフックから格子縞のローブを取るとフランに手渡す。

バド　ほら――これを着て。

浴室。バドはプラスチック容器に入った新品の歯ブラシを見つけるが、その目がふと髭剃りに向けられる。寝室の方をちらっと見ると、彼は髭剃りのネジを外して刃を取り出し、シャツのポケットに入れる。さらに予備の刃も容器から出すとすべてポケットに入れる。今度は、洗面台の棚にある薬品の瓶に気づき、それも別のポケットにしまう。ちょうどそのとき、フランがローブを着てドアのところに現れる。

り、ご専門は？」
「映画の脚本を書きます」
「そうですか」
彼は立ち上がると、私の背後をゆっくり歩き始めます。値踏みしている感じでした。
そして彼はデスクに戻ると、私のパスポートを手に取って開き、ゴム印をバンバンと押して返してくれました。そして一言――「よいものを書いてくださいね」（会場・笑）
もう54年前のことです。それ以来ずっと、私はそう努めてきました。（会場・大きな拍手）絶対に絶対に、メヒカリのあの恩人を失望させたくなかったんです。それで……幸運な人生を送ってこられました。
（1988年4月 第60回アカデミー賞アーヴィング・G・タルバーグ賞授賞式でのスピーチより）

【ワイルダーは語る】
「母は強制収容所で死んだ。会ったことのない義父も、それから祖母も。みんなアウシュヴィッツで死んだということをあとで知った」（M）

バド　（歯ブラシを渡す）はい。朝食をどう？
フラン　いいえ――何も欲しくない。
バド　コーヒーを淹れるよ。

彼は寝室を横切ってキッチンへ向かおうとするが、立ち止まる。

バド　ああ――コーヒー、もうないんだ――ゆうべ君がかなり飲んだから。

彼はちょっと考えてから、廊下へのドアに急ぐ。

○屋内　2階の廊下　昼間

バドが自分のアパートから出てきて、ドアを半分開けたままドレイファス家のアパートへと向かう。ドアベルを鳴らすと、階段の手すり越しに見下ろしてリーバーマン夫人が見張っていないことを確認する。ドレイファス夫人がドアを開ける。

【ウォルター・マッソーは語る】
『ある雑誌にビリーの言葉が載っていた。曰く「この世に喜劇などというものは存在しない」――我々と作品を作った後に言ったのかと思ったら、もっと前の言葉らしかった（場内爆笑）。（略）彼は言ったとおりに実行している。（略）彼は喜劇か悲劇かなんて考えちゃいない。世界を見てるだけだ。我々と同じ世界を見ている。ただ少し見方が違うのだ。彼には、よりはっきり見えている。最悪のものの最良の部分が。最良のものの最悪な部分が。それを語るための機知や才能、そして勇気を持っている。それ故に敬うべきだ。皮肉屋だと非難されもするが、それが真実なら、我々がもっと皮肉屋になることを祈る。世界を皮肉な目で眺めて笑いとばすガッツが欲しい。ビリーの世界観のおかげで、絶望的な状況でも深刻にならずにやり過ごすことができる――』
（AFI賞授賞式でのスピーチより）

バド　ドレイファスさん、コーヒーを少し――それからできたらオレンジと、卵を2個、お借りできませんか？
ドレイファス夫人　（軽蔑のまなざしで）卵が欲しいだって。それにオレンジも。あんたに相応しいのは鞭打ちだわ。
バド　何です？
ドレイファス夫人　あたしと先生の間に秘密はないの。かわいそうな娘さん――いったいどうしてそんなことができるの？
バド　僕は何もしてません、本当です――えー、つまり、女の子と週に2、3度会うでしょう――お遊びでね――すると、すぐに真剣になっちゃって――結婚関係《マリッジ・ワイズ》とか[116]。
ドレイファス夫人　何様なの！　あんたのためになんか指一本だって動かすもんですか――でも、彼女には何か食べられるものを用意するわ。

夫人は彼の目の前でドアをバタンと閉め、バドは自分のアパートへ戻っていく。

○屋内　アパート　昼間

【ワイルダー・タッチ】116
後半の言葉は、P106でシェルドレイクがバドに言った台詞の受け売りである（「えー、つまり」からの、ジャック・レモンの表情の変化が素晴らしい）。
登場人物が前のシーンで聞いた文言をそのまま使って発言する趣向はワイルダーが好んで使ったもので、本作には特に洒落たものが数多くちりばめられている。
例を挙げれば、P141で意識不明のフランを起こそうとするバドが口にする「O、U、T、アウト！」は、その前のシーンで自身がバーの主人から言われた台詞である。

フランが寝室からよろけながら出てくる。電話を探し、見つけると受話器を手に取る。彼女がダイヤルし始めたとき、バドが廊下から戻ってくる。

バド　誰にかけるの、キューブリックさん？

フラン　姉よ——何があったか知らせなきゃ。

バド　（警戒して）ちょっと待って——先に打ち合わせをしておこう。（急いで彼女に近づき、受話器を取り上げる）お姉さんに何を話すつもり？

フラン　ええと、ちゃんとは決めていない。

バド　決めてからの方がいいな——ちゃんと。なぜ昨夜《ゆうべ》は帰ってこなかったの、と訊かれたら？

フラン　友達と一緒だったたって言うわ。

バド　誰と？

フラン　会社の誰か。

バド　で、いま君はどこにいる？

フラン　彼のアパートに。

バド　彼のアパート？

フラン　じゃなくて——彼女のアパート。

【ワイルダーは語る】
「何かが面白いのは、それが本質的に真実であるときだけだ。まったくファンタジックで不可能なことは笑えない。人々は『そうだ、そういうことだ』と思って、初めて笑えるんだ」（J）

【ワイルダーは語る】
「私はアーティストではあるが、大勢の観客のために映画を作る人間で、あらゆるレベルの映画を作っている。路地裏のガレージで働くメカニックが何年もかけて1台の自動車を完成させるのと、組み立てラインでキャデラックを作るのはまったく別の話で、私がここでやっているのは、そういうことなんだ」（E）
（プレイボーイ誌　１９６０年12月号）

バド　友達の名前は？
フラン　バクスター。
バド　彼女のファーストネームは？
フラン　ミス。（賢い答えに自分で感心する）
バド　いつ帰ってくる？
フラン　歩けるようになったらすぐに。
バド　足をどうかしたの？
フラン　いいえ、胃よ。
バド　胃って？
フラン　ポンプで胃の中身を吸い出したの。
バド　（受話器を置く）キューブリックさん、誰にも電話しない方がいいと思うよ――頭の中からチューインガムが取れるまではね。
（彼女を寝室に連れていく）
フラン　でも、きっと心配しているわ――義兄さんが警察に電話するかもしれない――。
バド　だから気をつけないと――誰も巻き込みたくないならね――何しろシェルドレイク部長は既婚者なんだから――。
フラン　ありがとう、思い出させてくれて。

【ワイルダーは語る】
＊ベルリンで記者として、ヒトラーにインタビューする機会はあったのですか？
BW　いや。しかし一度だけ会ったことがある。映画の試写のときで、私が目をやると主賓席に彼が坐っていた。そのとき2つのものさえ欠けていなければ彼を撃っていたと思う――リボルバーと勇気だ。（E）
（ミシガン・クォータリー・レビュー　1996年冬号）

【ワイルダーは語る】
ビリー・ワイルダーに対するもっとも厳しい批評家はビリー・ワイルダー当人である。
「私自身の映画のことを批判的に振り返ると（略）『アパートの鍵貸します』のあとは、いい映画を一本も撮ってないという悲しむべき確信を持ってしまう。自分自身に対して本当に失望してるんだ」（L）

彼女はバドから離れ、ベッドに入ろうとする。

バド　（後悔して）そんなつもりじゃなかった――電話で話したばかりだったので――部長は君のことをとても心配しているんだ。

フラン　あの人は私のことなんか、気にもしていないわ。

バド　そんなことはない。部長は僕にこう言ったよ――

フラン　彼は嘘つき。でも最悪なのはそこじゃないの。最悪なのはこれ――まだ彼を愛してる。

ドアベルが鳴る。

バド　きっとドレイファスさんだ。（リビングに向かいながら）お医者さんを憶えているだろう――昨晩の――あの人の奥さんだよ。

バドはドアを開ける。ドレイファス夫人は食べ物でいっぱいのトレイを持って、彼の前を通り過ぎる。

ドレイファス夫人　で、被害者はどこ？（バドは寝室を示す）マックス・ザ・ナイフ[117]！

117
《マック・ザ・ナイフ》は、ブレヒト作／クルト・ヴァイル作曲の『三文オペラ』（28年ドイツにて初演）の劇中歌《メッキー・メッサーのモリタート》が英訳され、ポピュラーソングやジャズのスタンダード曲として定着したナンバー（55年にルイ・アームストロングが録音）。
本作製作直前の1959年9月に、ボビー・ダーリンが歌った大ヒット盤（全米第1位を記録し、翌年にはグラミー賞を獲得）がニューヨーク市の放送局で放送禁止になるという事件があったとのことで、当時、話題の曲だったわけである。
ドレイファス夫人は、そこで歌われる登場人物〝メッキー・メッサー〟（＝マック・ザ・ナイフ）が何人もの愛人を抱えた若く危険なギャングであることから、バドの素行をなぞらえたのだろう（Mack が Max となっているのには何か理由があるのだろうか。ご存じの方があれば、ぜひご教示いただきたい）。

彼女は早足で寝室へと向かい、バドもその後を追う。

ドレイファス夫人　（フランに）さあ、ちっちゃなお嬢さん、ご機嫌はいかがかしら？

フラン　分からないわ——ちょっとめまいがする。

ドレイファス夫人　はい。めまいには、チキンのヌードルスープとお茶が一番。[118]

彼女はフランの前にトレイを置く。

フラン　ありがとう。でも、お腹が空いていないの。

ドレイファス夫人　さあ！　食べて！　楽しんで！

夫人は彼女にスープ用スプーンを渡し、バドに向き直る。

ドレイファス夫人　ナプキンなんてものは持っていないでしょうね、どう？

バド　ええと、ペーパータオルならありますけど——

日本でも《匕首マック》等の邦題でカバー版が歌われており（美空ひばり、尾藤イサオ他）、また、貴志祐介による小説『悪の教典』でも、サイコパス殺人犯である主人公が口笛で吹く曲として登場している。

118
チキンヌードルスープは、風邪ひきなど、体調が悪く食欲がないときに作られる、日本でいうならおかゆや雑炊、にゅう麺にあたる定番料理とのこと。栄養がバランスよくとれ消化もよいので、夜食などに試してみてはいかがだろう。
以下に、イメージが分かるよう簡単に作れるレシピをご紹介してみたい（本来は、鶏一羽を丸々使用）。
エッグヌードルは、その名の通り卵を練り込んだパスタで、ネット等で購入できるが、そうめんや好みのうどん等でもＯＫ。ご飯を入れて洋風雑炊にしても美味しい。

ドレイファス夫人　このビート族《ビートニク》！　うちの台所に行ってきて――3番目の引き出し、銀食器の下にナプキンがあるから。[119]

バド　はい、ドレイファスさん。

彼は心配そうに2人の方を振り返りながら歩き出す。フランはスプーンを手にしたまま、スープには手をつけず、ただベッドに坐っている。

ドレイファス夫人　何を待っているの――コマーシャルソング？

フラン　食べられないわ。

ドレイファス夫人はスプーンを取り、彼女に食べさせ始める。

ドレイファス夫人　食べなきゃダメ――元気にならなきゃダメ――そして彼のことは忘れなきゃダメ。引っ越してきたときは、品がよくて礼儀正しいアイビー・リーガーだと思ったのに、エジプトのファールーク王みたいな輩だったのよ。[120] 酒びたりでチャチャびたりで、ナプキンはなし。[121] あなたみたいな子ときたら――残りの人生もヌードルスープを前に泣いていたい？　そうじゃないでしょう！　よく

☆材料（2～3食分）
鶏のささみ：100～150g
にんじん：小1本
セロリ：1本
玉ねぎ：1／2個
コンソメ：2個（好みで増減）
塩・こしょう：適量
サラダ油：大さじ1
ベイリーフ
（好みで）ローズマリー、タイム、パセリ等
エッグヌードル：適量

☆作り方
①鶏肉は一口サイズに切る。野菜はスライスか小さめの乱切りに。
②①を中火で炒める。
③野菜がしんなりしたら水4カップを入れ、沸騰したらアクをとる。
④コンソメとベイリーフを加え、野菜が柔らかくなるまで煮込む。
⑤塩・こしょうで調味し、好みのハーブを入れて仕上げる。
⑥エッグヌードルを入れて数分煮たら完成（そうめん等の場合は別に固めにゆでてから加える）。

聞いて。すてきな、しっかりした男性を見つけるの――やもめの人でもいいわ――そして身を落ち着けるの――睡眠薬なんか飲む代わりにね。何のための、誰のための人生なの？　どっかの遊び人のため？（ナプキンを持ったバドが来るのが見える）しーっ！

バド　（陽気に）ナプキン1枚、持ってまいりました。（フランに渡す）これでくるむシャンパンもあればいいのにな。

ドレイファス夫人　（フランに）言った通りでしょ。

バド　（気まずい）ねえドレイファスさん、そこで待っていなくてもいいんですよ。お皿なら僕が洗って――

ドレイファス夫人　あんたに洗わせたら割られちまう。あとで取りに来るから。（フランに）彼が何かやらかしたら大声で呼ぶのよ。

彼女は出ていく。

フラン　あなたのこと、あまり気に入っていないみたい。

バド　ああ、気にしてないさ。本当のことを言うと、ちょっと光栄で嬉しいんだよ――君みたいな女の子が僕みたいな男のせいでこんなことをする、と誰かが思ってくれるのはね。

フラン　（ナイトテーブルをちらっと見る）あの、ここに何かなかっ

119　ビートニク＝ビート族は、第二次大戦後、アメリカを中心に現れた、当時の常識や道徳に反抗し、無軌道な行動をする若者たちを指す言葉である。ビート・ジェネレーションと呼ばれる文学運動の思想や行動様式がライフスタイルやファッションへと広がったもので、このライフスタイルがさらに広がったものが「ヒッピー」とのこと。
「ビート」はそもそもは「打ちのめされた」という意味で、「大戦中に成人したものの、ちゃんとした兵士にも呑気なビジネスマンにもなれない人々」を指したという。
また、ビートニクという呼称は、1958年4月に誕生したといわれており、当時最新の言葉であった。

120　ファールーク王は、エジプトの実質最後の王。プレイボーイだと伝えられている。
アイビー・リーグとは、アメリカ北東部のトップクラスの私立大8校

た？――封筒とか。

フラン　開けて。

バド　うん、僕が持ってる。（後ろポケットから封筒を取り出す）処分した方がいいと思わない？　誰か悪いやつの手に渡らないように。

　バドは封筒を破り、シェルドレイクの100ドルを取り出す。

バド　何もない。100ドル札だけだ。

フラン　そうなの。シェルドレイク部長に間違いなく渡してくれる？

バド　（肩をすくめて）いいとも。

　彼はお金をポケットに入れる。

フラン　（トレイを押し出す）ねえ――これ、下げてもらっていい？

　バドは彼女からトレイを受け取り、脇に置く。

バド　テレビをこっちに持ってこようか？（フランは首を横に振る）ジン・ラミーはやる？[122]

の総称（ブラウン、コロンビア、コーネル、ダートマス、ハーバード、ペンシルベニア、プリンストン、イエールの8大学）。

　ジャック・レモンはボストン出身、名門ハーバード大学で学んだ生粋のアイビー・リーガーであった。

121
「酒びたりで～」の箇所は、原語では「Mit the drinking - mit the cha cha - mit the no napkins.」。mit はドイツ語で、英語の with にあたる。

【評論】

　ワイルダーのドイツ語と英語の混じった喋り方は、ドレイファス夫人の台詞（飲んで、チャチャを踊って、ナプキンはなし！）などで目につく。一方、ダイアモンドは、ニューヨーク風の話し方で同作に貢献しており、家主のリーバーマン夫人が言う「バクスターさん、早く開けてよ！（Mr. Baxter. Open up already!　NY風に'already'を加えて言う）」等に反映されている。（E）

フラン　あまり得意じゃない。
バド　僕は得意。カードを持ってくるよ。
フラン　私に気を遣ってくれなくてもいいのよ。

バドは整理箪笥の引き出しを開け、トランプとスコアパッドと鉛筆を取り出す。

バド　いや、最高だよ——こうして誰かと一緒にいられるのは。去年のクリスマスに僕が何をしたと思う？　オートマットで早めの夕食をとって、動物園へ行って、それから帰ってきてアイケルバーガーさんのエッグノッグ・パーティの後片づけをしたんだ——今年の方がずっといい[123]。

彼はベッドに椅子を寄せ、カードをシャッフルし始める。

バド　ルールは、スリー・アクロスでスペードはダブル。大きい数を引いた方が親だ。（彼らは親決めのカットをする）君が8、僕が10[124]。
（親になった彼はカードを配り始める）
フラン　（沈痛な面持ちで）私、全部あきらめようと思うの。

122　このジン・ラミーの件りは、シャーリー・マクレーンが《ラット・パック》（P114参照）の仲間であるディーン・マーティンやサミー・デイヴィス・JRらから習ってジン・ラミーを嗜むと聞いたワイルダーが、リハーサルのあと、シナリオに取り入れたものとのこと。つまり、あの洒落たエンディングや「黙って配って」という名台詞もそれを踏まえて初めて誕生したわけである！

123　〈オートマット〉は、19世紀にドイツで誕生し、1940〜50年代にアメリカで大流行した簡易式レストラン。壁一面に並んだロッカー型の保温式自動販売機にコインを入れて調理済み料理を取り出す（料理は背後の調理場から補充）という、店員と接触しない画期的なファストフード形態であった。ある資料によれば、

バド　あきらめるって、何を？
フラン　――そもそも、なぜ人は人を愛してしまうの？[125]
バド　うん――言いたいことは分かるよ。（伏せ札をめくる）クイーン。
フラン　いらない。
バド　カードを拾って。

彼女はその通りにし、２人はゲームを始める。

フラン　自動車事故に何度も何度も遭い続ける人のことは何と呼ぶの？
バド　高リスク被保険者？
フラン　（頷きながら）それが私。男性に関してのね。出だしからもう縁起が悪くて――初めてキスされたのも墓地だった。
バド　墓地で？
フラン　15歳のときよ――よく一緒にタバコを吸いに行ってたの――彼の名はジョージ――私を捨てて、バトントワラーの子のところに行ったわ。
バド　上がり《ジン》だ。

最盛期にはNY市内に１００を超える店舗があり、一日に80万人が利用したという。本作の翌々年の映画『ミンクの手ざわり』（62）で、当時のオートマットの様子をじっくり見ることができる。

【カクテル】123
〈エッグノッグ〉は、牛乳と砂糖と泡立てた卵で作る飲み物で、ラムやブランデーを加えてカクテルにしたものを指す場合も多い。クリスマス、新年などに飲まれる習慣があるため、P１２１で触れた〈トム・アンド・ジェリー〉と同様に、家庭で簡単に作れるインスタント商品もポピュラーだそうである。

【変更】124
親を決めるこの2つの数字は、完成版では「６」と「８」に変わっている。また、ラストシーンでも、シナリオで「７」と「Q」だった数字が「３」と「Q」になっている。

彼は持ち手を見せる。フランがカードを置くと、バドはそれも足す。

バド　36と25——つまり、61と2ボックスだ。（パッドにスコアを書き込む）

フラン　私には、よくない時によくない場所でよくない男に恋をしてしまう才能があるの。

バド　（シャッフルしながら）これまでに相手は何人ぐらい？

フラン　（指を4本立てる）3人。[126] 最後の1人は故郷ピッツバーグの金融会社のマネージャー。顧客のお金を使い込んでいたのがバレて——彼、私に待っててくれって言ってたわ——１９６５年に出所する予定よ。

バド　（トランプを彼女の方へ押し出す）カットして。

フラン　（彼女はカットし、バドは札を配り始める）それで私はニューヨークへ来て、姉と旦那さんのところに転がり込んだの——お義兄さん、タクシーを運転しているのよ。姉夫婦は私を秘書学校に通わせてくれた。そして、コンソリデーテッドの求人に応募したんだけど——タイプの試験が不合格で——

バド　遅すぎた？

【変更】125

この印象的な台詞は、撮影の合間のランチでシャーリー・マクレーンがふと漏らした言葉を聞き、ワイルダーが取り入れたと伝えられる（このシーンはすでに撮影済みだったが、もう一度セッティングを行わせ、そのカットを撮り足した）。

また、映画評論家ジョセフ・マクブライドによれば、「既婚者との恋愛にマスカラは禁物」という名台詞も、同じく彼女の言葉が組み込まれたものだという。

【シャーリー・マクレーンは語る】

撮影スタジオのカフェで一緒に昼食をとっているとき、ちょうど私は悲惨な恋愛をしている時期で、ふと「ああ、どうして人は人を好きにならなければいけないんだろう？」「カンガルーとか動物に恋しちゃいけないのかしら？」って言ったの。するとビリーは「それだ！」と叫んで、セットを組み直したんです。

（Q－c）

フラン　あら、私、ものすごい速さで打てるのよ――ただ、綴り《スペル》は間違いだらけ。それで、白い手袋をはめられ、エレベーターに乗せられ――そしてジェフと出会ったの。（その目が潤んできて、彼女はカードを置く）ああ、私もう駄目。いったいどうしたらいいの。
バド　自分の手札に勝つことだよ――頑張れるさ。
フラン　あなたが話したとき、彼、本当に動揺していた？
バド　シェルドレイク部長？　ああ、そうだ。とてもね。
フラン　彼は本当に私を愛しているのかも――ただ奥さんに言う勇気がないだけで。
バド　そういうことになるよね。
フラン　本当にそう思う？
バド　間違いないよ。
フラン　（少し考えたあと）そのパッドと鉛筆を貸してくれる？
バド　（スコアパッドと鉛筆を渡す）どうするんだい？
フラン　シェルドレイク夫人に手紙を書くの。
バド　本当に？
フラン　ひとりの女性からひとりの女性へ――きっと分かってもらえるわ。
バド　キューブリックさん、それはあまりいい考えとはいえないな。

【ワイルダー・タッチ】126
これも、〝登場人物が前のシーンで聞いた文言をそのまま使って発言する趣向〟の1つで、社内パーティで酔っ払ったバクスターの間違った答えと仕草をフランが〝引用〟したもの（P113参照）。
実はこれは本作を代表するほどの名台詞で、すなわち、4本指を立てながら、「言葉」では、彼女が忘れようともがいている4人め＝シェルドレイクは入れていないという、何とも切ない気持ちの表れなのである（その心理は、この後の台詞にも同様に表れている）。

彼はパッドと鉛筆をそっと取り上げる。

フラン　どうして？

バド　そうだな、まず第一に、君は綴りを間違える。それから第二に——もしそんなことをしたら、君は自分を嫌いになってしまう。

フラン　（涙をこらえながら）どっちにしろ、自分のことは大嫌い。

バド　カードを拾って、ゲーム再開だ。

フラン　やらなきゃ駄目？

バド　そうさ。とびきりいい手なんだ。

フランは眠気で目が閉じようとしているが、カードを拾い、代わりに1枚捨てる。

バド　そのカード、本当に捨てるの？

フラン　ええ。

バド　上《ジン》がり。

彼は、フランの手からカードを取って、その数を足し始める。

【ワイルダーは語る】
（映画が）映像であることを忘れるまで、観客を物語に誘い込まなければならない。（映像が）芸術的、意図的、研究的であれば、観客は（物語を）見逃すことになる。
（カイエ・デュ・シネマ誌　1962年8月号）

【ワイルダーは語る】
「いくつも貰えるだろうけれど、賞などに興味はない。2万5千ドルの予算でサルディニア島の漁師の性生活についての映画を作れば、映画祭ではきれいに映えるかもしれない。でも、そんなことに興味はない。私の興味は大人向けのエンターテインメントを作ることにある」（E）
（プレイボーイ誌　1960年12月号）

バド　52と25——これで77——スペードはダブル——154——そして4ボックス。君は2ゲーム続けて無得点だ。

バドはパッドにスコアを記入する。彼はまたシャッフルし始めるが、そのとき、フランが枕の上に滑り落ちて目を閉じていることに気づく——彼女は眠っている。

バドは立ち上がり、彼女に毛布を掛け直す。彼はしばらくの間そこに立って彼女を見つめ、自分のあごに手を滑らせる。ひげを剃る必要があることに気づき、彼は浴室へ向かう。

浴室。バドは顔を洗うと、シェービングクリームを手に吹きつけ、塗り始める。

○屋外　ブラウンストーン・ハウス　昼間

1台のフォルクスワーゲンが建物の前に停車する。車道側のドアからカークビーが降り、シルヴィアはもう一方のドアか

【ワイルダーは語る】

ワイルダーはできる限りカラーに抵抗し、『恋人よ帰れ！わが胸に』を〝快適な〟白黒で撮った。「カラーは嫌いだ。映像がカラーだと言葉まで偽りに聞こえてくる。みんな青か赤に見えるんだ。色とりどりのシャーベットを撮影しているようで気分が悪くなる」

彼は、カラーよりもテレビをもっと嫌っている。「テレビは大好きだよ。というのも、かつて私たち映画人は芸術の中でも最下層の存在だったからね。今や、私たちが見下すべきものが存在するんだ」

「小説家の人たちは、もし自分の小説が80ページもカットされ、本の12ページごとに——それも話を遮って——腋の下に使う消臭剤の全面広告が挿入されていたら、いったいどう思うだろう？」(B)

ら身をよじらせて出てくる。カークビーはフォルクスワーゲンのボンネットを開け、ラゲッジルームからシャンパンのボトルと氷が入ったボール紙製のバケツを取り出す。

彼とシルヴィアは一緒に建物への石段を上り始める。シルヴィアは待ちきれない様子で、早くもチャチャっている。

○屋内　アパート　昼間

浴室。ちょうどバドが顔を泡立て終わったとき、ドアベルが鳴る。彼は寝室へ向かう。

バド　（独り言）　はいはい、いま行きますよ――ドレイファスさん。

彼は眠っているフランをちらっと見てからトレイを両手に持ち、リビングへ運ぶ。後ろ手に寝室のドアを閉めるが、フランのドレスがハンガーで掛けてあるため、ドアは完全には閉まらない[127]。

バドは廊下へのドアに行き、開ける。外にはシャンパンバケ

【評論】

ワイルダーは51年に『地獄の英雄』を作った。（略）これはアメリカのメディアとアメリカ国民に対する非常に厳しい攻撃で、世間から完全に拒否された。彼が言ったように、人は自分がクソ野郎だと言われるのを嫌うからだ。そのためワイルダーは、50年代は直截さや残忍さを少し抑えた作品を作るようになった。（略）規制が緩くなるのを待ち、彼はこの『アパート』で、男たちの粗野な性習慣や、ビジネスで出世するために支払う代償について描いた。キャリアを築こうとする人々は腐敗のメタファーなんだ。そして、この映画は明確に政治的なものではないが、暗黙のうちに政治的なものとなっている。（略）社会的な力が主人公2人を殺そうとし、それでも彼らは生き延び、ある種のまともな生活を切り開こうとする。それは彼らにとっての闘いであり、それがこの映画の主題なのだ。（Q－a）

ツを持ったカークビーと、そしてシルヴィアが立っている。

カークビー　やあバクスター。

バド　（ドアをふさぎながら）何の用です？

カークビー　何の用って——（シルヴィアへ）ちょっと待っててくれ。

彼はバドを押しのけてアパートに入ってくる。

バド　入らないでください。

カークビー　（ドアを閉める）どうしたバディボーイ？　4時で予約したぞ——覚えてるだろう？

彼はコーヒーテーブルへ行き、そこにシャンパンを置く。バドは寝室のドアの方に視線をやってからトレイを脇に置く。

バド　ねえ、ここにいて欲しくないんです。シャンパンを持って出ていってください。

カークビー　バクスター、上司風を吹かしたくはないんだが、彼女に「準備は万端」と言っちまったんだ。君は私を嘘つきにしたいのか

【ワイルダー・タッチ】127

P163で触れた、ハンガー＝本作最高の仕掛けの流れを整理してみると、以下のようになる。これは、ハリウッド映画史に残る見事な〝仕込み〟だろう（ネタバレあり）。

①12月24日（木）の午後：社内パーティで、傷心のバドにカークビー氏が「翌日16時」を〝予約〟（P121）。

②同日の晩：フランの自殺未遂（P134〜）。

③フランが落ち着いたあと、バドが寝室のドアにフランのドレスを吊るしたハンガーを掛ける（P161）。

④12月25日（金）の朝：バドがシェルドレイク氏に電話をする場面で、〝ハンガーのせいで寝室のドアが閉まらない〟ことを我々に提示（P163）。※25日はクリスマス休暇で会社は休み。

い？

バド　出ていきますか、カークビーさん。それとも追い出されたい？

バドが彼を小突いて向きが変わり、カークビーは寝室のドアに掛けられたドレスに気づく。

カークビー　バディボーイ、なぜそう言わない？（ドレスを示す）お前さんもお相手を見つけたんだな。そうだろう？

バド　さあ、出ていってください。

○屋内　2階の廊下　昼間

バドのアパートの前で、シルヴィアが待ちきれずにチャチャチャっている。オーバーを着て診療かばんを提げたドレイファス医師が階段を上ってくる。

シルヴィア　（ドアをノックして）ねえちょっと、いったい何をしてるの。早く開けてってば。

⑤同日16時：カークビー氏がアパートを訪問。ハンガーのせいでドアが閉まらず、ベッドにいるフランを目撃。持参したシャンパンがアパートに残る。（P191〜）

⑥12月26日（土）の午後遅め？：フランの義兄が会社にフランを捜しにくる場面で、カークビー氏の愚痴という形でシャンパンがバドのアパートにあることに触れる。（P215）

⑦同日夕方：義兄がアパートに現れ、フランが帰宅。（P221〜）

⑧12月28日（月）の朝：バドがシェルドレイク部長を訪問。昇進を告げられる。（P230〜）

⑨12月31日（木）の夕方？：バドが辞職。（P240〜）

⑩同日夜：ドレイファス医師が訪問。シャンパンが思い出され、冷蔵庫から取り出される。（P245）

⑪1月1日（金）午前0時半ごろ？：フランがアパートに到着し、シャンパンの音を聞く。（P250）

そう言って彼女はまたチャチャり始める。ドレイファス医師は自分のアパートの鍵を開けながらシルヴィアを眺め、バクスターがまたやらかしているらしいことに唖然とする。彼は自宅に入っていく。

ドレイファス　（呼びかける）ミルドレッド！

彼はドアを閉める。

シルヴィア　（バクスターのドアをノックする）ねえ、どうなってるのよ。

○屋内　アパート　昼間

カークビーはシルヴィアのノックに反応してドアの方を見る。

カークビー　なあ、だったら皆でパーティをしないか――4人でさ。

バド　だめです！

【日本でのランキング】

Ｍ（三谷幸喜）この映画十七位だったんですね、「キネマ旬報」のベスト・テンで。これはどういうことですか（笑）。おかしいですよ、絶対。他に何があった年なんですか？

Ｗ（和田誠）六〇年。たぶん、ヌーヴェル・ヴァーグの作品が何本もあったんじゃないですか。「勝手にしやがれ」とか「大人は判ってくれない」。ほかは「甘い生活」とか「太陽がいっぱい」とかね。

Ｍ　今だったら十位以内には入りますよね。

※一九六〇年度のキネマ旬報ベスト・テン外国映画第一位作品は、「チャップリンの独裁者」（40）。製作から二十年目の公開で堂々の一位となった。以下、二位「甘い生活」三位「太陽がいっぱい」四位「ロベレ将軍」五位「大人は判ってくれない」と、五位までをヨーロッパの作品がしめている。

（『それはまた別の話』文藝春秋）

彼はカークビーをドアへと押しやり、視線を移したカークビーは、少し開いた寝室のドア越しに、フランがベッドで眠っている姿を見つける。

カークビー　（勝手に納得し、ニヤリと笑う）そうか、分かったよ。つまり大当たりってわけだな、若いの——キューブリック賞《キューブリック・ワイズ》か？（バドはドアを開け、出ていけと仕草で促す）心配しなくていいぞ。誰にも言わないからな。

○屋内　2階の廊下　昼間128

バドのアパートからカークビーが出てくる。シャンパンバケツは持っていない。

カークビー　頑張れよ、バディボーイ！（バドが目の前でドアを閉める）おいでシルヴィア。

シルヴィア　どうしたの？

カークビー　ちょっとばかり行き違いがあってね。さあ行こう。

シルヴィア　行くってどこへ？

【ワイルダーは語る】
「私の映画は人々を改心させるためのものではない。ポップコーンを忘れてしまうような、魅力的な物語であることを望むだけだ」（B）

【ワイルダーは語る】
「もし観客が二時間のあいだ、駐車違反したこととかガス代を支払ってないこととか社長と喧嘩したこととかを忘れられるんなら、映画は目的を達したことになるんじゃないかな」（L）

【カット】128
この廊下側のシーンは、完成版ではすべてカットされている。映画全体を眺めると、（おそらくは流れをよくするため）最もカットされているのはシルヴィア嬢の出演部分であるように思われる。

カークビー　（彼女を階段へ向かわせる）お母さんは今日、何をしているのかな？
シルヴィア　家にいるわよ。七面鳥に詰め物をしてる。
カークビー　彼女に映画を観に行ってもらうってのはどうだい？――『ベン・ハー』とかさ。[129]
シルヴィア　いいわね。でも、おばあちゃんやハーマンおじさん、ソフィーおばさん、それにあと姪っ子2人はどうすればいいかしら？

○屋内　アパート　昼間

バドが寝室に入ってくる。彼が浴室に向かおうとしたとき、フランはわずかに身じろぎし、目を開ける。

フラン　誰だった？
バド　シャンパンの配達だったよ。一杯どう？
フラン　（かぶりを振る）窓を開けてくれる？

バドは窓のところに行き、それを押し上げる。フランは電気毛布のスイッチを切る。そのとき、ある考えがバドを襲い、

【ベン・ハー】129
これは、本作の撮影中――1959年11月に公開された映画『ベン・ハー』が、3時間32分という破格の長さであることを、〝ご休憩〟に十分な長さがあると、半ば揶揄した台詞であろう。
因みに、ワイルダーと、『ベン・ハー』を撮ったウィリアム・ワイラー監督は大親友であった（ワイラーは、『ベン・ハー』を引き受けるべきか否かをワイルダーに相談している）。

【ワイルダーは語る】
さて、一九五九年の授賞式のときのことだ。私は友人たちと、監督チャールズ・ヴィダーの家に集まってテレビを見ていた――私は『お熱いのがお好き』でノミネートされてはいたのだが、まったくチャンスがないことがわかっていた。『ベン・ハー』は無敵だった。その作品は音響賞や特殊効果賞からチャールトン・ヘストンの主演男優賞にいたるまで、十一のオスカーに輝いた。ジ

彼はフランを疑わしげに見る。

バド　妙な気は起こさないことだ、キューブリックさん。

フラン　新鮮な空気が吸いたいだけよ。

バド　2階からじゃ、片脚を折るのが関の山だよ。

フラン　そしたら撃ってもらえるかしら――馬みたいに。

バド　（ベッドに近づく）お願いだ、キューブリックさん。馬鹿なことはしないと約束してくれ。

フラン　誰が気にするっていうの。

バド　僕だ。

フラン　（眠そうに）あなたみたいないい人を好きになれたらいいのに。

バド　（悲しげに）そうだね。まあ、人生って思いもしない形に割れるから。クッキー的《クッキー・ワイズ》に言えばさ[130]。ほら、少し寝てごらん。

フランは目を閉じる。バドは浴室に戻り、髭剃りを手に取るとひげを剃り始める。しかし、何かおかしい――ネジを外してみて、刃が入っていないことを思い出す。恐る恐る、彼はシャツのポケットから隠していた刃を取り出して髭剃りに入

ャック・レモンも候補になってはいたのだが、ヘストンの褐色の肌の魅力に敗れた。もしレモンが主演女優賞にノミネートされていたなら、受賞できていた可能性もあっただろうが。『ベン・ハー』という声が聞こえるたびに、私はダブルのマティーニをのどに流しこんだ。合計十回も。最後に『ベン・ハー』が作品賞に選ばれたときにはひっくり返ってしまい、まるで敗れたローマ人がコロシアムから運び出されるように担ぎ出されなければならなかった。私は嫉妬を感じていたのだろうか？　この世に完璧なやつなんていないものだ。（L）

130　P248参照。クライマックスで、この台詞はさりげなくも感動的に〝引用〟されている。

れ、ネジを締める。
そして、ひげ剃りを再開する。

フェードアウト：

フェードイン：

○屋内　シェルドレイクの受付　昼間

クリスマスの翌朝。ミス・オルセンと他の女性たちが、ちょうど仕事についたところだ。帽子にコート姿のシェルドレイクがエレベーターから現れると、ガラス扉を開けて入ってくる。

女性たち　（アドリブで）おはようございます、シェルドレイク部長。
シェルドレイク　（彼女たちを無視する）オルセンさん、オフィスへ来てくれるか？

彼は大股でオフィスに入っていく。ミス・オルセンは速記用

【ワイルダーは語る】
CC　あなたが笑える人は他に誰でしょうか？
BW　チャップリンには笑った。ジャッキー・グリースン。それにスティーヴ・マーティン。スティーヴ・マーティンはすごくいい。（略）ロビン・ウィリアムスのものは楽しい……『めぐり逢えたら』（93）も一級品。ここ数年ではいまだに『フォレスト・ガンプ／一期一会』（94）がいちばん好きだ。（M）
今はパニックものばかりだろ。（略）ひどいものだ。セリフとかダイアローグとか消し飛んでしまっている。おもしろいのもある。例えば、『ダイ・ハード』（88）。あれはいい映画だ。おもしろかった。（M）

のパッドを手に取り、彼の後を追う。

○屋内　シェルドレイクのオフィス　昼間

シェルドレイクが帽子とコートを脱いでいるところにミス・オルセンが入ってきて、ドアを閉める。

ミス・オルセン　いいクリスマスでしたか？
シェルドレイク　よかったよ。君のおかげだ。
ミス・オルセン　私の？
シェルドレイク　社内パーティでキューブリックさんを激励してくれたことに感謝をね。
ミス・オルセン　（ビジネス用の仮面が外れる）ごめんなさい、ジェフ。知ってるでしょう、私、お酒を飲むと抑えが利かなくて——
シェルドレイク　それでも口は堅いと思っていたよ。
ミス・オルセン　もう二度としないわ。
シェルドレイク　させないさ。1か月分の解雇手当を用意させよう——（ミス・オルセンは彼を見ている。理解できていない）そうだ、ミス・オルセン。君を手放すことにする。

CC　先日、『Shall we ダンス?』（97）にふれられましたね。（略）
BW　ああ、大好きな映画だ。（熱っぽく）すばらしい映画。エレガントで、とてもよかった……（略）潔癖なまでに清潔、でももちろんいい意味でね。（M）

CC　ウディ・アレンの『アニー・ホール』（76）についてはどうお考えですか？（略）
BW　私も大好きだ。じつにパーソナルで、とてもいい。私はウディ・アレンの大ファンだ。（略）

『フルメタル・ジャケット』の前半はこれまで見たなかで最高の映画だ。若者がトイレにすわって銃で自分の頭を吹っ飛ばす。（略）あとの半分は少し弱い。それでも文句のない出来栄えだ。（M）

私の見た映画で最高の一本は何か？　答えはいつも同じだ。エイゼンシュテインの『戦艦ポチョムキン』（25）。（M）

ミス・オルセン　（静かに）４年前にもう手放したじゃない、ジェフ。その後は、残酷なあなたにあの席に坐らせられたまま、新しいモデルたちが前を通るのを見ていただけ。
シェルドレイク　できるだけ早く出ていってくれたまえ。
ミス・オルセン　（ビジネスモードに戻り）はい、シェルドレイク部長。

彼女は踵を返すとオフィスを出ていき、ドアを閉める。シェルドレイクは、一瞬見送ったあとデスクに行き、受話器を取って社内の交換台を呼び出す。

シェルドレイク　（電話に）シェルドレイクだがね。バクスター君の自宅の電話番号を知りたいんだ――C・C・バクスター、普通保険部保険料計算課。

○屋内　シェルドレイクの受付　昼間

ミス・オルセンはコートを身につけ、デスクの引き出しを開けて私物を整理している――マニキュア、爪やすり、予備の眼鏡等々。それらをハンドバッグに詰め込んだとき、電話機

【ワイルダーは語る】
自分で手がけてみたかったと思う映画はたくさんある。すばらしい映画がね。シリアスなものも爆笑ものも。例えば『M★A★S★H』（70）はこの手で作ってみたかった、上々の映画（略）あれこそ私たちのタイプの映画だった。ストーリーも役者も、非の打ちどころがない。（M）

のボタンが1つ点灯する。ミス・オルセンは一瞬ためらった後、あたりを見回しながらボタンを押し、慎重に受話器を取って、聞き耳を立てる。

○屋内　シェルドレイクのオフィス　昼間

シェルドレイクは電話番号の最後の2桁を回している。しばらくして、誰かが電話に出る。

シェルドレイク　もしもし、バクスター？　ジェフ・シェルドレイクだ。今いいかな？

○屋内　アパート　昼間

スラックスに襟元の開いたシャツ、カーディガンを着たバドが電話に出ている。リビングのソファに枕と毛布が置かれており、彼がそこで夜を明かしたことが分かる。

バド　（視線を移して）はい、彼女はシャワーを浴びているところです

【ワイルダーは語る】

若い頃に感銘を受けたのはシュトロハイム。もし可能ならば、ルビッチ＋シュトロハイムが私の理想だ。

個人的には、ジョージ・スティーヴンス以上の監督はほとんどいないと思う。彼こそ巨匠中の巨匠だろう。（カイエ・デュ・シネマ誌　1962年8月号）

【批評】

ワイルダー映画のテーマは常にアメリカ的だが、そのスタイルと技術には、ヨーロッパの二人の偉大な巨匠、エリッヒ・フォン・ストロハイムとエルンスト・ルビッチの影響がうかがわれる。ストロハイムの遺産は、「映像への取り組み方、そのシャープで大胆なアプローチだ」と、ワイルダーは言う。もう一方のルビッチの遺産は、「柔らかなウィットとエロティシズムだ。彼のエロティシズムは、検閲が廃止された現代の映画人のどんな努力も及ばない」（O）

――あの状況にしては順調に回復を。

○電話中のシェルドレイク

シェルドレイク よかった。何か必要なものはないかね――金は？

○電話中のバド

バド 結構です、シェルドレイク部長。そういえば、あなたにお渡しするお金があって――100ドル札なんですが――

○電話中のシェルドレイク

シェルドレイク ああ――（間を置いて）なあ、君のために何かできることがあれば……。

○電話中のバド

バド 僕に？ 何もいりません。でも、彼女には何かしてあげていた

【考察】

ストーリーそのものは異なるが、本作はエルンスト・ルビッチ監督の名作『街角 桃色の店』（40）からその精神と、そして細部を支える映画的アイディアを全編に受け継いでいるように思われる。『アパートの鍵貸します』が、（興行的な）大失敗作『地獄の英雄』から約10年、8作ぶりのオリジナル脚本による気合いのこもった一作だったことを考えれば、ワイルダーによる「師匠ルビッチの晩年の小品の要素をフルに活用して再構成する」という一大チャレンジだったと考えてみるのも、楽しい想像といえるだろう。

同作からの大小の〝引用〟（と思われる）例は、以下の通り。

＊1つの店（会社）内での恋愛物語（ブダペストの街角にある小さな店からニューヨークの超大企業への風刺を込めた変換）。

＊クリスマスシーズンの物語。

＊カップルの片方が、相手が実は「あることの当人」だと知らない展

だければと――

○電話中のシェルドレイク

シェルドレイク　例えば何だね？　私の立場になってみてくれ、バクスター――彼女に何がしてやれる？　私は身動きがとれないんだ。

○屋内　アパート　昼間

格子縞のローブを着たフランが、濡れた髪をタオルで拭きながら寝室へ出てくる。

バド　（電話に向かって）まあ、少なくとも話をすることはできます――彼女を出しますので、どうか優しくしてあげてください。

彼は受話器を置き、寝室のドアまで行く。

バド　君に電話だよ――。

フラン　（近づく）私に？

開。

＊敵役が自分を含めた社員を「Happy family」と呼ぶ台詞。

＊既婚者と社員の不倫。

＊拳銃による自殺未遂。

＊待ち合わせをすっぽかされるヒロイン（カーネーションの花を持ち、待ち合わせ時刻は8時半である！）。

＊店を象徴する「キー」（主人公が店をやめるときにポケットから出して置く）。

＊襟に挿すカーネーション。

＊メイン登場人物に、フランの義兄「Matuschka」と似た「Matuschek」姓が登場。

＊「You don't entertain me」「I have great news for you」という台詞。

＊「あること」を証明するために、ズボンをまくってヒロインに脚を見せる主人公。

＊チキンヌードルスープが（台詞のみにだが）登場。

この『街角 桃色の店』に関する仮説には、わずかながら傍証がある。

バド　シェルドレイク部長だ。
フラン　彼とは話したくない。
バド　話すべきだと思うよ。どうせ僕は買い出しに行かなきゃいけないし――もう冷凍のピザ1枚しか残っていないんだ。（洋服掛けからレインコートと古帽子を取る）すぐに戻ってくるから――いいね？

フランはうなずき、バドが出ていくのを見送る。そして、受話器が外された電話の方をちらっと見る。仕方なく彼女はそちらに行き、受話器を手に取る。

フラン　（電話に向かって）もしもし、ジェフ。（長い間）ええ、大丈夫よ。

○電話中のシェルドレイク

シェルドレイク　フラン、なぜあんなことを？　あまりに子供じみたやり方で――しかも、そんなことをしても何も解決しないだろう。私をこんなにひやひやさせたんだ、もっと怒ってもいいところだが――でも全部忘れようじゃないか。何もなかったことにするんだ

ワイルダーが雑誌の企画に回答した〝映画のオールタイム・ベスト10〟を確認すると、1952年にはルビッチ作品から『ニノチカ』を選んでいたのに対し、1995年の回答では、決して代表作とはいえないこの『街角　桃色の店』を挙げているのである（P67参照）。

【双葉十三郎は語る】
ワイルダーはぼくより四つ年上だったから、一九〇六年生まれの九十五歳ですか。肺炎で亡くなったんだけど、僕も去年、肺炎をやっているから、その意味でも感無量だね。ぼくたちが夢中になった、スターの魅力を最大限に引き出して、巧みな話術で観客を惹きつける、ハリウッドの「映画の夢」を体現した最後の一人でしょう。
ワイルダーといえば（略）コメディ専門の監督のように言われますが、僕なんかからすると、彼の最大の持

――どうだいフラン？（返事はない）フラン？

○屋内　シェルドレイクの受付　昼間

ミス・オルセンは受話器を握り、会話に聞き入っている。

○電話中のシェルドレイク

シェルドレイク　フラン、そこにいるのか？

○電話中のフラン

フラン　もちろんいないわ――だって、全部なかったんだから。私は薬を飲まなかったたし、あなたを愛したこともない。会ったことさえない。それが望みなんでしょう？

○電話中のシェルドレイク

シェルドレイク　またか――そんなつもりじゃないのは分かってるだ

ち味は、アメリカの世相、市民生活のなかから目新しい題材を見つけるジャーナリスティックな目にあったと思います。ジャーナリスティックといっても、フランク・キャプラみたいなヒューマニズムを振りかざした社会派じゃない、あくまでも世話物のくだけた語り口でね。

（略）僕はこの映画（註：『アパートの鍵貸します』のこと）こそ『失われた週末』につながる、いかにもワイルダーらしい「アメリカの悲劇」だと思うんですね。コメディとして作られている分、アルコール依存症の悲惨さを見世物のように並べたところのあった『失われた週末』より奥行きが深く、同時に酷烈なものになっている。それだけワイルダーが成熟したのかな。

（略）かつて『サンセット大通り』を観終わったとき、ハリウッドをこんなふうに描いた映画は二度と作られないだろうと思いました。それと同じように、もう彼のような映画監督は二度とあらわれないでしょう。

（『文藝春秋』２００２年６月号）

ろう、フラン。早くよくなるんだ。看護婦の言うことをよく聞いて
――つまりバクスターのことだ――できるだけ早く会えるようにす
るから。じゃあ、フラン。（電話を切る）

○屋内　シェルドレイクの受付　昼間

ミス・オルセンは電話を切り、しばらくそこに坐って、いま耳にしたことを吟味する。そして意を決し、再び受話器を取ると、ある番号をダイヤルする。相手が出るのを待つ間、彼女はシェルドレイクのオフィスの方をちらりと見る。

ミス・オルセン　（電話に向かって）もしもし、ミセス・シェルドレイクでいらっしゃいますか？　オルセンです――はい、おかげさまで。奥さま、昼食をご一緒にいかがでしょう？　実は、どのくらい重要なことか定かではないのですが、興味がおありかもしれないお話がありまして――ご主人に関することですわ。はい、それでは1時に、マディソン街と59丁目の角の《ロンシャン》ですね[131]。

オフィスのドアが開き、ミス・オルセンは顔を上げる。シェ

【ワイルダー讃】

しかし、そこで悲しい現実を思い出す――ビリー・ワイルダーはもう5年以上も映画を撮っていないのだ。彼の革新的な映画作りは、今日の続編頼みで漫画的リアリズムが蔓延する映画界に必要な解毒剤である。

何100万ドルもかけた最新大作映画のプロデューサー・監督らと共にいる私たち全員に、以下の警句を贈ろう：気をつけろ、ワイルダーは今でもここにいる。彼は今でもタフで、今でも皮肉屋で、今でも最高だ。

（クリス・コロンバスによるインタビューの前文より　アメリカン・フィルム誌　1986年3月号）

ルドレイクが出てくると、彼女がまだそこにいるのを見て立ち止まる。

ミス・オルセン　（電話を切って）ご心配なく、すぐに行きますから。（立ち上がる）ちょっと個人的な電話をしていたもので。

彼女はハンドバッグを開けると硬貨を取り出し、デスクの上に置く。

ミス・オルセン　はい10セント。

彼女はガラス製のドアを抜け、堂々とした足取りでエレベーターへ向かう。シェルドレイクは、彼女を見つめたまま立っている。[132]

ディゾルヴして：

○屋外　ブラウンストーン・ハウス　昼間

131 《ロンシャン》は、1920年代からマンハッタンを中心にチェーン展開していた高級レストラン。アールデコ調の家具や装飾、女性のダイエット志向等を反映させたお洒落なサービス等で人気だったとのこと。59年のニューヨークタイムズの記事によれば、本作製作当時の店舗数は12で、そのうちの一店が、マディソンと59丁目の角に実在した。

132 完成版では、ミス・オルセンは出発しようとするエレベーターに「Going down!」（降りるわ！）と呼びかけている。なかなか意味深な言葉であり、巨大なオフィスビルの中で行われている上昇志向の茶番劇から最初に「降りた」のは、実は、登場人物中で彼女が最初なのである。

バドが、食料品でいっぱいの大きな茶色の紙袋を抱え、通りを歩いてくる。彼は石段を上り、玄関へ入る。

○屋内　階段と2階の廊下　昼間

食料品を抱えたバドが階段を上り始めると、リーバーマン夫人が彼の方へ急いで下りてくる。

リーバーマン夫人　（息を切らしながら）ああ、バクスターさん——帰ってきてくれてよかった。いま、合鍵を取りに行くところだったのよ。

バド　何のために？

リーバーマン夫人　あなたのアパートからガスの臭いがしているようなの。

バド　ガスですって？

彼は必死に鍵を探りながら階段を1段飛ばしで駆け上がる。アパートのドアにたどり着くと、鍵を開け、中に飛び込む。

【ワイルダー評】
彼は他人の映画を見る方が好きで、フェリーニからジェームズ・ボンドまであらゆる映画の熟練度に感心している。そして、他人の失敗も自分の失敗と同じぐらい悔しがる。「ビリーは悪い映画が嫌いなのではない」ウォルター・ライシュはかつてこう言った。「彼は悪い映画に腹を立てるんだ」（E）
（サタデー・イヴニング・ポスト紙1966年12月17日）

○屋内　アパート　昼間

バドがドアから飛び込んでくる。リビングには誰もおらず、ソファからシーツが取り外されている。

バド　（呼ぶ）キューブリックさん！

彼は食料品の袋をテーブルに放り、キッチンへと駆け込む。コンロにやかんがかけられているが火は着いておらず、バーナーの吹き出し口でガスが音を立てている。バドはガスを止めると、再び走り出す。

バド　キューブリックさん！

そのフランが浴室から現れ、寝室をこちらへと歩いてくる。ローブ姿のままで、手にはバドの靴下の片方をのせた靴下用ストレッチャーを持っている。バドは全速力でキッチンを飛び出して、寝室のドアのところでフランとぶつかる。彼は、ほっとした表情で彼女の腕をつかむ。

【キム・ノヴァクは語る】

ビリー・ワイルダーは皮肉屋ですが、それはみせかけで、じつはとてもデリケートでやさしい人なのです。そんな内面を押し隠したうわべだけの皮肉屋なのです。内気《シャイ》な人です。心根のやさしさを口の悪さでカバーしているような感じです。でも、少し意地悪なところもあるかな（笑）。（P）

【チャールズ・イームズは語る】

チャールズ・イームズは、家具からマルチスクリーン映画システムまで様々な作品を手掛けているが、ワイルダーの仕事ぶりを、しばしば興味深く観察しに来ている。

「ビリーの撮影を見にいくのは、映画の作り方を学ぶためではない。論説の書き方、椅子の作り方、建築物の作り方を学ぶためなんだ」（E）

（サタデー・イヴニング・ポスト紙1966年12月17日）

バド　大丈夫？

フラン　ええ、もちろん。（臭いに気づく）この変な臭いは何？

バド　ガスだ。（キッチンを示す）君がコンロを点けたんだろ？

フラン　ええ。ドレスについたコーヒーの染みを取るのにお湯を沸かしてるの。

バド　（非難するように）スイッチをひねっただけで、マッチで火を点けなかっただろ。[133]

フラン　そうしなきゃいけなかったの？

バド　うちのコンロでは必要なんだ。

フラン　あら。

バドは帽子とコートを脱ぎ始め、彼女が手にした靴下用ストレッチャーに気づく。

バド　それ、何をしてるの？

フラン　ストッキングを洗ったの。それで、あなたの靴下も一緒に、と思って。

バド　ああ、ありがとう。

【ワイルダー・タッチ】133
この件りが、ワンプッシュでコンロに火が点く現代でも分かりにくくなっていないのは、映画の導入部で主人公・バドがマッチを使ってオーブンに点火するところ、後段のコーヒーを沸かす場面で同じくコンロを点けるところを見せているからだろう。

フラン　とても妙なのよ――3足半しか見つからなかった。
バド　まあ、この家はちょっとばかり散らかっているからね。

彼は食料品の袋をキッチンへ運び、フランも後に続く。以下の会話をしながら、バドは袋から中身――パン、卵、ベーコン、スパゲティ、ひき肉、フランクフルト、それに缶詰いろいろ――を取り出し、水切り板の上に並べていく。

フラン　訊こうと思っていたの。どうしてキッチンにテニスラケットが置いてあるの？

彼女はオーブンの後ろからラケットを取り出してみせる。

バド　テニスラケット？　ああ、思い出した――イタリア料理を作ったんだよ。（フランは不可解そうに彼を見る）スパゲティの湯切りに使ったんだ。
フラン　（考えて）なるほどね。
バド　実は僕、料理は得意なんだ――でも片づけは苦手でさ。
フラン　ええ、そうみたい。（リビングを示しながら）ソファを整えて

【ワイルダーは語る】
バッドがフランのためにスパゲティを料理するよう提案したのは、イズだった。彼が言うには、女性は自分のために料理をしてくれる男が好きなのだそうだ。たとえ見よう見まねの料理でも。（N）

【ワイルダーは語る】
彼に料理の経験がないのはいうまでもない。帰宅途中にサンドイッチとか何やかや買って家で食べるのが彼の生活だからだ。でも、あそこではセットにパスタ用のざるがなかった。だから、ダイアモンドだったか私だったかそれはわからないが、ごく自然に思い浮かんだ。（略）「テニスのラケットを使おう」と。（M）

いて、何を見つけたと思う？　ヘアピン6本、口紅1つ、つけまつげ1セット、それに《ストーククラブ》[134]のマドラー。
バド　（肩をすくめて）断れない男でね。いや、女性を、という意味じゃなくて、つまり――
フラン　つまり、シェルドレイク部長のような人を、ということね。
バド　そう。
フラン　その通りなの。彼は〝奪い屋《テイカー》〟だわ。
バド　何だって？
フラン　奪う人がいて、奪われる人がいる――そして、奪われていることに気づいているのに、その人たちはどうすることもできないの。
バド　僕はそうは思わないけどな――（話題を変えようとする）夕飯は何がいい？　これは、オニオンスープとアスパラガス缶だな。
フラン　本当にもう家に帰らないと。今ごろ、家族は大騒ぎしているはずよ。

フランはリビングへ向かい、バドも彼女の後を追う。

バド　まだ動いちゃダメだ。先生の話では、薬が体から抜けるのには48時間かかるって。

134
《ストーククラブ》は、当時、5番街の近くにあった超高級ナイトクラブ（1929年創業、1965年閉店）。厳しいドレスコードがあり、VIPやセレブが集う世界で最も権威のあるクラブのひとつとされていた。因みに、50年代後半以降は、経営難と労働組合問題で大揉めになっていた時期とのことである。
戦前から40年代ぐらいまでのNYを描いた映画には多数登場しており、新しいところでは、『キャプテン・アメリカ　ザ・ファースト・アベンジャー』（2011）での主人公スティーヴと恋人ペギーの非常に重要な会話に登場していたのが印象深い。また、1947年を舞台にしたTVシリーズ『エラリー・クイーン』の洒落たオープニングで、時代と世界観を表す象徴として、クラブのシンボルキャラクターであるコウノトリ（ストーク）の置物、カクテルグラス、灰皿、マッチブックが登場していた。

フラン　（物憂げに）夢中になった相手が心から抜けるのにはどれくらいかかるんだろう。そのための吸い出しポンプが発明されたらいいのに――。

彼女は椅子の肘かけに腰を下ろす。

バド　今の君の気持ちはよく分かるよ、キューブリックさん。まるでこの世が終わるような……でも、そうじゃない。本当さ。僕も、まったく同じことをした経験があるんだ。

フラン　あなたも？

バド　まあ、完全に同じというわけでもなくて――僕の場合は銃だった。

フラン　女性問題で？

バド　さらに悪いことに、彼女は親友の奥さんでね。僕はもうぞっこんだったけど、でも、どうしようもないのも分かっていた。だから、すべてを終わらせようと思ったんだ。質屋へ行って、45口径のオートマチックを買い、イーデンパークまで車を走らせた――シンシナティの街を知ってる？

フラン　いいえ、分からないわ。

【評論】
　彼らはニューヨークの社会ではアウトサイダーだ。フランの出身は語られていないが、その名前からチェコスロバキア系と思われ、姉やその夫と暮らしている。バドの方はシンシナティ出身。シンシナティは非常にゲルマン的な街で、改革派ユダヤ教が始まった場所でもあり、多くのユダヤ系移民が暮らしている。例えばスティーヴン・スピルバーグはそこで育ち、彼の祖父母の家族はユダヤ系移民だった。（Q－a）

バド　まあとにかく、公園に車を駐めて、銃に弾を込めた――でさ、新聞にはよく拳銃自殺する人のことが書いてあるだろ？　でも、信じてくれていいけど、実はそんなに簡単じゃないんだ。つまり、どうやる？　ここ？　ここ？　それともここ？（撃鉄を上げた形の指で、自分のこめかみ、口、そして胸を指す）結局どこを撃ったと思う？
フラン　どこ？
バド　（膝を示す）ここさ。
フラン　膝の内側？
バド　そう。坐って決心しようとしているときに、お巡りさんが車に頭を突っ込んできたんだよ。違法駐車をしてたからね。それで、僕は銃をシートの下に隠そうとした。そこで発射――バン！
フラン　（笑う）それは最悪ね。
バド　うん。膝を曲げられるようになるまで1年かかったよ――でも、その女性のことは3週間で吹っ切れた。彼女は今でもシンシナティにいるんだ。4人の子持ちで、9キロ太って、毎年クリスマスにはフルーツケーキを送ってくる。
フラン　（突然、疑いが浮かぶ）私を元気づけようと作り話を？
バド　もちろん違うさ。ここにフルーツケーキがある。（クリスマスツリーの下を彼女に示す）膝も見たい？

【ワイルダー・タッチ】135
この一言は、バクスターとの会話で出てきた盲腸に関するやりとりを繰り返したものである（P85）。そして、ここでの「誤解させとくさ」は、我らの主人公が成長していることと、フランとの関係がわずかずつ変わり始めていることを示す素晴らしい台詞であるように思われる。

【ダイアモンド&ワイルダーは語る】
「構成に難があったことも憶えているよ。第二幕のある点について、ビリーは『構成がうまくいかない』と言いつづけていた。彼が言っていたのは、ふたつの暴露シーンが立てつづけに出てくるということだ。あるシーンでフレッド・マクマレイの秘書が、彼が浮気していることを奥さんに暴露する。そのすぐあとのシーンで、アパートから追いだされた男たちが娘の義兄に、彼女がレモンのアパートに泊まっていることを暴露

（ズボンの裾をめくり上げ始める）

フラン　いいえ、結構よ。オフィスの人たちが、どうやって私がそれを知ったか誤解するかもしれないし。[135]

バド　誤解させとくさ。さあ、僕が夕飯を作るよ。デザートはフルーツケーキにしよう。君はそこに坐って休んでて。今日はいろいろありすぎたからね。

フラン　（微笑んで）はい、看護婦さん。

バドは幸せそうにキッチンへ向かう。

ディゾルヴして…

○屋内　保険会社ビルのロビー　昼間

昼下がり。交通量は少ない。イエローキャブがエントランス前に停車し、革ジャンに帽子姿のがっしりした体格の若い男が運転席から降りると、回転ドアを通ってロビーに入ってくる。

彼の名前はカール・マツシュカ。フランの義理の兄である。

する。このふたつのシーンが立てつづけなので、ビリーは『うまくいかない』と言いつづけていたんだが、第三幕に無駄なくたどり着くにはこの方法しかなかったので、わたしたちはその構成に固執した。だからふたつの暴露シーンが並んでいて、あまりすっきりしない構成なんだが、あれ以外にどうしようもなかった」

「そんなことはもう、誰も気づかないよ」ワイルダーは言った。「すっきりした構成はもう流行《はや》らないからね。第三幕も流行らない。大団円も流行らない。（略）映画作りのスタイルが、われわれの時代とは違っていることを直視しなければならないよ。

（略）わたしが長年やってきたような、引き締まった複雑な構成のものをいま持ちだしたら、眉をひそめられるよ。でも、それがわたしたちのやってきた方法だし、これからもカメラをとりあげられるまで、その方法でやっていくだろうな。もしかしたら、カメラはすでにとりあげられているのかもしれない」（N）

彼がエレベーターのあたりを見回していると、出発係が近づいてくる。

出発係　何かお探しですか？

マツシュカ　エレベーターガールの1人を探しているんです——名前はキューブリック。

出発係　私もなんですよ。彼女、今朝はまだ姿を見せていなくて。

マツシュカ　会社にもですか。どこに行ったら何か分かりますかね——担当の人は？

出発係　総務課ですね。21階のドービッシュさんをお訪ねください。

マツシュカ　ありがとう。

彼は、ちょうどドアが閉まりかけていたエレベーターに乗り込む。

○屋内　ドービッシュのオフィス　昼間

ドービッシュは自分の席に坐り、葉巻に火をつけている。カークビーが立ち寄っていて、デスクの端に腰を下ろしている。

【ダイアモンドは語る】

ダイアモンドにインタビューしたとき、「ワイルダー／ダイアモンドの映画で一番好きなものは？」と訊いてみた。多くの人と同様に『お熱いのがお好き』や『アパートの鍵貸します』という答えを予想していたところ、『昼下りの情事』と『ワン・ツー・スリー』という答えが返ってきた。（略）たぶん前者は2人を出会わせた作品だからだろう。（略）そして『ワン・ツー・スリー』は（略）分断されたベルリンの街と冷戦を描いた、とてもブラックなコメディだ。コロンビア大学時代に書いたダイアモンドのミュージカル評にも似ている。彼はキャンパスのショーや政治風刺やコメディを書くことで、ニューヨークで注目を集めた。コロンビアの学生劇は有名な作家たちが書く伝統があり、それで彼はニューヨークタイムズ紙で注目されるようになったんだ。（Q－a）

カークビー　――それで昨日の午後、シルヴィアをアパートに連れていったんだが、奴さん、誰を寝室に隠していたと思う？
ドービッシュ　誰だい？
カークビー　キューブリック嬢さ。
ドービッシュ　本当かい。バディボーイとキューブリック嬢がよろしくやっていたと？
カークビー　よろしくやる？　まるっきり〝失われた週末〟みたいなもんだよ。今日は２人とも出社していない[136]。
ドービッシュ　A.W.O.L. かい[137]？
カークビー　癪なのは、シルヴィアと私がグッゲンハイム美術館なんぞにいる間、２人は私のシャンパンをガブ飲みしていただろうということさ[138]。

ガラス扉が開き、マッシュカが入ってくる。

マッシュカ　ドービッシュさん？
ドービッシュ　そうですが。
マッシュカ　カール・マッシュカって者です――義理の妹がこちらの

136　『失われた週末』は、１９４５年公開のワイルダー監督作品。アカデミー賞の作品賞、監督賞、脚色賞、主演男優賞を受賞した。さらに、第１回開催だったカンヌ国際映画祭でもグランプリ（現在のパルム・ドール）を獲得している。

137　軍隊用語で、〝Absent Without Leave〟（無断離隊者、脱走兵）を意味する。

138　《グッゲンハイム美術館》は、鉱山王のソロモン・R・グッゲンハイムが晩年設立した美術館。現在の〝かたつむりの殻〟と称される独創的な建物はフランク・ロイド・ライトによる設計で、本作撮影中、１９５９年に完工したばかりであった。

エレベーターの1つを担当していまして――フラン・キューブリックというんですが。
カークビー （ドービッシュと視線を交わす）キューブリック君？
マツシュカ 彼女をご存じで？
ドービッシュ もちろん。ここには大勢の社員がいますが――我々はひとつの大きく幸せな家族ですから。
マツシュカ それで、あいつは俺たちと暮らしてるんですが――女房がちょっとナーバスになってましてね――フランはもう2日帰ってないんです。
カークビー （再びドービッシュを見ながら）そうなんですか。
マツシュカ そんなわけで、こちらの会社のどなたかが、あいつの身に何が起こったかご存じでは、と思いまして。
ドービッシュ そうですか。（カークビーに）どう思う、アル？ この人を助けてあげるべきかね？
カークビー （含みのある間のあと）もちろんそうすべきだ。バディボーイには何の借りもないんだし。
ドービッシュ そうだな。バディボーイ、この間はあんな仕打ちまでしてくれたしな。
マツシュカ （怖い顔になって）バディボーイってのは誰なんです？

【ワイルダー評】「ワイルダーは、映画というものが生み出した、戦後のアメリカ人の影と光の中の最も正確な、そして実に容赦のない記録者である」ニューヨーク近代美術館のワイルダー回顧展の冒頭で、キュレーターのリチャード・グリフィスはこう言った。（B）

139 ブリア＝サヴァラン（1755～1826）は、フランスの法律家／政治家。「あなたが普段食べているものを教えてほしい。あなたがどんな人であるか、当ててみせよう」という名言や『美味礼讃』等の著書がある美食家としても著名である。
パンチョ・ゴンザレス（1928～1995）は、アメリカのテニスプレーヤー。1948年と1949年の全米選手権で2連覇。翌年にも全仏とウィンブルドンの男子ダブル

ディゾルヴして：

○屋内　アパート　夜

バディボーイは、コンロに身を乗り出してイタリア料理のディナーを調理している。彼はスパゲティの鍋を火から下ろすと、もう片方の手にテニスラケットを持ち、ガットの上にスパゲティをあける。そして、蛇口をひねり、スパゲティに水をかけ回す。ブリア＝サヴァランとパンチョ・ゴンザレスを組み合わせたテクニックでラケットを優雅に揺すり、スパゲティの水を切る。料理のあいだ中、彼はチャイコフスキーの《イタリア奇想曲》の主題をハミングしている。[139]

ローブ姿のままのフランが入ってくる。[140]

フラン　ディナー用に着替えた方がいいのかしら？

バド　いや――そのままでいいよ。

フラン　（彼を眺めている）ねえ、ラケットの扱いが上手だわ。

スで2連勝し、50年代にもプロテニス界のトップの1人として活躍を続けた。

ピョートル・イリイチ・チャイコフスキー（1840～1893）は、バレエ音楽《白鳥の湖》《くるみ割り人形》等で知られるロシアの作曲家。《イタリア奇想曲》も人気作品のひとつで、1880年に、前年からのイタリア旅行の印象を元に作曲されたとされる演奏時間15分ほどの名曲である。

140
フランが声をかけるこの場面で（引きのカットであるが）、オーブンの上に置かれた缶詰等のラベルが確認できる。トマトソースは、たぶんデルモンテの《シチュード・トマト》、ミートボールは、Chef BOY-AR-DEE ブランドの《ミートボール・イン・ブラウン・グレイヴィ》、そして粉チーズはクラフト社の《グレイテッド・パルメザンチーズ》である。

バド　バックハンドも見てほしいな。（スパゲティを大皿へどさりと落とす）ミートボールをサーブするところもね。（ジェスチャーしてみせる）
フラン　キャンドルをつけてみる？
バド　それは必須だな――優雅なくらし的《グラシアス・リビング・ワイズ》には。

フランがリビングに向かうと、バドはオペラ風にハミングしながら、レードルでスパゲティにソースをかけ始める。

リビング。2人掛けの小さなテーブルがセットされ、カークビー氏の残していったシャンパンが、あのときのボール紙製バケツに入って置かれているのが目を引く。氷は新しく入れられている。

キャンドルに火をつけていたフランは、テーブルの上にナプキンがあるのに気づき、そのうちの1枚に残っていた値札をはがす。[141]

フラン　ナプキンを買ったのね。
バド　せっかくだから万全にね。

141　値札をはがすフランの動作はさりげなく描かれており、不注意な筆者は、シナリオを読むまで気づいていなかった。

142　よく聴くと、バクスター！がキッチンから出てくるあたりから、BGMでもチャイコフスキーの《イタリア奇想曲》の旋律が低く流れ、以下のバドの述懐に静かに寄り添っている。

●143　エド・サリヴァン（1901～74）
新聞記者、コラムニストを経て、TVの大人気バラエティ番組『エド・サリヴァン・ショー』のホストを55年から71年まで務めた。

彼はキッチンからミートソーススパゲティの大皿を運んできてテーブルに置くと、粉チーズを振りかける。そして、マティーニのピッチャーが用意してあるコーヒーテーブルへ行き、グラス2つにそれを注ぐ。フランはテーブルに着く。[142]

バド　あのね、僕のくらしはロビンソン・クルーソーみたいだったんだ。800万の人間の中で、遭難した彼のように独りぼっち。でもそんなある日、僕は砂の上にひとつの足跡を見つけ――そして、そこに君がいた。（フランにマティーニを手渡す）本当に素敵だ――2人でディナーだなんて。

フラン　いつもは1人で食事を？

バド　いやいや。お相手はエド・サリヴァンだったり、ダイナ・ショアやペリー・コモだったりさ――この間なんかメイ・ウエストとディナーを食べたよ――もちろん、今よりずっと若い彼女とね。[143]（グラスを掲げる）乾杯。

フラン　乾杯。

彼らは飲む。

●ダイナ・ショア（1916～94）
歌手、女優、パーソナリティとして活躍。56年にスタートした1時間枠のショー番組《ダイナ・ショア・ショー》のホステス役として有名。

●ペリー・コモ（1912～2001）
フランク・シナトラと並ぶ大物エンターテイナーであり、多くのステージやテレビ番組で活躍。53年からの《ペリー・コモ・ショー》は、67年まで続く人気番組となった。

●メイ・ウエスト（1893～1980）
1930年代に活躍した名女優。ワイルダーは、『サンセット大通り』(50)のグロリア・スワンソンが演じたノーマ・デスモンド役を、まず引退していたグレタ・ガルボにオファー、彼女に断わられたあと、メイ・ウエストに打診している。

バド　ディナーのあと、何をするか分かる？
フラン　皿洗い？
バド　そのあとさ。
フラン　何かしら？
バド　嫌ならよしてもいいんだけど——。
フラン　私が嫌がること？
バド　ジン・ゲームの決着をつけるんだ。
フラン　ああ。
バド　だから、頭をはっきりさせといてほしいんだよ。

ドアベルが鳴る。マティーニのグラスを持ったまま、バドはドアのところへ行き、開けようとする。

バド　僕がまた一方的になっちゃつまらないからね——昨日のベッドでみたいにさ。[144]

この時点でドアは開けられており、バドは首を回してフランに話しかけている。彼は振り向き、戸口に顔をゆがめて立っ

【ワイルダー・タッチ】144
これは、「昨日のベッドで」という、致命的な誤解を招く一言をいきなり義兄に聞かせてしまう絶妙な台詞なのだが、残念ながらDVD等の日本語字幕では追い切れておらず、「昨日は——ハンディが大きすぎた」となっている。
（吹き替えでは「昨日はきみ、病気だったから僕が勝ったけどさ」）

【ワイルダーは語る】
ビリーは、東ベルリン映画人の招待で晩餐会に出席した。

ているカール・マッシュカと対面する。

マッシュカ　バクスター？

バド　そうですが？

マッシュカは彼を乱暴に押しのけると、立ち上がったフランの方へ大股で歩いていく。

マッシュカ　一体どうしたんだフラン――自分の家を忘れたのか？

フラン　（バドに）義理の兄、カール・マッシュカよ。

バド　（友好的に）はじめまして、マッシュカさん。

マッシュカ　（バドを押しのけながら、フランに）よし、服を着るんだ。下にタクシーを停めてある。

バド　ちょっと待って。何を想像してるか分かりますけど――そういうことじゃないんです。

マッシュカ　（再び彼を押しのける）何をしようとお前の勝手だ、フラン――もう21なんだからな。だが、お前の姉さんは、妹をレディだと思っているんだ。

バド　僕らはただ食事をしてお皿を洗うだけで――。

ワイルダーの紹介にあたった東ベルリン映画産業の代表は、『アパートの鍵貸します』が描いたような出来事は、ニューヨークのようなアメリカ資本主義に毒された町でしか起こり得ないと述べた。

ワイルダーはドイツ語で主催者にいった。『アパートの鍵貸します』のテーマは普遍的なものだと信じている。「香港、東京、ローマ、パリ、ロンドン、これはどこででも起こり得る話です。ただ一カ所だけ、絶対に起こり得ない都市がある。それはモスクワです」。長い拍手と「ライト・オン（よし）！」と同じ意味のロシア語のかけ声が起こって、彼の演説は中断した。拍手と歓声が一段落したところで、ビリーはとどめを刺す。

「そして、諸君。この映画の物語が、絶対にモスクワでは起こり得ないという理由を申し上げたい。それは、モスクワでは誰一人として、自分だけの部屋を所有していないからであります」

陰鬱な沈黙が広がった。（K）

マッシュカ　（彼をつかむ）いいかバディボーイ――もしここにレディがいなかったら、お前はとっくにブチのめされているんだぞ。

フラン　（2人を引き離す）分かったわ、カール――いま服を着るから。

彼女は寝室へ行き、ドアからドレスを外し、閉める。マッシュカは廊下へのドアのすぐ脇に寄りかかり、攻撃的な目つきでバドを凝視している。バドは指を立てて彼に抗ってみせ――それから急に、気後れしたようなお愛想笑いを浮かべる。

バド　マティーニをいかが？　シャンパンでも？[145]（マッシュカは彼を睨み続ける）ミートソーススパゲティは？　僕が自分でこしらえたんです。（マッシュカはただ顔をしかめる）義妹さんは、本当に素敵だ――。（自分の失言に気づき、慌てて話題を変える）ニューヨークでタクシーを運転するのは大変でしょう――つまり、あの交通量の多さじゃ――

彼はマティーニのグラスを持ったままジェスチャーし、中身をシャツにこぼしてしまう。そのとき、少し開いた廊下へのドアからドレイファス医師が覗き込んでくる。

【原語／変更】145
原文は、
「Care for a martini? Champagne?」
「How about a little spaghetti with meat sauce? Made it myself.」
完成版では、「シャンパンでも？」の部分がカットされ、やや変えられた
「What a martini?」
「How about some spaghetti with meat sauce? I cooked myself.」という台詞になっている。

ドレイファス　やあ、バクスター。

彼はアパートに入ってくるが、ドアの脇に立つマツシュカには気づかない。

ドレイファス　患者の様子はどうだね？
バド　（急いで）ああ、僕なら大丈夫です、先生。
ドレイファス　お前さんじゃない――キューブリックさんのことだ。
マツシュカ　（一歩前に出て）彼女に何があったんだ？
バド　ああ、こちらはマツシュカさん――彼はキューブリックさんの――下にタクシーを停めてるんですって――
マツシュカ　（ドレイファスへ）フランは病気か何かだったのか？

ドレイファス医師はバドを見る。

バド　いえいえ――ちょっと事故があっただけなんで。
マツシュカ　（ドレイファスへ）事故ってのはどういう意味だ？
ドレイファス　まあ、こういうのはよくあることで――。

【ワイルダーは語る】
与えられた脚本以上のものを作る偉大な監督も何人かはいる。だが、98％の監督は紙に書かれたものを台無しにしてしまう。これが芝居なら、誰もあなたの書いたことを変えないというのに（略）映画では……。だから私は監督になった。自分の物語を、最初から最後まで伝えたいと思ったんだ。
（カイエ・デュ・シネマ誌　1962年8月号）

マッシュカ　こういうことっていったい何だ？（ドレイファスを掴む）
バド　おい、そもそも何のお医者なんだ、あんたは？
（慌てて）ああ、そんなんじゃないんです。注射を打って胃を洗浄しただけで——。

3人の後ろで寝室のドアが開き、フランがドレスの上にコートを羽織って出てくる。

マッシュカ　何のためだ？
フラン　（近づきながら）私が睡眠薬を飲んだからよ。でも、もうよくなったから——さあ、行きましょう。
マッシュカ　なんで睡眠薬を飲んだりした？
バド　（即座に）僕のせいですよ。146
マッシュカ　（彼に向き直る）お前の？
バド　他に誰が？

マッシュカはバドのあごに左を打ち込み、バランスを崩した隙に2発目の右がバドの目を捕らえる。バドはクリスマスツリーに倒れ込み、ツリーは大きな音を立てて倒れる。フラン

【考察】146
ビリー・ワイルダーは、生涯、〝誰かが何かになりすます〟（あるいは、誰かのふりをせざるを得なくなる／他の人間に間違えられる）という趣向にこだわった監督であった。
ハリウッドでの監督デビュー作『少佐と少女』（42）からすでに〝成人女性が少女のふりをする〟コメディであり、翌年の『熱砂の秘密』では主人公がドイツのスパイになりすましてドラマが展開する（同作には、軍の認識票が酒の種類を記したタグに〝なりすます〟という魅力的な場面もある）。
新パートナーであるダイアモンドとコンビを組んで以降も、『昼下りの情事』（57　清純なヒロインがプレイガールのふりをする）、『お熱いのがお好き』（59　男性2人が女性に変装する）、本作（60　真面目な青年が遊び人と思われる）、『ワン・ツー・スリー』（61　社会主義者を資本主義者に見せかける）、『あなただけ今晩は』（63　主人公が変装して、恋人である娼婦の顧客になる）、『ね

はマッシュカを引き離す。[147]

フラン　もうやめて、カール。

彼女はバドの傍らに膝をつく。

フラン　（優しく）馬鹿よあなた――大馬鹿だわ。

マッシュカ　行くぞフラン。

フラン　さよなら、バクスターさん。

彼女はバドの頬にキスをすると立ち上がり、ドアに向かって歩き出す。[148]

フラン　さようなら、先生。

彼女はマッシュカを追って出ていく。バドは、夢見る表情でそれを見送る。

ドレイファス　ざまあ見ろとは言わんがね、ここだけの話、そいつは

え！キスしてよ』（64娼婦を自分の妻に見せかける／妻が娼婦に間違えられる）、『恋人よ帰れ！わが胸に』（66身体麻痺のふりをする）……と、この趣向はくり返されていくのである。

【撮影】147
マッシュカを演じたジョニー・セヴンの証言によれば、レモンがタイミングを計り損ない、2発めのパンチは本当に当たっているそうである。また、フランが驚くアップは、カメラの下で突然大きな音を立てて驚かせ、そのリアクションを撮影したとのこと。（Q－c）

【変更】148
完成版では、フランは頬ではなく額にキスしており、顔が同じ高さにない、さらに親密度の低いキスとなっている。これも、「きちんと向かい合って話す」カットがほとんどないこと（P234参照）と同様に現場で発想された演出と思われ、小さな変更ながらその効果は絶大である。

自業自得ってやつだ。（バドのあごを指で持ち上げ、その目を調べる）チッ、チッ、チッ。明日には目の周りに黒アザが出そうだな。かばんを持ってくるよ。（彼は出ていく）

バド　（後ろ姿に呼びかける）邪魔しないでよ、先生。少しも痛くないんだから。

彼は第九天にいるのだ。[149]

フェードアウト：

フェードイン：

○屋内　保険会社のビル　19階　昼間

バドがエレベーターから自分のオフィスに向けて歩いてくる。チェスターフィールドと山高帽を身につけ、サングラスをかけている。彼はオフィスのドアを開け、中に入る。

○屋内　バドのオフィス　昼間

149 「第九天」は、ダンテの『神曲』〈天国篇〉で描かれた、最高位の「至高天」に準ずる高みである。

意訳するなら「彼は天にも昇る気持ちなのだ」等だろうか。

【評論】

義理の兄カールが「もしかしたら医者が彼女に中絶手術を施したのではないか」と考えていることが、微妙に暗示されている。これも、当時のアメリカ映画では言及されることのないテーマであった。

（本国版ブルーレイ収録のコメンタリーより）

この、「事実ではない」ということをアリバイにして〝タブーに肉薄する〟手法も、ワイルダー映画に特徴的なものだろう。例えば『昼下りの情事』では、「借り物の作り話」であることをアリバイに、あのヘプバーンに（台詞の上ではあるが）奔放な性遍歴の持ち主を演じさせているのである。

バドはまっすぐ電話のところへ行く。サングラスを外すと、腫れた左目が見える。彼はある番号をダイヤルする。

バド　（電話に向かって）シェルドレイク部長のオフィスですか？　こちらはC・C・バクスターです。部長に、お目にかかりたいとお伝えいただけますか？　非常に重要な要件です。

彼は電話を切り、帽子とコートを脱いで洋服掛けに掛ける。そして、オフィスの中を歩き回りながら、大声でスピーチの練習を始める。

バド　シェルドレイク部長、いいお報せがあります。あなたのトラブルはすべて解決です。キューブリックさんは、僕があなたの手から引き取ります。（満足げに自分にうなずく）明白な事実はですね、シェルドレイク部長、僕が彼女を愛しているということなんです。まだ彼女には言っていません。あなたに最初にお報せすべきと思いましたので。結局のところ、あなたは彼女を本当には必要としていないけれど、僕には必要です。そして、厚かましく聞こえるかもしれ

【公開後の反響など】①
当時のさまざまな慣習・常識に鋭角的に切り込んだ『アパートの鍵貸します』は、興行的には大成功をおさめ、同時に評論家等の評価は賛否真っ二つとなった。そして（映画関係者が選ぶ）アカデミー賞では10部門で候補となり、5部門を獲得した。以下、本国の研究本8冊にある記述をまとめてみた。

《興行成績》
＊ビリーは『アパート』を予算通り（あるいはそれに近い）282万5965ドルで撮り上げた。
＊ニューヨークのプラザ・シアターで初日の記録を打ち立てた。
＊（配給の）UAは『アパートの鍵貸します』の出だしに非常に満足していた。雑誌『バラエティ』の全面広告には「10の地方で初週に25万ドル以上を稼いだ」と書かれている。
＊国内興行収入は製作費300万ドルの2倍以上に達した。海外からの収入は270万ドルだった。

ませんが、彼女は僕みたいな誰かを必要としています。だから、こうするのが一番だと思うんです――（電話が鳴り、彼が出る）――解決策的《ソリューション・ワイズ》には。（電話に）はい、すぐ伺います。

彼は電話を切ると、ドアを開けて出ていく。

バド　（独り言を続ける）シェルドレイク部長、いいお報せがあります――。

サングラスをかけ、独り言を続けながらエレベーターへと向かう。

○屋内　19階のホール　昼間

バドが着いたとき、カークビーとドービッシュがちょうどエレベーターから出てくる。彼がサングラスをかけているのを見て、2人はにんまりと笑う。

カークビー　やあ、バディボーイ。いったいどうしたんだい？

【公開後の反響など】②　P227からの続き

《批評1》

＊『アパート』に対する批評家の反応は、最高の称賛から嫌悪の呟きまで様々であった。

＊全米の一流映画評論家たちからの否定的な意見には、「無味乾燥な仕掛け」「汚れたおとぎ話」「不道徳」「不誠実」「スタイルもセンスもない」等の言葉が並んだ。

＊ワイルダーが新しい60年代の道徳とスクリーン検閲の緩和を皮肉っぽく利用しているという批判も。

＊ザ・サタデー・レビュー誌：「汚いおとぎ話」という後に有名になるフレーズを使い、「物語には意地悪さとシニシズムがある」「最後にはすべてが気持ち悪いほど甘くなる」と酷評。

＊ニューヨーカー誌：登場人物を「グレイフランネルのビートニク」と呼んだ。「上司に自分の部屋を一種の売春宿として差し出す主人公に感情移入することが難しかった」と

ドービッシュ　スイングドアにぶつかった？　それともイエローキャブにかな？

バドはまったく聞こえない様子で、独り言を続けながら２人のすぐ横を通ってエレベーターに乗り込む。ドアが閉まる。

カークビー　（歩き出しながら）あの男は本当に一発見舞ったらしいな。

ドービッシュ　ああ、パンチが効いてフラフラだ——自分に話しかけていたよ。

○屋内　27階のホール　昼間

エレベーターのドアが開く。

オペレーター　27階です。

バドが出てくる。シェルドレイクのオフィスへ向かいながら、スピーチのリハーサルを続ける。

の評も。

＊モーニング・テレグラフ紙：「小さな男の子がフェンスの裏に書き込んだジョークの方がましだ」と掲載。

＊エスクァイア誌：著名な映画評論家ドワイト・マクドナルドが「不道徳、つまり不誠実」と断じ、「ダイアモンド」は「ジルコン」の誤植ではないか、と酷評。

＊シカゴの批評家アン・マースターズは、ワイルダーに面と向かって「汚い映画を作った」と言い、映画や芝居で「不愉快な」題材を大衆が受け入れるのは、「我々の道徳心が低下していることの憂慮すべき兆候かもしれない」と警告した。

↓この項、Ｐ２３０へ続く。

バド　そうなんです、シェルドレイク部長。彼女がアパートにいた2日間で、僕は自分がこれまでどんなに孤独だったかを自覚したんです。でも感謝します。あなたのおかげで、今では結婚できる経済的な余裕があるんですから――もちろん、彼女の家族と上手くやれればですが――。

彼は、シェルドレイクの受付のドアを開ける。

○屋内　シェルドレイクのオフィス　昼間

シェルドレイクは自分のデスクの前を行ったり来たりしている。部屋の隅にはスーツケースが2つ3つ置かれている。インターフォンが鳴り、シェルドレイクがレバーを倒す。

秘書の声　バクスターさんがお見えです。

シェルドレイク　通してくれ。

わずかな間のあとドアが開き、バドが決然と入ってくる。

【公開後の反響など】③　P229からの続き

《批評2》

＊タイム誌：「『お熱いのがお好き』以来、ハリウッドで作られた最も面白い映画」と絶賛。「今回は腹を抱えて笑う中に何か深刻で悲しいものがある」「成功へのもがきについての真剣さと悲しさ、巨大組織のひどく小さな世界について、爆笑の中で述べている」（E）とも。

＊ニューズ・ウィーク誌：「ハリウッドが生んだ最高のコメディのひとつ」であり、ワイルダーは道徳的に疑わしい前提を「陽気で優しく、感傷的でさえある映画」にしてしまったと掲載。

＊ニューヨーク・ポスト紙：「今シーズンの最も面白く、大胆なコメディ」「きれいな風刺」。

＊ニューヨークタイムズ紙：「愉快で感傷的な映画」「この映画によってトップコメディアンとなったジャック・レモンの素晴らしい演技がテイストとユーモアを添えており、

バド　シェルドレイク部長、いいお報せがあります――。
シェルドレイク　そうか。私からもいい報せがあるんだ、バクスター。君のトラブルはすべて終わるよ。
バド　（オウム返しされたことに驚いて）は？
シェルドレイク　君がキューブリック君のことをどれだけ気にかけてくれたか、よく分かっているよ――さあ、もう心配はなしだ――彼女を君の手から引き取ろう。
バド　（呆然として）部長が彼女を、僕の手から引き取るんですか？
シェルドレイク　そうだ。（スーツケースを示す）私は家を出たんだ――市内に滞在しようと思っていてね、アスレチッククラブにさ。
バド　奥さまとお別れになったんですか？
シェルドレイク　知りたいかね。私が秘書をクビにしたら、秘書は妻に密告、そして妻が私をクビにしたんだ。まるで頭を蹴られたような災難だろう？
バド　ええ――
シェルドレイク　それで、君の方の報せは何かな、バクスター？
バド　（何とか立ち直って）キューブリックさんのことです――彼女はすっかりよくなって――自宅に帰りました。
シェルドレイク　素晴らしい[150]。さて、君がしてくれたことを私は忘れ

ワイルダー氏の演出は、独創的かつ確かなもの」（A）
＊「シニシズムと感傷、アイロニーと憐憫といった対立する二つの要素が、ソフィスティケーションのきわみともいうべき絶妙のバランスで共存している。これは、チャーリー・チャップリンから、フランク・キャプラ、グレゴリー・ラ・カーヴァに伝わる最良のアメリカン・コメディーの特質であり、ミスター・ワイルダーは、それにさらに磨きをかけて受け継いでいる」（K）
↓この項、Ｐ２４０へ続く。

150　原文では「Swell.」。これもＰ２４２で触れる例と同様、当時の〝当世風〟の言い回しだったと思われる。

ていないよ。（隣接したオフィスへのドアを開ける）こちらへ、バクスター。

バドはゆっくりとドアの方へ行く。

○屋内　隣のオフィス　昼間

シェルドレイクのオフィスをやや小さく、簡素にしたような部屋だ。シェルドレイクはバドをドアから招き入れ、デスクの後ろの椅子を示す。

シェルドレイク　坐りたまえ。サイズはどうかな。

バドはロボットのように従い、椅子に腰を下ろす。

シェルドレイク　気に入ったかね？（オフィスを示す）すべて君のものだ。

バド　僕の？

シェルドレイク　アシスタントのロイ・トンプソンがデンバー支店に

【批評】
ワイルダーは、《プロダクション・コード》と、それが象徴する「やっていいこと」と「やってはいけないこと」が、非常にブルジョア的であると感じていて、それを破壊しようと試み続けていました。《プロダクション・コード》は、特に結婚に関して厳格でした。結婚は尊重されなければならない。結婚している2人が不倫しているのを見せるべきではない――。『アパートの鍵貸します』はそれに真っ向から反抗したのです。（ドリュー・キャスパー　南カリフォルニア大学教授Q－b）

移ってね。君が彼の後任というわけだ。（バドは反応しない）どうした、バクスター？　あまり喜んでいないようだが。

バド　いいえ、いろいろなことが急に起こったものですから――とても嬉しいです――特にキューブリックさんのことは。彼女を知れば知るほど、絶対に誰かと結婚すべき女性だと思えたもので――。

シェルドレイク　ああ、そうともそうとも。ただし、まずは財産分与を済ませないといけないし、それからリノで6週間かかる――そんなわけで、しばらくは独身生活を楽しもうと思っているよ。[151]（自分のオフィスに戻りながら）そうだ、昼食には管理職用のダイニングルームが使えるからな。

バド　はい、部長。

バドは思いにふけりながらサングラスを外す。

シェルドレイク　この役職には、その他にも特典があるぞ。ちょっとした交際費が出るし、管理職専用のトイレを使うことも――（話を止め、バドの顔を覗き込む）おいバクスター、何があったんだ？

バド　頭を蹴られました――僕も。

シェルドレイク　そうなのか？

【リノで6週間】151　リノは、ネバダ州北西部の都市。ネバダ州はもともと大半の州より離婚の法的条件が緩く（さまざまな理由で離婚が認められ、そのほとんどは事実の証明や相手の同意が必要とされない）、さらに1931年の法改正によって、離婚手続きや裁判にかかる「居住要件」が6か月から6週間に短縮されたことで「迅速な離婚の代名詞」「世界の離婚首都」としてブレイク。毎年何千人もの「離婚希望者」が訪れるようになった。また、離婚訴訟の両当事者が裁判所に出廷する必要がなく、離婚のために訪れる人の多くは女性だったという。その後、セレブや有力者の利用も急増、離婚関連サービスや宿泊業は、観光とならぶ同地の主要産業となったが、70年代に入って他州でも法律の緩和が進んだことによりこの離婚ビジネスは廃れ、同じく古くから町を支えてきたカジノが代わって台頭したとのことである。

シェルドレイクは肩をすくめると自分のオフィスへ戻り、後ろ手にドアを閉める。バドは坐ったまま、両手で持ったサングラスを無意識に曲げていく。突然、それは真っ二つに折れる。バドは2つの破片を見下ろし、自分の暴力に驚いたように、それをデスクの上に投げ捨てる。[152]

ディゾルヴして：

○屋内　保険会社ビルのロビー　夜

我々は、壁の案内板へと近づいていく。人事部の項にはJ・D・シェルドレイク／部長とあり、男の手が、そのすぐ下の部長補佐と書かれた枠にC・C・バクスターの名を入れているところだ。作業は最後のRを残して完了している。

カメラが引くと、作業している人物が、我々がずっと前のシーンで見た看板屋であることが分かる。傍らで彼の仕事を見つめているのはバドだ。チェスターフィールドと山高帽を身

【カット】152
この、サングラスを真っ二つに折る〝アクションシーン〟は、完成版ではカットされている。主人公がフラストレーションと怒りを小さく爆発させるこの件りがもし残っていたら、映画全体の印象も少なからず変わったのではないだろうか。
完成版の画面をよく見直すと、次のシーンへディゾルヴ（オーバーラップ）する最後の瞬間に、サングラスがたわむところがちらりと映っているので、ぜひご確認を。

【考察】153
この映画のユニークな「見せ方」のひとつは、主人公2人がちゃんと向かい合って坐る場面がまったくな

につけ、左目の下にまだうっすらとアザが残っている。6時過ぎで、ロビーにはほとんど人の気配がない。私服にコート姿のフランがエレベーターの方から近づいてくると、バドに気づいて立ち止まる。

フラン　こんばんは、バクスターさん。

バドは驚いて彼女の方を振り返り、山高帽を取る。

バド　ああ、キューブリックさん。調子はどう?[153]

フラン　いいわ。目の具合はどう?

バド　いいよ。

2人の間に気まずい空気が流れる。

フラン　アパートのほうはどんな?

バド　相変わらずさ。そういえば、ジン・ラミーの勝負、決着がまだだったね。

フラン　そうね。(一息置いて)もう聞いたと思うけど——シェルドレ

いことである。エレベーターでの横並びの会話から始まり、歩きながらの会話、ベッド周りでの会話、そしてアパートでのスパゲティ・ディナーでもバドは椅子に坐らない。あのラストシーンでさえ、彼らは横並びに坐っている(奇妙な形で共感し合う、バーでのバドとマージーの会話も横並び・正面向きである)。逆に、中国料理店のブースでフランの向かいに坐るのが、彼女を不誠実に口説くシェルドレイク氏である(横顔で向かい合うツーショットが多い)等、本作では「向かい合って話す」ことは、負の意味を持たされているように思われる。例えば、バドとシェルドレイクのP231での「対決」では、向かい合うそれぞれの横顔のアップが切り札のように用いられている。そして、バドとフランが向き合って長い会話を行うほぼ唯一の場面となるここでは、バドが必死で自分の気持ちを隠し彼女との決別を図る姿が、「横顔で向かい合うツーショット」で描かれているのである。

イク部長のこと。
バド　奥さんと別れることだね？　うん。本当によかった。
フラン　絶対にしないと思っていたわ。
バド　僕はずっと、それは違うと言っていた。ね、君はシェルドレイク部長を誤解していただろ？
フラン　そうみたい。
バド　それに、僕のことも誤解していたよ。奪う人と奪われる人について君が言ったことさ。どうだい、部長に利用されていたんじゃない――僕が彼を利用したんだ。ほらね？（案内板にある自分の名前を示す）先月は19階の８６１番デスク――今じゃ27階のパネル張りのオフィスで、窓が３つだ――すべて上手くいったよ――君も僕も、欲しかったものを手に入れようとしているわけさ。
フラン　ええ。（腕時計を見る）地下鉄まで歩く？
バド　いや――（口ごもりながら）僕は――その、実をいうと――（ロビーを見渡して）今夜は大事なデートがあるんだ。

彼は売店の方を指さす。その前に立っているのは、背の高い、魅力的なブルネットの女性で、明らかに誰かを待っている様子だ。フランは示された方へ目を向ける。

【考察】
本作の、恋愛映画としてはおそらく前代未聞だったと思われるもう１つの趣向は、主役のカップルが、最初からラストシーンまで「ミスター」「ミス」プラス名字で呼び合っていることである。そして、そこにさらに、エンドクレジットのわずか５分前にヒロインとキスするのが、敵役のシェルドレイクだというユニークさを加えてもよいだろう。
フランは、映画前半ではデートをすっぽかし、中盤ではジン・ラミーの途中で寝てしまい、後半ではディナーを食べずに帰宅していく。そして、本当のラストで、彼女とバドは初めて、互いを見つめながらシャンパンを前に〝プレイ〟し始め、そこで映画は幕を下ろすのである。

フラン　あら。
バド　シェルドレイク部長と会うんじゃ？
フラン　いいえ。人がどう噂するか分かるでしょ。だから私、すべて終わるまで会わないようにしようと決めたの——離婚関係《デヴォース・ワイズ》がね。
バド　とても賢明だね。
フラン　おやすみ、バクスターさん。
バド　おやすみ、キューブリックさん。

フランは、回転ドアの方へ向かう。バドは彼女をしばらく見つめてから、ロビーを横切り、売店の方へ大股で歩いていく。彼は、人待ち顔のブルネット嬢のすぐ脇を通り過ぎ、ペーパーバックの棚の前で立ち止まると、商品を吟味し始める。そのとき、電話ボックスから1人の男が出てきて、待っていたブルネットと合流し、2人は一緒に出ていく。バドはペーパーバックを2冊選び、カウンターの店員に代金を払う。コートの両側のポケットに本を詰め込むと、彼は回転ドアに向かってゆっくり歩いていく。

【ワイルダーは語る】
数年前まで、一般大衆に知られている監督といえば、デミル監督とヒッチコック監督の2人だけだった。ルビッチでさえさほど知られてはいなかった。監督を作家として認知する流行はヨーロッパからやってきて、ニューヨークからハリウッドに到達し、そして監督もスターになった。（略）これは、ヨーロッパのジャーナリズムのおかげだ。
（カイエ・デュ・シネマ誌　1962年8月号）

ディゾルヴして：

○屋内　シェルドレイクのオフィス　昼間

シェルドレイクはデスクの後ろで椅子を横に回しており、靴磨きが膝をついて彼の靴を磨いている。

シェルドレイクはインターフォンに手を伸ばし、レバーの1つを倒す。

シェルドレイク　バクスター――ちょっとこっちへ来てくれないか？

バクスターの声　はい、シェルドレイク部長。

靴磨きはもう片方の靴も見事に仕上げると、道具をまとめ始める。シェルドレイクは彼に50セント玉をトスする。[154]

靴磨き　ありがとうございます。

彼が受付へ出ていくと同時に、隣のオフィスのドアが開き、バドがいくつかの資料を持って入ってくる。目の周りのアザ

【ワイルダーは語る】154
マクマレイにはおもしろい話がある。（略）彼のケチケチぶりのことだ。彼という人間も、その吝嗇ぶりも大好きだ。楽しい奴だった。『アパートの鍵貸します』のなかに（略）黒人の靴磨きに靴を磨かせているシーンがある。彼はポケットから二十五セント貨を取りだし、指先で跳ねあげて靴磨きの男に与える。ところが何度やってもうまく跳ねあがらない。私は言った。「気にするな。コインが小さすぎるんだ。五十セントでやってみよう。少しは違うだろう」マクマレイは血相を変えた。「そんなにチップをやるものか。もうこんなシーンはやめだ」（笑）（M）

はもう残っていない。

バド （資料を机の上に置く）人事異動に関する数字の分析結果です。女性社員の37％が結婚のために退職していて、22％は——

シェルドレイク （遮って）働きすぎだ、バクスター。今日は大晦日だぞ——リラックスしたまえ。

バド はい、部長。

シェルドレイク 今夜は君も街に繰り出すんだろ？——新年を祝いに。

バド もちろんです。

シェルドレイク 私もさ。キューブリック君を連れてね——さっき、ようやく納得させたんだよ。

バド そうですか。

シェルドレイク 問題は、だ——私はいまアスレチッククラブ暮らしだろう？　あそこは女人禁制でね。で、もし君さえよければ——

バド よければ何です？

シェルドレイク ほら、君のアパートのもう1つの鍵——キューブリック君のあのちょっとした騒ぎのときに一刻も早く処分したほうがいいと思ってね——通勤電車の窓から投げ捨てたんだ。

バド とても賢いですね。

マクマレーといえば、彼は若いころ苦労したせいで、おそろしく金に細かいところがあった。『アパートの鍵貸します』で、靴磨きに五〇セント貨幣をチップにくれてやる場面があったが、どうしても彼はできないという。自分の性格では、そんなことは考えられない。ここは、なんとか自分に任せてもらえないだろうか？　彼はビリーに懇願し、オーケーをもらった。チップは五セントに大幅値下げされた。（K）

シェルドレイク　そういうわけで、君の鍵がいるんだよ。
バド　すみません、シェルドレイク部長。
シェルドレイク　どういう意味だ――「すみません」というのは？
バド　僕のアパートには、もう誰も連れてこないでください。
シェルドレイク　誰か他の女性とじゃない――キューブリック君とだぞ。
バド　キューブリックさんは特にご免です。
シェルドレイク　もういっぺん言ってみたまえ。
バド　（きっぱりと）鍵はダメです！
シェルドレイク　バクスター、君を私のチームに取り立てたのは、利口な若者だと思ったからだ。自分のしていることを分かってるのか？　私に対してじゃない――君自身に対してだ。普通なら27階まで来るには何年もかかるんだぞ――一方、通りに放り出されるまではわずか30秒だ。理解したか？[155]
バド　（ゆっくり頷く）理解しました。
シェルドレイク　それで、どうすべきだ？

　シェルドレイクから目を離さないまま、バドはポケットに手を入れ、鍵をつかみ出し、机の上に落とす。

【公開後の反響など】④　Ｐ２３１からの続き

《アカデミー賞》

＊10部門にノミネートされ、５部門で受賞（★印）

★作品賞
★監督賞：ビリー・ワイルダー
主演男優賞：ジャック・レモン
主演女優賞：シャーリー・マクレーン
助演男優賞：ジャック・クルーシェン
★脚本賞：ワイルダー&ダイアモンド
録音賞：ゴードン・E・ソーヤー
★美術賞（白黒部門）：アレクサンドル・トローネル、エドワード・G・ボイル
撮影賞（白黒部門）：ジョセフ・ラシェル
★編集賞：ダニエル・マンデル

＊1本の映画で1人の人物が3つのオスカーを受賞したのは、史上２回目。１回目は、１９４４年の『我

シェルドレイク　やっと賢くなったようだ。
バド　ありがとうございます、部長。

彼は無表情のまま踵を返し、自分のオフィスに戻り始める。

○屋内　バドの新しいオフィス　昼間

バドが入ってくる。彼はドアを閉め、しばらくその場にじっと立っている。やがて、胸ポケットに差した数本の鉛筆を取り、デスクの上のペン立てに落とす。会計簿を閉じ、ファイルキャビネットの開いている引き出しを順に閉めていく。

彼がクローゼットに向いたとき、ドアが開き、手に鍵を持ったシェルドレイクが入ってくる。

シェルドレイク　おいバクスター――君は鍵を間違えているぞ。
バド　いいえ、間違えてはいません。
シェルドレイク　（差し出す）だが、これは管理職用トイレの鍵だ。

が道を往く』でのレオ・マッケリー（監督、プロデューサー、原案。ただし、当時の慣習で作品賞は映画会社が受け取った）。
＊アカデミー賞授賞式、ワイルダーとダイアモンドの脚本賞でのスピーチは、オスカーナイト史上最も短い受賞スピーチだった。「ありがとう、I・A・L・ダイアモンド」「ありがとう、ビリー・ワイルダー」
＊ワイルダーは、生涯に6つのオスカー像を獲得。ノミネートは14作品で21回を数える。
＊引退後も、84年にアメリカ監督組合からD・W・グリフィス賞、86年にアメリカン・フィルム・インスティチュート（AFI）から功労賞、87年にアカデミー賞授賞式でアーヴィング・G・タルバーグ賞を授与された。また、1995年には全米映画評論家協会から自らの名を冠して設立された第1回ビリー・ワイルダー賞を受賞している。

バド　その通りです、シェルドレイク部長。僕にはもう必要ありません――このあたりのことは、すべて終わりにしますので。[156]

彼はチェスターフィールドのコートと山高帽をクローゼットから取り出し、コートを身につける。

シェルドレイク　どうするつもりだ、バクスター？

バド　医者の指示に従い、メンチュになると決めました。どういう意味かご存じですか？　人間になるということですよ。

シェルドレイク　ちょっと待てよバクスター。

バド　結構です。古くさい買収はもう利きません。さようなら、シェルドレイク部長。

彼は受付へのドアを開け、出ていく。

○屋内　シェルドレイクの受付　昼間

山高帽を持ったバドがオフィスから出てくると、秘書たちの間を抜け、ガラス扉を通ってホールへと向かう。エレベータ

【評論】155
（キャメロン・クロウ）
どちらの映画でもフレッド・マクマレイに当世風の言いまわしを要所で使わせているのがおもしろいと思います。『アパートの鍵貸します』ではこう言ってバクスターに鍵を請求しますね、「出世の階段を転げ落ちるには三十秒もあればじゅうぶん……わかるか《ユー・ディグ》？」ビート族風でね。（M）

156
原文では「I won't be needing it - because I'm all washed up around here.」。トイレ（洗面所）の鍵であることに掛けた洒落た表現になっているように思われる。

ーがちょうど人を降ろしているところで、その傍らでは雑役夫が吸殻入れを掃除している。

バドはエレベーターへ歩き、すれ違いざま、山高帽を彼の頭に押しつける――いうなれば王冠の譲渡である。エレベーターのドアが閉まる。雑役夫は体を起こし、当惑してあたりを見回す。

ディゾルヴして：

○屋内　アパート　夜[157]

バドは荷造りの最中である。リビングの真ん中には、彼の持ち物が詰まった大きな段ボール箱がいくつも置かれている。美術館のポスターは壁から外され、細かいがらくたも棚から出され、いま、バドは最後に本とレコードを詰め込んでいる。

彼は暖炉に行き、その上の棚の引き出しを開けると、45口径のオートマチックを取り出す。拳銃を手のひらにのせ、値踏みするようにそれを眺める。

157　初めてのアングル（窓側からの引きの画面による俯瞰）から印象的に始まるこのシーンは、あまりに自然で意識されないのだが、バドがスパゲティを指にからませる名場面まで、1分40秒ほどの見事な長回しワンカットでカメラに収められている。

ドアベルが鳴る。バドは空想から抜け出し、銃を段ボール箱のひとつに落とすと、ドアのところに行って開ける。外に立っていたのはドレイファス医師で、その手にプラスチック製の氷用バケツを提げている。

ドレイファス　やあ、バクスター。いま、わが家でちょっとしたパーティをやっていてね、氷が切れちまったんだよ――それで、もしよければ……。

バド　いいですとも、先生。

ドレイファス　（中に入る）何だって大晦日に1人きりなんだ？

バド　あの、ちょっとやることがあるもので――

ドレイファス　（段ボール箱に気づく）こりゃ何だ――荷造りかい？

バド　ええ――このアパートを出ます。

彼はキッチンへ行って冷蔵庫を開け、製氷皿を外し始める。

ドレイファス　どこに引っ越すんだね？

バド　まだ決めていません。とにかくここから出たいんです。

ドレイファス　お前さんがいなくなるのは残念だよ、バクスター。

【ワイルダーは語る】

「いちばんよく訊かれる質問は、『あの主人公たちはどうなるんだ？』『フラン・キューブリックとC・C・バクスターは、〝めでたし、めでたし〟になるのか？』というものだ。

わたしは彼らが〝めでたし、めでたし〟になるとは思っていなかった。ふたりは似合いのカップルじゃないからね。彼は失業中だし、彼女もじきに失業してしまいそうだ。お金がないと、人間関係がぎすぎすしてしまいかねない。ふたりのどちらも問題を解決するのがあまりうまいようには見えない。わたしはふたりの幸せを願っているが、月曜の夜のフットボールに小金を賭ける人間としては、彼らが幸せになるほうには賭けないよ。あのアパートには、〝貸し室〟の札がかけられるようになるんじゃないかな」（N）

「そうそう、もうひとつある。『アパートの鍵貸します』について、いまだに訊かれるんだ。『フランとバ

バド　僕が？　ああ、僕の体のことですね。ご心配なく、先生。ちゃんと大学に差し上げます――遺書に書きますよ。

彼は、製氷皿に入ったままのアイスキューブをドレイファス医師が抱えているバケツへ投げ入れる。そして、まだ開けていないカークビーのシャンパンを冷蔵庫から取り出す。

バド　シャンパン、持っていきますか？

ドレイファス　酒は間に合ってるよ。それより一緒にどうだ、バクスター？　脳外科医が2人、耳鼻咽喉科医と肛門科医、それにベルビュー病院から看護婦が3人来ているんだ。[158]

バド　いえ、遠慮しときます。そういう気分じゃないので――そうだ先生、ひょっとしたらもう会えないかもしれないので……あの女性を診てもらった費用、いくらぐらいで足りますか？

ドレイファス　いらんよ。医者としてじゃなく、隣人として診たんだ。（戸口で立ち止まる）そういえば、彼女はどうなった？

バド　（軽い調子で）僕の女性観はご存じでしょう？　〝簡単《イージーカム》に来て簡単《イージーゴー》に去る〟ですよ。さよなら、先生。

ドレイファス　新年おめでとう。

ッドは、あのあと幸せに暮らしたのだろうか？』と。わたしはいつも、そういう設定にはなっていない、と答えてきた。でも考えが変わったよ。もしかしたらオードリーとの結婚生活のせいで、ロマンティックになったのかもしれない。いまではあのふたりがうまくいったと思っているよ。結婚生活は長つづきして、ふたりはもっといいアパートに入っただろう」（N）

158 《ベルビュー病院》は、ニューヨーク市内にあるアメリカ最古の公立病院。健康保険の加入状況や支払い能力の有無にかかわらずセーフティネットとしてすべての人を受け入れる〝命の最後の砦〟と呼ばれ、2001年の米同時多発テロ事件、エボラ出血熱患者の治療、そして新型コロナのパンデミックでもニューヨークの医療機関の中心的存在となっている。

バドはドアを閉めるとキッチンに戻り、ガラス食器が入った箱とテニスラケットを運んでくる。ラケットを箱に入れようとしたとき、彼はガットにスパゲティが1本張りついているのに気づく。バドはそっとそれを外し、その場に佇んで、のび切ったスパゲッティをうっとりと指に絡ませる。

カットして：

○屋内　中国料理店　夜

大晦日の真夜中5分前。フランが一番奥のブースに1人で坐っている。頭には紙の帽子がのり、その顔には物思わしげな表情が浮かんでいる。テーブルの上にはシャンパングラスが2つ置かれ、あたりは大騒ぎする常連たちで溢れ返っているが、彼女の向かいの椅子は空である。店中の喧騒を越えて、中国人ピアニストの演奏が聞こえてくる。しばらくして、フランはふと視線をそらす。

【ワイルダー讃】
『アーティスト』で2012年アカデミー賞監督賞を受賞したミシェル・アザナヴィシウス監督は、このようにスピーチした。「そして、3人の人物に感謝したいと思います。ビリー・ワイルダーに感謝を、ビリー・ワイルダーに感謝を、そしてビリー・ワイルダーに感謝を」
また、1993年に『ベルエポック』でアカデミー賞外国語映画賞を受賞したフェルナンド・トルエバ監督は、「感謝を捧げるため神を信じたい。でも、私はビリー・ワイルダーだけを信じていますので、ミスター・ワイルダーに感謝します」とスピーチしている。

バーに群がりブースから溢れ出る陽気な人々の間を縫うように、シェルドレイクが歩いてくる。彼はディナージャケットを着込み、紙の帽子をかぶっている。一番奥のブースにたどり着き、フランの向かいに腰を下ろす。

シェルドレイク　電話が長くなって悪かったね。でも、手配は全部済んだよ。

フラン　何の手配？

シェルドレイク　車を借りた――1時にここに届くはずだから、アトランティックシティまでドライブだ。[159]

フラン　アトランティックシティ？

シェルドレイク　面倒だがね――大晦日でホテルがどこも満室なんだ。

フラン　（シェルドレイクをじっと見つめる）　鳴らし出せ古きものを、鳴らし入れよ新しきものを――楽しく鳴らしましょ《Ring-a-ding-ding》。[160]

シェルドレイク　こんな計画ではなかったんだよ、フラン――実は、全部バクスターのせいなんだ。

フラン　バクスター？

シェルドレイク　あいつがアパートの鍵を渡さなかったんだ。

フラン　渡さなかった――。

159　アトランティックシティは、ニューヨークから車で2時間半ほどの観光リゾート地。このあと1976年にギャンブルが合法化され、ラスベガスと同様の歓楽街へと変貌することになった。

160　前半は、ヴィクトリア朝時代の英国の詩人、アルフレッド・テニスンの詩『打ち出せ、荒ぶる鐘よ』(Ring Out, Wild Bells) からの引用と思われる。
　桂冠詩人が新年を祝う作品を書くという伝統により1850年に発表された一篇で、行く年の汚れたものや不幸な出来事を打ち出し（ring out）、来る年への切なる願いを打ち入れる（ring in）ことを鳴り響く教会の鐘に託す内容となっており、欧州では、大晦日の晩に俳優が朗読するこの詩がテレビ放映される国もあるなど、広く知られているとのこと。

シェルドレイク　突然出ていったよ――辞職だ。私の目の前で、デカい仕事を放り出しおって。

フラン　（かすかに微笑む）すごい。

シェルドレイク　あの若造――あれほど目をかけてやったのに、「アパートには誰も連れ込ませない」などと言い出して――「キューブリックさんは特にご免」だそうだ。あいつ、君に何の恨みがあるんだ？

フラン　（ぼんやりと遠くを見る目で）分からないわ。ほら、人生って思いもしない割れ方をするから――クッキー的《クッキー・ワイズ》に言うとね。[161]

シェルドレイク　何の話だ？

フラン　説明してあげたいんだけど――うまく言えないわ。[162]

ピアニストが、高く掲げた左手の腕時計を見つめている。彼が腕を振り降ろして合図すると、店の照明が消える。すかさず彼は《蛍の光》を弾き始める。

薄暗いフロアのあちこちで、カップルが立ち上がり、抱き合い、次々と歌声に加わっていく。

161　これは、P195でのバドの言葉を思い出しての台詞である。

162　原語では「I'd spell it out for you - only I can't spell.」。「spell（it）out」は「（それを）詳しく説明する」という意味の熟語で、フランは、「綴り（スペル）が苦手」というバドとの会話（P186）を思い出しながら、そのspellの意味を重ねて続けたわけである。
　そして、〝綴りが苦手＝シェルドレイクとの出会いの契機〟という痛切な述懐（同右）を思い起こせば、当人に向けてのこの一言は、彼女の精神的な自立／解放を意味していると考えてもよいだろう。

一番奥のブースでは、シェルドレイクがテーブルに身を乗り出してフランにキスをする。

シェルドレイク　新年おめでとう、フラン。

フランは、何かに心を奪われている。シェルドレイクはピアニストの方を向き、グラスを高く掲げて合唱に参加する。[163]

《蛍の光》が終わると、会場は爆発的な騒ぎになる——ラッパが吹き鳴らされ、ラチェットの音が響き、「おめでとう」の声が響き渡る。再び明かりがつく。[164]

一番奥のブース。シェルドレイクはフランの方へ振り向く——しかし、そこにはもう彼女の姿はない。彼女の紙帽子が、椅子の上に置き去られている。

シェルドレイク　フラン——？（周りを見回し）どこに行った、フラン？

163　完成版ではここに、バドの奮戦と自分への想い、そして自分自身の気持ちへと思いを巡らし、その表情が大きく変わっていく、全編でも最も魅力的なフランのアップが加えられている。

164　〈ラチェット〉は、何枚かの小さな板を歯車で固定し、ハンドル等で回転させて賑やかな音を出す楽器。
　アンゲラーの《おもちゃの交響曲》（以前はモーツァルトの父・レオポルトの作とされていた）、ベートーヴェンの《ウェリントンの勝利》、チャイコフスキーの《くるみ割り人形》、オルフの《カルミナ・ブラーナ》等で使用されている。

彼は立ち上がり、首を伸ばして、人だかりの中に彼女を見つけようとする。

ディゾルヴして：

○屋外　ブラウンストーン・ハウス　夜

《リキシャ》でのドレス姿にコートを羽織ったフランが、ほとんど走るように通りをやってくる。[165] 彼女の顔には幸せな、期待に満ちた表情が浮かんでいる。フランは建物への石段を駆け上がり、玄関へ入っていく。

○屋内　階段と2階の廊下　夜

フランは、気が急く様子で勢いよく階段を上っていく。彼女が2階の廊下に着き、バドのアパートへと向かいかけたとき、中から大きく鋭い音が響く。

フランは一瞬立ちすくみ、その後、ドアへと突進する。

【変更】165
ワイルダーとダイアモンドは脚本に、「(フランは) ほとんど走るように通りをやってくる」と書いていますが、完成した映画の中では、彼女は全速力で走っています。とても素敵な、完璧な走りです。彼女の人生で最も幸福な時です。(A)

【ワイルダーは語る】
「私の意見では、この作品は非常に道徳的な作品だ」とワイルダーは言った。「私は、解放される2人の人間を描いた。そのためには、彼らが何から解放されたかを示さなければならなかったんだ」(E)
(プレイボーイ誌　1960年12月号)

フラン　バクスターさん！（ドアを叩きながら）バクスターさん！
バクスターさん！

ドアが開くと、そこにはバドが立っている。彼の手の中で、栓を抜いたばかりのシャンパンのボトルが泡を噴き出している。彼は、信じられないという表情でフランを見つめる。[166]

フラン　（安堵して力が抜ける）あなた、大丈夫？
バド　元気だよ。
フラン　本当に？　膝はどう？
バド　どこも何ともないよ。
フラン　入ってもいいかしら？
バド　（まだ唖然としている）もちろんさ。

○屋内　アパート　夜[167]

フランが部屋に入り、バドはドアを閉める。部屋はさっき我々が見たときと変わっていない。1点だけ、コーヒーテー

【考察】166
シャンパンの栓を抜く音と銃声を絡めた洒落た趣向は、ワイルダーが脚本で参加したエルンスト・ルビッチ監督の傑作『ニノチカ』（39）でも見られ、自分流に仕込みに仕込んでの本作のこのクライマックスは、敬愛する師匠へのオマージュでもあったのではないだろうか。

167
このラストシーンも、フランが部屋に入ってからエンドマークが出るまでの約1分20秒が、魔法のように自然なワンカット撮影でカメラに収められている（本国版ブルーレイ収録のコメンタリーによれば、7テイク目が採用されたそうである）。

ブルの上に空のシャンパングラスが1つ置かれているのを除けば。

バド　グラスをもう1個出すよ。

彼は、段ボール箱の1つから新聞紙に包んだシャンパングラスを取り出し、紙を外し始める。

フラン　（見回しながら）どこへ行くの？

バド　分からん。別の隣人――別の町――別の仕事――まあ、自分らしくやるさ。

フラン　奇遇ね――私もそうするのよ。（バドはシャンパンを注ぎながら彼女を見上げる）トランプはどこ？

バド　（箱を示して）その中だ。

フランはトランプとジン・ラミーのスコアパッドを箱から取り、ソファに腰を下ろすと、カードを手際よくシャッフルし始める。

【ワイルダーは語る】

「私は絶対に引退は考えていない」と、ワイルダーはリンカーン・センターでのスタンディング・オヴェイションに応えて言った。「私に関するかぎり、この野球試合は延長戦に入ったばかりだ。態勢は整っている。スタンスを変えたし、バットも短く握り直した。コンタクトレンズもつけた。いまでもまだ何本かヒットは打てると信じているし、ひょっとしたら三塁打か、ホームランでさえ打てるかもしれない。だから、（略）このようなパーティを開いていただいたのは、すばらしいアドレナリンの注射を打ってもらったようなもので、大変感謝している」

ワイルダーはちょっと息をついでから、まるで『サンセット大通り』のノーマ・デスモンドのように言葉を続けた。「ありがとう。そこの暗闇のなかにいる、すてきなみなさん」（O）

【ジャック・レモンは語る】

「ビリーは最近、こう語りまし

バド　シェルドレイク部長はどうするの？
フラン　毎年、クリスマスにフルーツケーキを送ることにするわ。168
バドは幸せそうにソファへ腰を下ろし、フランは彼にトランプを差し出す。
フラン　カット。
バドは親決めのカットをするが、札を見ようともしない。
バド　愛してるよ、キューブリックさん。
フラン　（自分もカットする）7に——（バドの札を見て）クイーン。
彼女はバドにトランプを渡す。
バド　僕の言ったこと聞こえたかい？　キューブリックさん。君に本当に夢中なんだ。
フラン　（にっこりして）黙って配って！

た。『引退するつもりはまったくない。自分に関する限り、この野球試合は延長戦に突入する。（略）』幸運にもこれまでに7回、私はこの監督のチームでプレイすることができました。そして、8回め、9回めを待って、いまも球場の周りをウロウロしているのです。生涯契約にサイン済み、とでも言っておきましょう」（1986年AFI記念イベント公式パンフレット）

【原語／変更】168
原文では「I'm going to send him a fruit cake every Christmas.」。これも、P212でのバドの述懐を活かした洒落た一言であるが、実は、完成版ではわずかに変わっており、本作全体でも重要な変更箇所の1つとなっている。すなわち、完成版でのこの台詞の主語は「We'll send～」（私たちは～）なのである。（A）
訳してみるならば、「毎年、クリスマスにはフルーツケーキを送ることにしましょ」等だろうか。

バドは彼女を見つめたままカードを配り始める。フランはコートを脱ぐと、カードを拾い手札を並べていく。バドは、その顔に純粋な喜びの表情を浮かべ、配って——配って——配り続ける。

さて、こんなところかな——お話的《ストーリー・ワイズ》には。[169]

フェードアウト

THE END

我らの主人公は、その言葉に勇気づけられ、見事プロポーズを果たしているのである。

169　原語では「And that's about it. Story-wise.」。
ちなみに、前作『お熱いのがお好き』のシナリオの最後には、こういう一言が記されていた。「しかし、この先はまた別のお話——それに、今の公共にこれがお許しいただけるものかどうか、定かではないもので（But that's another story - and we're not quite sure the public is ready for it)」。

三谷幸喜氏インタビュー

『アパートの鍵貸します』と《ワイルダー映画》の魅力

聞き手・構成／町田暁雄

1　ビリー・ワイルダーとの出会いとその影響

――本日は、ビリー・ワイルダー監督を愛する三谷幸喜さんに、『アパートの鍵貸します』の、そしてワイルダー映画の魅力について語っていただければと思います。

三谷　僕は本業は脚本家で、実は何人か心の師匠と呼べる人たちがいるんです。ドラマのシナリオの師匠は市川森一、舞台脚本の師匠はニール・サイモン、そして映画の脚本の師匠がビリー・ワイルダー。もちろんワイルダーは映画監督でもあるのですが、僕の中では彼の描くシナリオはお手本中のお手本。だからどうしてもワイルダーを脚本家として見てしまうところがあります。ですので、今日はその観点からお話をしたいと思っています。

あと、もうひとつ――27～28年前、キネ旬に連載されていた和田誠さんとの対談で『アパートの鍵貸します』について話していまして、あのときの内容と重複してしまうところが多いかもしれません。

――はい、その部分も、今回は初めてシナリオをお読みいただいていますので、それを踏まえてさらに具体的で深いお話を伺えるのではないかと……。その対談（『それはまた別の話』キネマ旬報社、1997年刊）と、三谷さんが2000年にハリウッドに行かれて実際にワイルダー監督に会われた「ワイルダー訪問記」の記事（『キネ旬ムック 三谷幸喜』所収、2015年刊）も、ご参考に持ってまいりました。

三谷　2000年……もうそんな前なのか。亡くなる前々年だったんですよね。取材嫌いで、キャメロン・クロウとのインタビュー本が出た後は、もうほとんど誰にも会っていなかったそうなんですが、なぜか日本のテレビ局の依頼にOKが出て。「ワイルダーさんがインタビューをやらせてくれることになったのですが、興味ありますか」と言われて、二つ返事で引き受けました。あの時は、貴重な映像なので本当は、ワイルダーさんの発言は生の声を生かして字幕をつけたかったんですが、ご高齢ということもあってはっきり聞き取れないところがあり、永井一郎さんに吹き替えをお願いしました。

――それではまず、ワイルダー作品との出会いから伺わせていただけますでしょうか。

三谷　最初は……小学生の頃に、テレビで洋画劇場を毎日のようにやっていて、もちろん子供なので監督という仕事があることも知らないし、脚本がどういうものかも分からないで見ていたのですが、それでも例えば『あなただけ今晩は』とか『アパートの鍵貸します』とか『七年目の浮気』とか、自分の好きな映画が、実は同じ人が作ったものだということにある時気づいて、それで初めてビリー・ワイルダーという名前を意識しました。そこで「この人は、僕の好きな世界をつくってくれる人なんだ」というイメージができたように思います。その他、『第十七捕虜収容所』なども好きで……最初、『第十七捕虜収容所』と『あなただけ今晩は』が同じ監督というのは、全然ピンと来なかったですが。

そして、初めて映画館で観たのは、『シャーロック・ホームズの冒険』でした。


――日本では1971年公開ですので、三谷さんは11歳か12歳ぐらいでしょうか。


三谷　たまたま帰省していて、博多の映画館で観た記憶があります。当時からホームズファンだったので、ワイルダー監督がホームズ物を撮ったというのが、自分の好きなものが2つ重なった感じでびっくりして、実際に映画もすごく面白かった。

次が『フロント・ページ』かな。『フロント・ページ』は『オリエント急行殺人事件』と同じ年の公開だったので、名画座で『オリエント急行〜』を観ると、必ず『フロント・ページ』と一緒にカップリングでやっていて――。余談ですが、ワイルダーも好きだけれど、同じくらいにクリスティが好きで、『オリエント急行〜』に夢中になって1日に2回観たり――『オリエント急行〜』を観て『フロント・ページ』を観て、また『オリエント急行〜』を観る、というのを何日も。だから『フロント・ページ』も繰り返し観ています。

さらに余談になりますが、だからワイルダーの『シャーロック・ホームズの冒険』でワトソンを演じたコリン・ブレイクリーを知って、彼は『オリエント急行〜』にも出ているのだけれど、いわゆる〝オールスターキャスト〟の中に名前が入っていないんです。それがショックだった。リチャード・アムゼルのあのイラストのポスターにも描かれていない。逆にそれで、どれほどすごい〝オールスター〟だったのかが分かるんですが、それはまた別の話……。

そうだ、ジャック・レモンは小学生の頃からすでにファンでした。

——『あなただけ今晩は』も『フロント・ページ』もジャック・レモン主演ですね。

三谷　強烈に覚えているのが、83年ごろ、TBSが深夜に『名作洋画ノーカット10週』というのをやってくれて。当時はまだ、ビデオもほとんどなくて、テレビでやる映画はだいたいカットされていたんですけど、名作映画を一切カットせず、確かCMも入れず、吹き替えではありましたが、放送してくれたんです。その枠で『あなただけ今晩は』を観て、「やっぱりこの映画は好きだ」と改めて確信しました。

そのあと、やはり大学時代に、池袋の文芸座でワイルダー特集があって、オールナイトで『あなただけ今晩は』が上映されたんです。けっこう大入りで、ジャック・レモンが脱獄する場面、あの鉄格子を手で開くところと、X卿が川から上がってくるところで拍手が起こった。「なんて幸せな空間なんだろう」と思ったのをすごく覚えていて、その話をビリー・ワイルダーにしたら、一言「俺はあの映画が嫌いだ」と（笑）。

——（笑）なぜか、常に「嫌い」と発言されていますね……『あなただけ今晩は』は、ワイルダー映画の中で最もヒットした作品の1つなのですが。

三谷　そのへんが原体験ですね。だから、公開時——オンタイムで映画館で観られたのは『シャーロック・ホームズの冒険』と『フロント・ページ』の2本だけでした。

——『フロント・ページ』のあとは『悲愁』と監督最終作となった『バディ・バディ』ですが、『悲愁』はそんなに大々的には公開されなかったように聞きましたし、『バディ・バディ』は日本では劇場公開はなしでビデオ発売でしたので——。

そして、まさにその1983年、大学在学中の三谷さんは劇団『東京サンシャインボーイズ』を旗揚げされました。その際、例えば〝ビリー・ワイルダー的なものを作りたい〟等、何か原動力のようになったところはありましたか。

三谷　ビリー・ワイルダー的なものというよりは……『あなただけ今晩は』的なものが作りたかったんですね。あの映画は戦後のパリが舞台なんですけど、何となくもっと昔のイメージがあって、セットで組まれた街の風景もそうだし、娼婦がいたり、堅物の警官がいたり、ギャングがいたりという……。そのへんが、時代も場所も違うけれど、「野郎どもと女たち」等、デイモン・ラニアンの描く30年代のニューヨークの雰囲気と重なる。それと当時好きだったオンシアター自由劇場という劇団の『もっと泣いてよフラッパー』という作品があって、それもやはり同じような世界観だったんです。そんなものが1つになって、そういう、雰囲気のある小さな街を舞台にした、日本の映画とか舞台とかでは普通やらない、踊り子とかギャングとか、そんな人たちのファンタジーに憧れて、劇団を作ったというのはありました。

だから、『あなただけ今晩は』のイメージは僕の原点。映画を作るようになってからも、例えば『ザ・マジックアワー』のあの街、ああいう全部セットによる――厳密には全部ではないですけれど――作り物の街での物語の出発点はやっぱり『あなただけ今晩は』なんですね。

――ワイルダー監督の好きな〝なりすまし〟はいかがでしょう。

三谷　そうなんです。僕も、誰かが誰かになりすます話、偽物が本物以上に活躍する話が大好きで、これってあまり意識していなかったんだけど、たぶんワイルダーの影響を相当受けているんだと思う。彼の作るコメディはほとんどが、誰かに扮したり、誰かに間違えられたりという作品ですから。

――ハリウッドでの初監督作『少佐と少女』からして、大人の女であるジンジャー・ロジャースが

12歳の少女になりすます映画ですので。

三谷　ですよね。ワイルダーは原作ものが多いから、もしかするとそういう要素がある作品を常に探していたのかも……。

——そういうフックがある原作ばかりを……今度調べてみます。

2　『アパートの鍵貸します』～シナリオの魅力とそのポイント

——それでは、『アパートの鍵貸します』の話に移らせていただきます。今回、初めてシナリオをお読みになって、いかがでしたでしょうか。

三谷　まず、読んだ感想を率直にいうと、びっくりしました。こんなに隙のないというか完成度が高いというか、すべてのシーン、すべての台詞が全部きっちり、そうでなければならない場所にあって、そうでなければならないタイミングで出てきているという……こんな完璧なものがこの世にあるんだ、というぐらい改めて驚愕しました。

具体的には今回、シナリオで確認したかった箇所が3つあって、1つは、和田さんとの対談でも話した、有名なコンパクトの件りに関して。あれは、伏線として本当にお手本のようなダブルミーニングなんですが、それと同時に省略のうまさ。脚本家ってつい書きすぎちゃうんです——あ、僕だけかもしれないけど。あのとき和田さんも仰っていましたけど、シェルドレイクとフランが喧嘩して、彼女が鏡を投げるシーンが、何となくあったように思えるんですよね。それからそのあとバドがそれを部屋で見つけるシーンも……。完成した映画にはそれはないわけで、じゃあこれは編集で切ったのか、それとも脚本の段階からなかったのか、ということを、まず知りたかった。

2つめは、同様に、『ミュージック・マン』を一緒に観ようといって結局振られたあとの出来事や、翌日フランがバドに謝るというような場面も、僕らは何となくあったような記憶になっていて、また当然あってもよいような気さえするんだけれど、見事にすっ飛ばされている。これも、撮ってから編集でカットしたのか、脚本に元々なかったのかを確かめたかった。

あともう1つが、後半の義理のお兄さんの登場。完璧なシナリオではあるんだけど、正直に言うと、僕の中で唯一ちょっと引っかかるのが、あのお兄さんの唐突な感じなんです。あそこだけがちょっと引っかかる。僕からすると、やや説明不足——やや、ですよ。それで、あれって実はシナリオにはもう少し描かれていたのが編集でカットされた可能性もあるなって。その真相を知りたいと……。

そんな想いで今回読んだんですが、見事に3つとも脚本にはなかった。もしかしたら準備稿にはあって、決定稿でカットになったのかもしれないけれど、もしそうだとしても、脚本づくりの段階で必要ないと判断してカットしたわけで。それを知ったのが、一番驚いたというか、感銘を受けたことでした。

これだけ完成度の高いものを、どれだけ推敲して2人は書いていったのか……ものすごく時間をかけたことが想像できますし、逆に、時間をかけないと脚本って書いちゃ駄目なんだということに改めて気づかされた。そして今の己に照らし合わせてみて、自分はなんて雑な書き方をしているんだろうと、ものすごく反省しました。一生に1回でいいから、こんなホンを書いてみたいというふうに改めて思いましたね。本当に。

――脚注で引用したのですが、ダイアモンドは「後半に構成上の不備があるとワイルダーはずっと言っていた」と語っています（P212）。

三谷　言っていましたね。

――「暴露が2つ続いたのはよくない」「でも、他に方法がなかったのでそのまま進めた」と。それがまさに、いま三谷さんが仰った、お義兄さんが出てくるところ、「2つめの暴露」ではないかと思います。

三谷　そうなんですよね。そして同じ脚注の続きでワイルダーが「でも誰も気づかないよ」とも言ってるじゃないですか――あれは嬉しかった。僕は気づきましたから（笑）。

――いや、さすが三谷さんだと思います。

三谷　ただ、じゃあもっと前に義兄さんを一度出した方がいいのかというと、それもどうか……。もし最初の方に出していたら、多分それだけじゃ済まなくなって、途中でさらにもう1回くらい出すことになると思う。2回だとフリとオチみたいになりすぎるから。そうなると、今度は義兄さんの比重が大きくなりすぎて、全体のバランスが崩れてしまう。やっぱり出すのであれば、あの形しかないだろうなあ、とも思いました。

で、そこからさらに考えたのですが、それでもやっぱりワイルダーは、この義兄問題にどこか消化不良な思いがあったんじゃないか。そこで、このシャーリー・マクレーンとジャック・レモンともう1人の男という三角関係をなんとか完結させたいと思って、それが次の『あなただけ今晩は』につながったんじゃないかと……。

――なるほどです！

三谷　だってちょっと似ているじゃないですか、「あなただけ〜」のシャーリーとヒモのシーンと、「アパート〜」のお兄さんが来るあたり。

――そう言われてみると、『あなただけ今晩は』でもジャック・レモンはヒモの人にまず思い切り殴られてますね……面白いです。

先ほどの「絶妙な省略」のお話につながるのですが、今回、訳していてすごいと思ったことがありまして。フランとバドは、この映画の中で7回会っているんです。厳密にいうと、ガス自殺しているんじゃないかというところでバドは買い物に出ているので、その前後を分けると8回なのですが。そして、その7回、2人の関係や状況が毎回見事に変わっているんです。最初は、朝エレベーターで話すだけ。次は、上の階から電話をもらって舞い上がっている。3回めはチケットをもらって出世話もあったバドが、少し自信を持ってデートに誘う勇気を出す。でもすっぽかされて、次は社内パーティ。そこではもう出世していて、けっこう傲慢になっていて、そこでコンパクトでショックを受ける。そして次にはフランは薬を飲んでいる――等々と、7回とも大きく状況が変わっています。恋愛ものでよくある、翌日会って昨日の続きを話す、みたいな同じ状態で2回会うということがない。これはすごいな、と……。

三谷　勉強になります。

この映画って、決定稿ができた段階でキャスティングも決まっていたんでしょうか。

――決まっていたと思います。ご存じの通り、シェルドレイク役は第1候補のポール・ダグラスが撮影開始前に急死してフレッド・マクマレイに変わりましたが。

三谷　シャーリー・マクレーンとジャック・レモンは、当て書き的な感じだったのかな。

――ではないかと。ジャック・レモンは当て書きでしたし、シャーリー・マクレーンも第一候補だったのは間違いないようです。

三谷　僕、シャーリー・マクレーンにすごくそれを感じるんです。これはシャーリーでなきゃいけない役だな、と。例えば、指を4本立てて「3人」という件り。茶目っ気があって、茶目っ気があるということは、知的でもあるわけで。あれなんか、マリリン・モンローではあり得ないじゃないですか。オードリー・ヘプバーンでも違う。シャーリー・マクレーンだからこそぴったりはまっている。すごく俳優さんに寄り添っている感じがします（P185）。

あと、あれも嬉しかったんですよ。こんなに完璧な脚本なのに、シャーリー・マクレーンのほんの小さな一言でシーンがふくらんだという臨機応変さ（P184）。僕の経験でいっても、そういうい一言を仰ってくださる俳優さんっていらっしゃるんですよ。長澤まさみさんもそんな感じなんですけど、そういう人って役に対する読み込みが深いんです。プラス、センス。そしてシャーリー・マクレーンの役との一体感を思うと、やっぱりシェルドレイク役もフレッド・マクマレイではなく、第1候補だったポール・ダグラスで観たかったな、というのはありますね。マクマレイ、何というか、いい人っぽく見えるから、逆に怪しいというか、腹黒く感じちゃうんですよね。

――ワイルダーらしい、ちょっと悪意のあるキャスティングではあります。

三谷　そうなんですよ。ポール・ダグラスって、ちょっと西田敏行さん的なところがあるから、これ、シェルドレイクを西田さんがやっていたら、もっと面白くなっていたと思うんですよね。ひどい男なんだけど、どこか愛嬌がある。憎めない悪役。憎めちゃうんですよ、フレッド・マクマレイがやると。

——確かに……。

三谷　あの現金を渡すところも、あれ、西田さんだったら絶対もっと（笑）。映画は、本当に嫌なやつになってますものね。心がないというか。フランのことを何も考えていない。西田さんだったら、それでもどこか許せちゃう何かがある、やっぱり愛嬌ですね。ポール・ダグラスもそう。フレッドにはそれがない。どこまでも誠実そうな馬鹿なんです。そこがもったいない……でも、「なんでこんな男に惚れちゃったんだろうフランは」って観ている人が思うことを考えれば、これでもよかったのかな。

あと、これ。脚注に書かれているマクマレイの台詞の順番——脚本では「忠実で、協力的で、機転が利く」なのが、完成版では「忠実で、機転が利き、協力的」となっているじゃないですか。で、マクマレイが順番を違えたのをワイルダーたちが見逃したのではないか、という……（P73）。

——繰り返しのネタなので、順番は同じ方がいいはずではないかと……。

三谷　と、思ったんですけれど、シナリオを読んでみると、二度めは「協力的」をあえて最後に持って来ることで、「分かってるだろうな、絶対協力しろよ」と念を押しているような、そんな気もしたんです。現場でマクマレイが間違えたとしても、ワイルダーも「そっちの方がいい」となったのかな、と。

——なるほど……そうかもしれません。

三谷　こういうのが面白いんですよね（笑）。

——はい、すごく面白いと思います（笑）。

隣に住むお医者さんの存在についてはいかがですか？

三谷　あれは、映画会社はグルーチョ・マルクスにしたかったとありましたね。

――ユダヤ系の登場人物ということと、会社側はもっとギャグっぽい存在だと思っていたのではないかと……。

三谷　あの、お医者さんの呼吸というか雰囲気は、すごく舞台っぽいと思います。実作者の視点で言うと、〝各々が勘違いして、みんなちょっとずつ本当のことを知らない、全部を分かっているのは観客だけ〟という、シットコムの王道ですね。まさにそのお手本というか、無駄や無理が1つもない。「そこまでいくとさすがに無理があるだろう」とか「どうして、その一言を言わないんだろう」とか、そういう矛盾が1つもなく、流れるように面白いシーンが続く。

あと、隙のなさでいうと、一番最初の夜の件り――フランが出てくる前までの展開の見事さというのも、本当にお手本ですよね。さっき仰った〝フランとバドのシーンが足踏みしていない〟のと同じように、どのシーンも足踏みしていない。常に常に先へ進んでいる感じというのが、やっぱり映画はそうじゃないと駄目なんだなというのを本当に感じます。

ついでにいうと、このシナリオの悪魔的によくできている点は、人物設定というか、配置の妙だと改めて感じました。自分の憧れの女性が自殺未遂を起こす。それを偶然見つけてしまう主人公の青年。これって、まあ、誰でも思いつくと思うんです。僕でも思いつく。そして自殺未遂の原因が恋愛がらみで、主人公は自分以外の男性を愛している女性を介抱する羽目になる。これだって、シナリオを書くことを生業としている人なら、数日必死に考えれば思いつくような気がする。多分僕でも。ところがこのシナリオの作者は、そこで満足しないんです。その彼女の恋人というのが実は自分の上司で、しかも主人公は出世のために自分の部屋を逢引用にその上司に貸していた――これはもう普通は思いつかない。絶対に無理です。
バドを演じたジャック・レモンにしてみれば、ただ好きな女性のために尽くすんじゃなくて、そこに何重にも複雑な心理が積み重なった演技をしなくてはならない。このシナリオを渡されて、初めて読んだ時、彼は震えたと思う。これほどやりがいのある役はそうはない。これはそういうレベルのシナリオです。神様が書いたシナリオ。

——まさにまさに、仰る通りだと思います。

三谷　あともう1人、マージーについてはいかがですか？　バドが酒場で出会う……。

——そうです。　あの人って、『あなただけ今晩は』の娼婦仲間のひとりをやった方なんですね。

三谷　ハート型のサングラスをかけた……マージーもかなり難しいキャラクターだと思うんです。既婚者である彼女を家に連れ帰るけど、バドのイノセントなイメージは維持する必要があるので、あんまり生々しい美女でもいけませんし。

——そうですね。

三谷　ああいう人物は、例えば僕の映画だったら戸田恵子さんみたいな人がゲストでやるような感じの役なんですよね。決して深く描かれているわけではないのだけれど「おいしい役」みたいな。それで、そういうポジションの女優さんなのかなと思ったんですが、そうでもない。

——そうですね。映画にほとんど出ていない人のようですので。

三谷　でも、いい塩梅ですよね。確かに、もっと色っぽかったら、また話が変わってきちゃいますし。

——大人になってみると、すごく可愛い人なんですけれど、子どもの頃は、よく分からない変な人だなと思って見ていました。

三谷　でもよく考えるとあの人は、ちょっと可哀想ですよね。何の幸せもなく追い出されちゃう。

――はい。究極の巻き込まれ型で……。

三谷　それでもあんまり可哀想に見えない、絶妙なキャスティングだと思います。

3　シナリオから完成作品へ――映像化について考える

――次に、脚本を書かれ演出もされる三谷さんに、シナリオからの映像化、という観点から、ワイルダー映画について伺ってみたいのですが。

三谷　これは、最初の相棒チャールズ・ブラケットと、『アパートの鍵貸します』も一緒に書いたI・A・L・ダイアモンドとの違いの話になるんですけど、例えば、両方オリジナル脚本である『アパート～』と、ブラケットと書いた『サンセット大通り』を比べてみると分かるように、脚本家って大きく2種類あって、黒子に徹してあまり前に出てこない、自分のタッチを出さずに、監督のやりたい、理想のものをつくる職人的脚本家と、わりと自分の想いというかカラーを前面に出す、アーティスト的な脚本家……僕は、本当は前者のタイプのはずなんですけど、どうもそっちの方向にいかない(笑)。

ブラケットは絶対に前者で、ダイアモンドは後者のような気がしていて。『サンセット大通り』の方は、印象的なシーンってだいたい演出の面白さなんです――もちろん『サンセット大通り』にだって脚本のよさも当然あるし、『アパート～』だって演出の面白さもあるわけですが、でも、比べたときに、より映画的なのは『サンセット大通り』のような気がするんですね。ブラケットがなるべく前面に出ようとしなかったのか、あるいは出られなかったのか、そこはちょっと分からないけれど、だからワイルダーは演出家として腕が鳴るというか、やらなきゃいけないことがたくさんあって、それであういう映画的な映画になった気がする。

一方、ダイアモンドは後者だから、逆に、言い方は変ですけれども、『アパート〜』の脚本というのは「映画的な工夫をしなくても、そのとおり撮っていけば名作になる脚本」になっている。そういう意味で、ワイルダーはすごくありがたかっただろう、というか、非常に楽だったろうと思う反面、映画監督としてのワイルダーの成長は、ダイアモンドと出会ったことで、むしろちょっと止まってしまったような気もしないではない。

——なるほどです。

三谷　だから逆に、『アパートの鍵貸します』のこの脚本を別な人が撮ったらどうなるんだろう、というのは興味がありますね。スピルバーグがこのホンで撮ったらどうなるんだろうとか、映像作家的な人がこれを撮ったものというのも観てみたいなと思います。

——ブラケットという人は生粋のアメリカ人で、ニューヨーク派の、とても保守的な人だったそうです。一方、ワイルダーはユダヤ系の移民——ナチスから命からがら逃げてきた人で、英語もあまり分からない状態でハリウッドに来て、アメリカ映画を書き始めた——ベルリン時代はドイツ映画を代表する脚本家の1人として認められていたそうですが——。そういう人とそういうブラケット氏が、縁あってコンビになったので、ワイルダー自身が書いていますが、常に火花が散るような応酬があったようです。そして、その影響は、『サンセット大通り』を含む初期の作品に、確かに強く出ている気がします。
ダイアモンドの方は――彼はワイルダーより先、少年時代にルーマニアから両親と移民としてアメリカに来たそうです。だから、ぶつかるところもなくはなかったのでしょうけれど、それ以上にやや同じ方向を向いて仕事を行うことが多かったのではないか。そしてその結果、仰るように〝ワイルダー映画〟からは、刺激というかエッジがなくなっていったのではないか……。
三谷　そういう感じですね。
――そうなると、その狭間の時期の『地獄の英雄』が、ワイルダーだけの主導で作るとああなる、というサンプルとして改めて興味深いですね。
三谷　それと、『サンセット大通り』とジョゼフ・L・マンキウィッツ監督の『イヴの総て』って同じ年じゃないですか。あの2つを見比べたときに、『サンセット大通り』は作った人たちの意地の悪さを感じるというか、映画の世界をすごくクールに見ている印象を受けるんですね。一方で『イヴの総て』を観ると、ものすごく演劇の世界のことを愛している感じが、マンキウィッツにはあるんです。どっちがいい悪いではないんですが、すごい温度差みたいなものを感じて……あのあたりはワイルダーの特質なんでしょうかね。
――個人的な見解ですけれど、ワイルダーもブラケットも〝ハリウッドの暗部を冷徹に描く〟ことをやりたいと思っていて、ブラケット側としては、自分だけではやれないことを、ワイルダーを前面に出して焚きつけたところもあったように感じます。
三谷　冷めた感じですよね。
――本当に、よく企画段階でつぶされなかったと思います。

三谷　映画会社の人はそうとう怒ったんですよね。

――はい。パラマウントの偉い人は〝飼い犬が手を咬んだ〟的に怒り狂ったそうです。

三谷　話を『アパートの鍵貸します』に戻しますが、もうひとつ、僕ら脚本家がいつも悩むところ……冒頭でナレーションが入るじゃないですか。ナレーションを書くときって、特に登場人物の1人が喋っている場合には、「誰に向かってどのタイミングで喋っているのか」というのをどうしても考えちゃうんですよ。この映画でも、バドは誰に向かって話しているのか。

――そうですね。一人称小説に時折感じる「君はそれをなぜ、誰に向けて語っているの？」という……。

三谷　そう、実はちょっと変なんです。これってどう考えても観客に向かって喋っている。これが例えば、ハートのサングラスのマージーに酒場で話しているという設定なら分かるんですよ。でもそういうエクスキューズがなくて、堂々と観客に語りかけている。本来、おかしいはずなんです。でも実際に映画になったものを観ると、その違和感がまったくない。なぜそれを変に感じないのか、というのが、僕の中でまだ分からない……。

――「帰りたいときに帰れない……」というナレーションの終わりからきれいにすっと入っていける――。

三谷　（シナリオに目を通しながら）そうか、たぶんここがいいんだろうな。冒頭からここまでナレーションで来て、もしそのままバドのストーリーになっていったら、違和感が出たかもしれない。でもここで一回、バドを忘れて、違うカップルの話になる。だから切り離して観られるのかも。（P12〜13）。

――ワイルダーは、冒頭のナレーションが本当に好きですね。かなり強引なものもあって、あれも楽しいです。

三谷　結構、勇気いるんですよ、ナレーション。

あと、これも脚注で触れられていましたけれど、台詞の面白さも、本当に詰め込まれていますよね、この映画って。こんなに名台詞の多い映画、他にもあるのかな。それも、名台詞といっても「君の瞳に乾杯」とか、ああいうのではなくて、ちゃんと会話のやり取りの中で印象に残る形になっているのがすごい。

――文字でこの映画を読んだ最初の印象なのですが、前作が『お熱いのがお好き』で、次が『ワン・ツー・スリー』や『あなただけ今晩は』。その間にあって、『アパートの鍵貸します』は実はものすごくリアルな話で、しかもリアルな書き方をされているような感じがしました。ひとつひとつのシーンが長く、完成版ではひとつずつのカットも長い……。ワイルダー自身が「コメディとして作ったつもりはない」とたびたび発言しているのですが、初めてそれを実感しました。ジャック・レモンのキャラクターとかいくつかの要素でかなりコメディ寄りになっていますけれど、実はすごくリアルなドラマであって、いま三谷さんの仰った「会話のやり取りの中の自然な名台詞」というのも、おそらくそこから生まれているのではないかと――。

三谷　そうですね。じゃあワイルダーがコメディのつもりで作ったものはどれなんだ、という。『お熱いのがお好き』はそんな感じがしますけれど、あとは、そう言われたら1つもないような気もしますよね。

――そうなんです。三谷さんがどこかで「シニカル」という表現をされていましたけれど、「シニカル」と我々が感じるワイルダー映画というのは、実はコメディではないのではないか、という気もします。

三谷　……いつも思うんですけど、コメディって、誰がこの作品はコメディだ／コメディじゃないって定義するのか……。『喜劇 駅前旅館』とか、しっかり「喜劇」と書いてあるものは別として、それ以外のもので純然たる本当のコメディというのは、じゃあ世の中にあるのか、という風なところまで考えちゃいますね。

確かに『アパートの鍵貸します』って、もちろん笑えるし、楽しいし、面白い映画ではあるんだけど、でもコメディではない。コメディと皆に言われて「ちょっと待ってくれ」とワイルダーが言いたくなるのは分かる気がします。

4　《ビリー・ワイルダー映画》あれこれ

――ワイルダー映画全体のお話を、もう少し伺わせてください。ハリウッドでの監督作は25本あって、1960年のこの『アパートの鍵貸します』は、16本め、54歳の頃の映画です。ワイルダー映画の流れ全体としては、やはり前作『お熱いのがお好き』やこの作品あたりがワイルダー監督の一番のピークなのでしょうか。構成力といいますか、凝縮力や集中力といいますか……。

三谷　確かに、60歳以降の作品は、ちょっと余裕で作っている感じがします。1957年から1960年ぐらいまではすごいですね、ほぼ毎年撮っている。

――57年は3本も。しかも『昼下りの情事』『情婦』それに『翼よ！あれが巴里の灯だ』と、みんなまったく違う方向の映画です。そのあたり、56～57年から63年の『あなただけ今晩は』ぐらいまでは、本当にどれも面白くてすごいと思います。

三谷　『あなただけ今晩は』は大好きな映画なのですけど、もうちょっと短くできるような気がします。全体的にね。

――あれはもうゆったりですね。

三谷　すごくゆったり。ジャック・レモンがベッドに寝て、シャーリー・マクレーンがいろんな話をしてくれるところは、半分ぐらいでもいいような気がするんですよね――でも、あの流れがいいんです。『お熱い夜をあなたに』もそうですね。

だから僕、最初にお話ししたように『フロント・ページ』が好きなんですけれど、あれがすごいと思うのは、1974年の映画なのに全然ゆったりしていない。結構けたたましい映画で。68歳にして何か新しいことをやろうとしているすごさを感じるんです。ラストも、登場人物のその後を伝える『アメリカン・グラフィティ』のパロディみたいになるじゃないですか。ビリー・ワイルダーがそんなことしなくてもいいのに、やってみたかったのかな、と。ああいう面白さまで貪欲に取り入れている感じが、大好きです。

あと『地獄の英雄』はそんなに嫌いじゃないのですけど、どうしてあまり評判がよくなかったんでしょう。

――ウディ・アレンが昔から激賞していて、海外ではその後傑作として再評価されているようですが、日本ではあまり取り上げられないですね。あれは51年の映画なので、かなり早い時期にマスコミと大衆を批判していたわけです。ちょうど今のワイドショーのように、人の命がかかった大事故をエンタメ的に盛り上げるマスコミと、それに乗っかってカーニバルを開催してしまう人たちと、それに乗せられてアメリカ中から集まってしまう大衆と……。だから、公開当時としては早すぎたのではないでしょうか。興行的には最大の失敗作になってしまったそうで、ワイルダーの言い方を借りれば「自分がどんなに下劣な人間かを知るために5ドル払って映画館に来る人間はいない」という……。でも、すごい作品だと思います。

三谷　何か鬼気迫る映画ですよね。

――登場人物の大半が共感しにくいキャラですし、終わり方も、ワイルダー映画中でも1、2を争う切れ味で……。

三谷　あんなに危険な撮影は滅多にない。

――確かに、かなり危ないです。

三谷　『サンセット大通り』の終わり方、観終わった感じとちょっと近いですね。それと、和田さんとも話したんですが、僕は『昼下りの情事』が大好きで、あれはまったく古びていないけれど、その前の『麗しのサブリナ』は、心もち古くなっている感じがするんです。2作の何が違うのかは当時も分からなかったし、今も分かっていないのですが、それはどう思われますか。

――これも個人的な考えなのですけれど、ダイアモンドとコンビを組んでからとそれ以前との違いであるような気がしています。ダイアモンドとの脚本の多くは、圧倒的に古くならない書き方をされている気がして。「面白い」とは別の「古くならなさ」でいうと、理系だったダイアモンドとのコンビ作の方が……。

三谷　ちゃんと観直さないと分からないけど、確かに『昼下りの情事』も、『アパート〜』と同じように常に話が展開しているイメージがありますね。

――あれが、ダイアモンドと組んだ最初の作品ですね。クロスワードパズルのようによくできた脚本だと思います。あと、あるものの説明が映画の中で完結していると古くならない、というのもあって、その「中で完結している」度合いも、ぐんと上がったような気がします。

三谷　『アパートの鍵貸します』だと、例えばガスコンロの件りなんかがそうですね。映画自体が古くなっても、最初の方で「オーブンやコンロにこうやって火を点ける」というのをしっかり見せているから今でもよく分かる。ちゃんと成立していますものね（P24、P148）。

5　ワイルダー映画「おススメ5作」を選ぶ

――最後に、《ワイルダー映画》おススメの5作を選んでいただければ……。

三谷　悩みますね。まず『アパートの鍵貸します』と『お熱いのがお好き』は……。

――その2本は必ず入るのではないかと。

三谷　うん。あとやっぱり『サンセット大通り』は絶対に観てほしい。『七年目の浮気』は――ちょっと好き嫌いがあるのかな。そうすると、残り2本は『あなただけ今晩は』と『フロント・ページ』。この5本になりますね。

――年代順でいいますと、『サンセット大通り』『お熱いのがお好き』『アパートの鍵貸します』『あなただけ今晩は』『フロント・ページ』ですね。それにしても『あなただけ今晩は』、ワイルダーは何であんなに嫌いなんだろう。

三谷　順当な感じですけれど……。

——分からないですね（笑）。

三谷　もし3本だったら、『サンセット大通り』と『お熱いのがお好き』と『アパートの鍵貸します』。それは揺るがない。コメディとしての『お熱いのがお好き』、シリアスとしての『サンセット大通り』、両方のいいところを持った『アパートの鍵貸します』ということで。

——では、そのおススメ作に添えて、この本を手に取られた方へのメッセージを一言お願いできますでしょうか。

三谷　まず言っておきたいのは、これは脚本家をめざす人は絶対に読むべき本。面白い映画、面白いシナリオとは何か、の答えがここにあります。

ワイルダーはシリアスもコメディも作った人だけど、結局、彼は生涯、面白い映画を作り続けた人なんだと思います。彼の作品は、今の若い方たちにとってはすでに古典に位置づけられているのかもしれないけれど、でも決して博物館に飾られる存在などではない。今でも十分通用するし、十分面白いし、笑えるし、感動できる——。

この本が、そんな《ワイルダー映画》の再評価の足がかりになってくれると、とても嬉しいですね。

［2024年6月17日（月）渋谷 エスタシオンカフェにて収録］

三谷幸喜（みたに・こうき）

1961年東京生まれ。日本大学藝術学部演劇学科在学中、1983年に『劇団 東京サンシャインボーイズ』を結成（劇団は94年に30年の“充電期間”に突入。2025年に新作『蒙古が襲来』で復活予定）。現在に至るまで、舞台（作・演出）、テレビドラマ、映画など幅広い分野で活躍を続けている。

訳者あとがき

本書は、1960年公開のアメリカ映画『アパートの鍵貸します』オリジナルシナリオの全訳です。翻訳には、英国のFaber and Faber社からClassic Screenplayシリーズの1冊として1998年に刊行された版を用い、米Praeger社1971年刊行のもの（First Trade Paperback edition）および撮影用台本の最終稿も、わずかですが参考にしました。

脚本（共同）・監督・製作は、ビリー・ワイルダー（1906〜2002）。ハリウッドで25本の映画を撮り、そのうちの少なくとも1／3は、映画史に残り、映画ファンに愛され続ける傑作・秀作という大名匠です。『お熱いのがお好き』『昼下りの情事』『サンセット大通り』『情婦』『麗しのサブリナ』『七年目の浮気』『失われた週末』『第十七捕虜収容所』『翼よ！あれが巴里の灯だ』『あなただけ今晩は』――どのタイトルもどこかで耳にされたことがあり、何本かはご覧になったことがあるのではないでしょうか。

この『アパートの鍵貸します』は、それら《ワイルダー映画》の頂点を飾る傑作のひとつです。1961年のアカデミー賞にて10部門にノミネートされ5部門で受賞。ワイルダー自身は、作品賞、監督賞、そして脚本賞を獲得し、1人の人間が一晩に3つのオスカーを受け取るという初めての偉業を達成しています（P240の脚注をご参照ください）。

特に、相棒のI・A・L・ダイアモンドと共同で執筆されたそのシナリオは、《ワイルダー映画》全作中のベストに挙げる声も多く、公開当時から現在まで、我々一般の映画ファンや各界のクリエイター、そして実際に脚本を書かれているプロの方々まで、幅広い層から〝構成や伏線の面での最高のお手本〟として特別なポジションを得ているように思われます。

なのですが――実は、調べた限り、わが国ではなぜか、本シナリオの全訳は2024年の本書まで一度も刊行されていません。公開の年、1960年の末に新書サイズのシナリオ本が早くも出版されているのですが（研究社映画会話台本シリーズ11　研究社出版）、オリジナルシナリオをベースにト書きを要約し、撮影・編集時に変更された点を映画からフィードバックした内容・構成となっています。

やや余談ながら、その1960年版のシナリオ本にからめてもう少し続けますと、『アパートの鍵貸します』公開当時――元号でいえば昭和35年の日本は、終戦から15年、いわゆる〝高度経済成長〟がようやく軌道にのり始めた時期にあたります（日本公開のちょうど1か月前、9月7日に、池田内閣は、翌61年からの10年で国民総生産を2倍に引き上げ、西欧諸国並みの生活水準と完全雇用の実現を目標とするいわゆる「所得倍増計画」を発表しています）。劇中に登場するテレビを例にとれば、本作の製作開始時期である1959年半ばのわが国での世帯普及率は、わずか20％台でした（もちろん白黒です。因みに、そこからわずか5年後には普及率は90％を超え、69年までには日本のテレビ受像機生産台数は世界第1位となりました）。また、コカ・コーラは、1958年に前社名の「日本飲料工業」が「日本コカ・コーラ株式会社」に変更されたばかりで、わが国ではまだほとんど飲まれていない時代でした。オーブンに入れるだけのアルミ皿入りの冷凍食品などは、庶民には、おそらく知られてもいなかったのではないでしょうか。つまり、当時の大多数の日本人にとって、本作の主人公バドのごく普通の暮らしのあれこれは、まったく実感の湧かないものだったわけです。

本書の脚注でも、TVシリーズ『アンタッチャブル』(P62)やスタンダードカクテルの《スティンガー》(P38)などの、同書での記述について触れていますが、その他にも、この1960年版の翻訳では、

●ピザ＝トマト・チーズ・パイ
●クリネックス＝kleenex：布地に似た柔らかい人造織物の一種　主としてハンカチ代用
●ダイナースクラブ＝外食者クラブ（説明なし）

などと書かれており、コカ・コーラに至っては「冷蔵庫をあけてびんを取り出し～」と、何を飲んでいるのかが完全にスルーされています（もしかすると、原語のcokeという略称がまだ伝わらない時代だったのかもしれません）。

長くなりましたが、今から20数年前、〝そういうリアルタイムでの刊行のあと、ずっと、日本語でシナリオを読むことができない状態にある〟と知ったことが、今回の翻訳を思い立つ大きなきっかけに、そして作業を続ける原動力の1つとなりました。

もう1点、この『アパートの鍵貸します』をシナリオで〝鑑賞〟できることに大きな意義があると考えるのは、ビリー・ワイルダーという人物が、おそらくはハリウッド史上で最も「脚本に重きを置

いた」監督だったためです。

「映画の80％は脚本である。残りの20％は、カメラを正しい位置に置くことや、よい役者が存分に才能を発揮できるようにすることなどだ」

「ワイルダーは『派手なカメラワークは観客を物語から引き離してしまう』と考え、そうなってはいけない、と語っています。観客が『ああ、素晴らしいショットだ』と感じたなら、彼にとってその映画は失敗なのです」

このように語り語られる名監督は、そう多くはないでしょう。彼にとって映画づくりとは、何よりもまず、「よい脚本による面白い物語を、観客を飽きさせないように１００％届けること」なのです。

ここで、なぜワイルダー監督がそのようなスタンスなのか、その理由がよく分かる彼の略歴をご紹介してみます。

ビリー・ワイルダーことSamuel Wilderは、１９０６年、現在の地図ではポーランド南西部にあたるオーストリア＝ハンガリー帝国の一角で誕生。まだ10代の頃に、ウィーンの新聞記者からそのキャリアをスタートさせました。その後、大都市ベルリンの新聞社に移ると、21歳から映画の脚本家をめざしますが、当初は野宿したり友達の家を転々としたりの貧乏生活を送ります。１９２９年の『悪魔の記者』という映画で初クレジット。また、同年、まだアマチュアだったロバート・シオドマク監督の『日曜日の人々』に脚本その他で参加し、同作は観客にも批評家にも高く評価され、注目を集めることになりました（撮影助手をつとめたのは、何とフレッド・ジンネマンでした）。この大きな成功でワイルダーは、ドイツ最大の映画会社だったウーファ等に招かれ、『少年探偵団』（31）や『街の子スカンボロ』（32）はじめ多数の脚本を執筆して、たちまちドイツ映画界を代表する人気脚本家となっていきます。

しかし、ナチス・ドイツの弾圧が徐々に強まり、ユダヤ系であるワイルダーは1933年、フランスへと亡命。同じ境遇の俳優ピーター・ローレや作曲家フランツ・ワックスマンらとパリ市内で共同生活をしながら偽名で脚本を執筆し、加えてこの時期には、低予算映画『ろくでなし』（『悪い種子』）を撮り、監督デビューも果たしています。

1934年、ドイツ時代の友人で米コロムビア映画のプロデューサーになっていたヨーエ・マイからの招きにより、ワックスマンらと共にパリを離れ、渡米。英語をほとんどしゃべれなかったワイルダーは、生活苦と闘いながら脚本を書き続け、1936年、ようやくパラマウント映画に脚本が売れてチャンスをつかみます。

そして同年、パラマウント社の脚本部長の引き合わせで脚本家チャールズ・ブラケットと出会い、2人で共同執筆した脚本『青髭八人目の妻』が、エルンスト・ルビッチ監督に採用されると、ワイルダー＝ブラケットのコンビは、『ニノチカ』（ルビッチ監督）、『ミッドナイト』（ミッチェル・ライゼン監督）、『教授と美女』（ハワード・ホークス監督）等の傑作を次々と世に送り出して、数年のうちに〝ハリウッド一の名脚本家コンビ〟と謳われるまでになりました。

名プロデューサー、サミュエル・ゴールドウィンの伝記『虹を掴んだ男』（文藝春秋）には、当時のワイルダーについての以下のような言葉があります。

「英語力といえば、ポピュラーソングの歌詞程度の語彙しかなかったが、アメリカの俗語が大好きな彼はたちまち言葉に不自由しなくなった」

「ワイルダー（略）は、アメリカにきて五年にしかならないが、すべてのプロデューサーに注目される存在になっていた。（略）一九三〇年代の終わりには——ガルボの『ニノチカ』を含め——映画史上でもっとも巧みで洗練された英語の台詞をいくつか書くようになっていた」

そしてこの時期、ワイルダーは、監督やスター俳優が、自分たちが磨き上げたシナリオを現場で勝手に変えてしまうことにフラストレーションを溜め続け、ついに自ら演出することを決意しました。やがて機会を得て、1942年にハリウッド第1作となる『少佐と少女』を監督。以降、ブラケットと共同で書いた脚本を、製作チャールズ・ブラケット、監督ビリー・ワイルダーという形で発表していきます。1944年、最初の大ヒット作となったフィルム・ノワールの古典的傑作『深夜の告白』を監督。同作は興行的な大成功と併せ、アカデミー監督賞と脚本賞にもノミネートされました（保守的な人物だったブラケットは、人妻が男を誘惑して夫を殺させるというプロットを「愚劣」と断じて同作には参加せず、共同脚本は、かのレイモンド・チャンドラーが担当しています）。

1945年には、ハリウッドで初めてアルコール依存症の恐怖を描いた『失われた週末』を製作。同作はアカデミー作品賞、監督賞、脚本賞、主演男優賞を獲得し、ワイルダーはここで、名監督の名を確かなものにします。コンビは1950年の『サンセット大通り』でも、ハリウッドの陰の面を描く挑発的な脚本でアカデミー脚本賞を受賞（作品賞、監督賞は、ジョセフ・L・マンキウィッツ監督の『イヴの総て』に敗れ、ノミネートのみ）しますが、同作を最後に、10数年続いた2人の関係は終わりを迎えました。

数作を幾人かの脚本家と共同執筆した後、1957年の『昼下りの情事』で、ワイルダーは2人めの相棒となるI・A・L・ダイアモンドと出会います。名コンビだったブラケットと以上に2人の息はぴったりと合い、1959年の『お熱いのがお好き』以降、彼らは、最後の監督作となった1981年の『バディ・バディ』までの11作品をすべて共同で執筆しました。この『アパートの鍵貸します』は、『昼下りの情事』『お熱いのがお好き』に続く、ダイアモンドとのコンビによる3作めにあたります。

つまり、ビリー・ワイルダーは、自分たちが半年かけて徹底的に磨き上げた脚本を周囲から護るため、自ら監督となる道を選んだ人だったのです（当時はまだ、プレストン・スタージェス監督などほんのわずかな前例しかなかったそうです）。

「私と君とで何かを書く、それは同時に演出しているのと同じことだ。（略）そのとき君は、映画を演出していることを忘れるな。紙に書きつけたものが究極のもの、映画だ。我々は、ここで映画のすべてを創造しているのだ。この部屋の中で」

これは、傑作『第十七捕虜収容所』（53）のシナリオを共同執筆したベテラン脚本家、エドウィン・ブルームがワイルダーに告げられた言葉です。本書の脚注でも幾度か触れたように、実際にはワイルダーは撮影に入ってからも俳優などからヒントを得て柔軟かつ臨機応変にシナリオを膨らませているのですが、執筆時の気合いは常にこの言葉の通りだったということでしょう。そして、ここまで語る名匠監督のベスト・シナリオとなれば、これはぜひ読んでみたくなるではありませんか——。

因みに、作家・評論家の小林信彦氏は、このワイルダーのスタンスを鋭く感知し、師匠であるルビッチ監督の名演出との比較を交えながら論じた「ビリー・ワイルダーの演出は〈一流〉だろうか?」と題する一文を1974年に書いておられ、さすがの慧眼であります(『映画を夢みて』所収、筑摩書房)。

続いて、本書の成立経緯と構成について少しお話しさせてください。

初めて『アパートの鍵貸します』を観たのは、おそらく、中学生の頃だったように思います。幕開けからその面白さに夢中になってしまい、ワクワクと鑑賞しているうち、中盤のある場面のある展開に、背中に電気が走るような衝撃と感動を覚えました——本書では189ページにある「フランのドレスが掛けられたハンガーのせいで寝室のドアが閉まらない」という件りです。本作最高の妙技として語られることの多い、有名な「鏡が割れたコンパクト」の場面より、10代前半だった訳者は、なぜかその〝仕掛け〟と、そこから生まれる効果の方に魅了されてしまいました(同時に、カークビー氏の訪問が「義兄カールの訪問へのフック」と「シャンパンのアパートへの到着」という両方の役割を担っていることの巧みさにも感銘を受けました)。その日から50年近く、ビリー・ワイルダーの名前は、〝最も敬愛する映画監督〟の座からただの一度も落ちたことがありません。

その後、《ワイルダー映画》を10作ほど見られた30歳の頃に、幸運にも本作のオリジナルシナリオを入手する機会がありました。そしてそこに、感動したそれらのすべてがすでにしっかり書き込まれているのを見て、改めて初見時の衝撃がフラッシュバック。「ワイルダー作品のすごさをいつか考察本にまとめよう」という決意を固めたのでした（そのとき心に決めた書名は『ビリー・ワイルダー読本〜あるいは、C・C・バクスターの寝室のドアはなぜ閉まらなかったのか』——そして構成は、①伏線分析、②《ワイルダー映画》の特色と魅力分析、③《ヒッチコック映画》《黒澤映画》との比較考察、となる予定でした）。

ちょうどその頃、評伝／研究書の初めての邦訳として『ビリー・ワイルダー・イン・ハリウッド』（日本テレビ放送網、1992）が刊行され、そこから15年ほどの間に、優れた関連本がさらに幾つか翻訳されていきました。また、インターネットの恩恵により、海外からの研究本やビデオ／DVDの入手も飛躍的に前進。やがて、監督作25本をすべて鑑賞することができ、構想メモも概ねまとまり、どうやら自分なりの考察本を書き始められる状態になったのですが、同時に、それらの資料に触れ、ワイルダー自身の発言を数多く読んでいくうちに、**「彼は自分の映画を分析してほしくない、あるいは分析されるべき種類の映画と思っていない」**との確信と、**「ワイルダーが自分の作品を見て欲しい相手は、研究本を読むコアなファンやマニアではないのだろう」**という印象も、強く抱えるようになっていました。

そして、ちょうどそこに、先ほど触れた**「シナリオの全訳が刊行されていない」**という大きな発見が重なり、そこから、いわゆる考察本／研究本ではない、〝**『アパートの鍵貸します』のシナリオ翻訳プラス山のような脚注で《ワイルダー映画》の魅力を伝える**〟構想へと、少しずつシフトしていくことになりました。

それが、1999年、35歳の頃でした。つまり本書は、最初のショックから約50年、シナリオ本の企画としては約25年を経て、こうして完成に至ったことになります。


そうして完成した本書のスタンスを簡単に申し上げれば、まず、メインとなるシナリオ本文は、何より読みやすさを第一とし、わずかにはやや意訳も交えながら、各キャラクターの声が聞こえるような翻訳をめざしました。

各ページ下欄に添えた脚注は、主には以下の9種類から成っています。

①シナリオ中の、1960年当時の用語・言葉遣いや風俗、店名、人名、番組、カクテル等の説明。
②シナリオ中の台詞やト書きの考察および原語版での言い回しの紹介。
③完成した映画でシナリオから変更された箇所の比較等。
④アメリカ本国等の研究／評論書、雑誌等から、ワイルダーや関係者のコメント、評論、データ等を引用（町田訳）。
⑤日本で翻訳・刊行された研究／評論書から、ワイルダーや関係者のコメント、評論、データ等を引用（引用書籍の表記を使用）。
⑥本国版ブルーレイ収録のコメンタリー等の翻訳・引用。
⑦わが国での、公開当時の評論やワイルダー監督死去時の記事等の紹介。
⑧訳者（町田）による、『アパートの鍵貸します』および《ワイルダー映画》に関する考察等。

⑨スタッフ&キャスト名鑑。

このうち、④と⑤は、この30年で入手できた内外合わせて20数冊のワイルダー関連本、そして欧米の雑誌に掲載されたインタビュー記事（1960年の『プレイボーイ』誌、1962年の『カイエ・デュ・シネマ』誌、1986年のクリス・コロンバスによる『アメリカン・フィルム』誌のものが特におスススメです）から、ワイルダー監督や関係者の発言、『アパートの鍵貸します』に関する優れた批評や考察、そして各種データ等を、シナリオ本文の流れに合わせて引用させていただいたものです。⑥の、本国版ブルーレイに収録された2種類のオーディオコメンタリーと併せ、ワイルダー監督を愛する諸先輩方のさまざまな知見に、心からの敬意と、そして感謝を奉げたいと思います。

邦訳のある書籍中では、『ビリー・ワイルダー 生涯と作品』（シャーロット・チャンドラー著、古賀弥生訳）、『ワイルダーならどうする？ ビリー・ワイルダーとキャメロン・クロウの対話』（宮本高晴訳）、『ビリー・ワイルダー 自作自伝』（ヘルムート・カラゼク著、瀬川裕司訳）の3冊から、特に数多く引用させていただきました。併せて、心より御礼を申し上げます。

④〜⑥については、各項目にA〜Qのアルファベットをふり、巻末にそれに対応する参考文献一覧を掲載しましたので、ご参照・ご活用いただければ幸いです。

加えて、個人的な想いを申し上げれば、本書の脚注は、シナリオをより愉しむための〝読むオーディオコメンタリー〟のようにご活用いただければ、と考えております。可能であれば、まず、映画『アパートの鍵貸します』をご覧——あるいはご再見——いただき、それから、脚注の存在はいったん忘れ、シナリオのみをご堪能ください。続く再読時は、ぜひとも脚注を引きながら。そして3回め以降は、上下を自由に行き来しながらお気に入りのシーンだけを繰っていただいたり、脚注のみを読み進めていただいたり……さらに、これを機に『アパートの鍵貸します』以外の《ワイルダー映画》を改めて順にご覧いただければ、それに勝る喜びはありません。

そして、脚注による補足と併せもうひとつ、『アパートの鍵貸します』やそのシナリオ、そして《ワイルダー映画》の魅力を広くお伝えするための特別企画として、長年ワイルダー監督を敬愛してこられ、2000年にはハリウッドで直接インタビューも行われた三谷幸喜氏に、実際にシナリオをお読みいただいた上で、1時間半にわたってお話を伺いました。少年時代における《ワイルダー映画》との出会いや〈東京サンシャインボーイズ〉結成時の想い、本作シナリオの特徴とすごさ、他のワイルダー作品の魅力、そしておススメ5作のセレクトまで幅広く語っていただいた、三谷氏ならではの深く愉しい内容となっていますので、お楽しみいただければ幸いです。

『81年に製作された「新・おかしな二人 バディ・バディ」以来、約20年。ビリー・ワイルダー監督の新作は残念ながら一本も作られていない。それでも日本では（本国でもかもしれないけれど）ワイルダーの人気はいまだに高く、好きな映画監督のアンケートなどでは必ず上位にあがり、毎月どこかの劇場でワイルダー作品が上映されている。作家（映画監督や小説家、そして脚本家）が敬愛する監督としてもダントツ。（以下略）』

これは、前述の三谷幸喜氏による「ワイルダー監督訪問記」記事のイントロです（『キネマ旬報』2001年1月上旬号）。早いもので、それからほぼ四半世紀が経ち、残念ながらここ10年ほどで《ワイルダー映画》は、――新しいファンを増やしながらも――急速に忘れられ始めているように感じてきました。もちろん、配信等によって、魅力的な映像作品が日々溢れてくるこの時代、やむを得ないことではあるのですが、そのことへの危機感が、「本書を何とか存在させたい」と想い続ける、もう1つの大きな原動力となりました。

本書の刊行が、その大きな流れに抗う小さな一石となることを、心から願ってやみません。

最後に、謝辞を述べさせてください。

今回の刊行にあたっては、前訳書『刑事コロンボ13の事件簿』の時よりも、激励やご助言を含め、さらに多くの方に助けていただきました。心より感謝いたします。特に、伊藤詩穂子氏、山本佳代氏、デヴィッド・ケーニッヒ氏、ご多忙の中、インタビューをご快諾くださった三谷幸喜氏、お酒に関するご教示をいただいたBARテンダリーの宮崎優子氏、バドのアパートの素敵な見取り図を描いてくださった黒田和氏、そして、長丁場を忍耐強く伴走してくださったお2方、論創社の林威一郎氏と組版をご担当いただいた加藤靖司氏には、伏して御礼を申し上げる次第です。

シナリオ本文・脚注ともに、力不足ゆえの誤訳・ミス等もあるのではないかと思います。お気づきの際は、ぜひともご教示を賜りますよう、心よりお願い申し上げます。

参考文献一覧

本書の脚注には、以下の書籍・資料より多数の引用を行わせていただきました。心より感謝いたします。

A 「The Apartment」Billy Wilder and I.A.L. Diamond（本書）
Introduction by Mark Cousins
Faber and Faber Ltd. 1998

B 「Billy Wilder」Axel Madsen
Martin Secker & Warburg Ltd. 1968

C 「Billy Wilder, American Film Realist」Richard Armstrong
McFarland & Company, Inc. 2000

D 「Billy Wilder（update edition）」Bernard F. Dick
Da Capo Press 1996

E「Billy Wilder Interviews」Edited by ROBERT HORTON
University Press of Mississippi 2001

F「Wilder Times ~The Life of Billy Wilder~」Kevin Lally
Henry Holt & Co. 1996

G「On Sunset Boulevard ~The Life and Times of Billy Wilder~」Ed Sikov
Hyperion 1956

H「A Foreign Affair: Billy Wilder's American Films」Gerd Gemünden
Berghahn Books 2008

I「Some Like It Wilder: The Life and Controversial Films of Billy Wilder」Gene D. Phillips
The University Press of Kentucky 2010

J「Billy Wilder: Dancing on the Edge（Film and Culture）」Joseph McBride
Columbia University Press 2021

K『ビリー・ワイルダー・イン・ハリウッド』モーリス・ゾロトウ／河原畑寧訳（日本テレビ放送網、1992）

L『ビリー・ワイルダー自作自伝』ヘルムート・カラゼク／瀬川裕司訳（文藝春秋、1996）

M『ワイルダーならどうする？：ビリー・ワイルダーとキャメロン・クロウの対話』ビリー・ワイルダー、キャメロン・クロウ／宮本高晴訳（キネマ旬報社、2001）

N『ビリー・ワイルダー　生涯と作品』シャーロット・チャンドラー／古賀弥生訳（アルファベータ、2006）

O『仕事場の芸術家たち』ミチコ・カクタニ／古賀林幸訳（中央公論社、1990）

P『山田宏一映画インタビュー集　映画はこうしてつくられる』山田宏一（草思社、2019）

Q　アメリカ版ブルーレイ収録のオーディオコメンタリー等

a　映画研究家ジョセフ・マクブライドによるコメンタリー

b　映画研究家ブルース・ブロックによるコメンタリー

c　メイキング（Inside The Apartment）

製作：ビリー・ワイルダー
脚本：ビリー・ワイルダー＆I・A・L・ダイアモンド
出演：ジャック・レモン、ウォルター・マッソー、ロン・リッチ

21. シャーロック・ホームズの冒険（1970年） 125分
原題：The Private Life of Sherlock Holmes
製作：ビリー・ワイルダー
脚本：ビリー・ワイルダー＆I・A・L・ダイアモンド
出演：ロバート・スティーヴンス、コリン・ブレークリー

22. お熱い夜をあなたに（1972年） 144分
原題：Avanti!
製作：ビリー・ワイルダー
脚本：ビリー・ワイルダー＆I・A・L・ダイアモンド
出演：ジャック・レモン、ジュリエット・ミルズ、クライヴ・レヴィル

23. フロント・ページ（1974年） 105分
原題：The Front Page
製作：ポール・モナシュ
脚本：ビリー・ワイルダー＆I・A・L・ダイアモンド
出演：ジャック・レモン、ウォルター・マッソー、スーザン・サランドン

24. 悲愁（1978年） 114分
原題：Fedora
製作：ビリー・ワイルダー
脚本：ビリー・ワイルダー＆I・A・L・ダイアモンド
出演：ウィリアム・ホールデン、マルト・ケラー、ヒルデガルト・クネフ

25. バディ・バディ（1981年） 96分
原題：Buddy Buddy
製作：ジェイ・ウエストン
脚本：ビリー・ワイルダー＆I・A・L・ダイアモンド
出演：ジャック・レモン、ウォルター・マッソー、ポーラ・プレンティス

15. お熱いのがお好き（1959年） 121分
原題：Some Like It Hot
製作：ビリー・ワイルダー
脚本：ビリー・ワイルダー＆I・A・L・ダイアモンド
出演：トニー・カーティス、ジャック・レモン、マリリン・モンロー

16. アパートの鍵貸します（1960年） 125分
原題：The Apartment
製作：ビリー・ワイルダー
脚本：ビリー・ワイルダー＆I・A・L・ダイアモンド
出演：ジャック・レモン、シャーリー・マクレーン、フレッド・マクマレイ

17. ワン・ツー・スリー（1961年） 104分
原題：One, Two, Three
製作：ビリー・ワイルダー
脚本：ビリー・ワイルダー＆I・A・L・ダイアモンド
出演：ジェームズ・キャグニー、ホルスト・ブッフホルツ、パメラ・ティフィン

18. あなただけ今晩は（1963年） 147分
原題：Irma la Douce
製作：ビリー・ワイルダー
脚本：ビリー・ワイルダー＆I・A・L・ダイアモンド
出演：ジャック・レモン、シャーリー・マクレーン、ルー・ジャコビ

19. ねえ！キスしてよ（1964年） 125分
原題：Kiss Me, Stupid
製作：ビリー・ワイルダー
脚本：ビリー・ワイルダー＆I・A・L・ダイアモンド
出演：レイ・ウォルストン、ディーン・マーティン、キム・ノヴァク

20. 恋人よ帰れ！わが胸に（1966年） 125分
原題：The Fortune Cookie

脚本：ビリー・ワイルダー&エドウィン・ブルーム
出演：ウィリアム・ホールデン、オットー・プレミンジャー

10. 麗しのサブリナ（1954 年） 113 分
原題：Sabrina
製作：ビリー・ワイルダー
脚本：ビリー・ワイルダー& S・A・テイラー 他
出演：ハンフリー・ボガート、オードリー・ヘプバーン、ウィリアム・ホールデン

11. 七年目の浮気（1955 年） 105 分
原題：The Seven Year Itch
製作：ビリー・ワイルダー & チャールズ・K・フェルドマン
脚本：ビリー・ワイルダー&ジョージ・アクセルロッド
出演：マリリン・モンロー、トム・イーウェル

12. 翼よ！あれが巴里の灯だ（1957 年） 135 分
原題：The Spirit of St. Louis
製作：リーランド・ヘイワード
脚本：ビリー・ワイルダー&ウェンデル・メイズ 他
出演：ジェームズ・ステュアート、バーレット・ロビンソン

13. 昼下りの情事（1957 年） 130 分
原題：Love in the Afternoon
製作：ビリー・ワイルダー
脚本：ビリー・ワイルダー& I・A・L・ダイアモンド
出演：ゲイリー・クーパー、オードリー・ヘプバーン、モーリス・シュヴァリエ

14. 情婦（1957 年） 116 分
原題：Witness for the Prosecution
製作：アーサー・ホーンブロー・Jr. 他
脚本：ビリー・ワイルダー&ハリー・カーニッツ
出演：タイロン・パワー、チャールズ・ロートン、マレーネ・ディートリヒ

4．失われた週末（1945年） 101分
原題：The Lost Weekend
製作：チャールズ・ブラケット
脚本：ビリー・ワイルダー&チャールズ・ブラケット
出演：レイ・ミランド、ジェーン・ワイマン

5．皇帝円舞曲（1948年） 106分
原題：The Emperor Waltz
製作：チャールズ・ブラケット
脚本：ビリー・ワイルダー&チャールズ・ブラケット
出演：ビング・クロスビー、ジョーン・フォンテイン

6．異国の出来事（1948年） 116分
原題：A Foreign Affair
製作：チャールズ・ブラケット
脚本：ビリー・ワイルダー&チャールズ・ブラケット 他
出演：ジーン・アーサー、マレーネ・ディートリヒ、ジョン・ランド

7．サンセット大通り（1950年） 110分
原題：Sunset Boulevard.
製作：チャールズ・ブラケット
脚本：ビリー・ワイルダー&チャールズ・ブラケット 他
出演：グロリア・スワンソン、ウィリアム・ホールデン、エリッヒ・フォン・シュトロハイム

8．地獄の英雄（1951年） 111分
原題：Ace in the Hole
製作：ビリー・ワイルダー
脚本：ビリー・ワイルダー&ウォルター・ニューマン 他
出演：カーク・ダグラス、ジャン・スターリング

9．第十七捕虜収容所（1953年） 120分
原題：Stalag 17
製作：ビリー・ワイルダー

ビリー・ワイルダー監督作品一覧

○パリ時代

ろくでなし（別邦題：悪い種子）（1934年）　77分

原題：Mauvaise Graine

製作：エドゥアルド・コルニリオン＝モリニエ 他

脚本：ビリー・ワイルダー、マックス・コルベ、ハンス・G・ルースティヒ 他

監督：ビリー・ワイルダー＆アレクサンダー・エスウェイ

出演：ダニエル・ダリュー、ピエール・ミンガン

○ハリウッド時代

1．少佐と少女（1942年）　100分

原題：The Major and the Minor

製作：アーサー・ホーンブロー・Jr.

脚本：ビリー・ワイルダー＆チャールズ・ブラケット

出演：ジンジャー・ロジャース、レイ・ミランド

2．熱砂の秘密（1943年）　96分

原題：Five Graves to Cairo

製作：チャールズ・ブラケット

脚本：ビリー・ワイルダー＆チャールズ・ブラケット

出演：フランチョット・トーン、アン・バクスター、エリッヒ・フォン・シュトロハイム

3．深夜の告白（1944年）　107分

原題：Double Indemnity

製作：ジョゼフ・シストロム

脚本：ビリー・ワイルダー＆レイモンド・チャンドラー

出演：フレッド・マクマレイ、バーバラ・スタンウィック、エドワード・G・ロビンソン

〔著者〕

ビリー・ワイルダー

1906-2002。アメリカの映画監督、脚本家、プロデューサー。42年、『少佐と少女』でハリウッドの映画監督としてデビュー。45年の『失われた週末』で、第18回アカデミー賞の作品賞、監督賞、脚本賞、主演男優賞の4冠を獲得。同作品は第一回カンヌ国際映画祭グランプリも受賞。60年、『アパートの鍵貸します』で、第33回アカデミー賞の作品賞、監督賞、脚本賞を受賞。その他に『深夜の告白』『サンセット大通り』『お熱いのがお好き』等、映画史に輝く作品を多数執筆・監督した。

I・A・L・ダイアモンド

1920-1988。アメリカの脚本家。雑誌編集等を経てハリウッド入りし、『モンキービジネス』(52)等の脚本を担当。57年の『昼下りの情事』でワイルダーと脚本を共同執筆したのを機に、『お熱いのがお好き』『アパートの鍵貸します』『ワン・ツー・スリー』『あなただけ今晩は』『恋人よ帰れ！わが胸に』『ねえ！キスしてよ』『シャーロック・ホームズの冒険』等、11作を共作した。『アパートの鍵貸します』にて、アカデミー賞脚本賞を受賞。

〔訳者〕

町田暁雄（まちだ・あけお）

1963年生まれ。著書は『モーツァルト問』（若松茂生と共著 東京書籍）、編著書は『刑事コロンボ読本』（洋泉社）等。『刑事コロンボ13の事件簿〜黒衣のリハーサル』（ウィリアム・リンク著 論創社）を翻訳。『私の映画史〜石上三登志映画論集成』（石上三登志著 論創社）を企画・監修。日本推理作家協会、本格ミステリ作家クラブ会員。

アパートの鍵貸《かぎか》します

——論創海外ミステリ　323

2024年12月10日　初版第1刷印刷
2024年12月20日　初版第1刷発行

著　者　ビリー・ワイルダー／I・A・L・ダイアモンド
訳　者　町田暁雄
装　丁　奥定泰之
発行人　森下紀夫
発行所　論 創 社

〒101-0051 東京都千代田区神田神保町2-23 北井ビル
TEL:03-3264-5254　FAX:03-3264-5232　振替口座 00160-1-155266
WEB:https://www.ronso.co.jp

組版　加藤靖司
印刷・製本　中央精版印刷

ISBN978-4-8460-2424-6